Jörg M. Weisbrod

Berliner – Zigiener

Momentaufnahmen einer Kindheit

Zeitdokument deutscher Kriegs- und Nachkriegsgeschichte von 1942 – 1956

Impressum:

Eigenverlag:
Jörg M. Weisbrod,
77654 Offenburg, Ringstraße 4
ISBN 978-3-00-048797-2

Inhaltsverzeichnis

Berliner – Zigiener

Momentaufnahmen einer Kindheit

Vorwort

Erinnerungen sind ein Schatz, den jeder Mensch tief in sich trägt. Ein Schatz, der unweigerlich verloren geht, wenn man ihn nicht sichert. Doch welch ein unermesslicher Schaden wäre das? Es sind doch gerade die Kinder- und Jugendjahre, die in der Rückschau besonders wertvoll erscheinen. Mögen diese Jahre auch in schwere Zeiten gefallen sein, wie es bei Jörg Weisbrod der Fall war, so ist die Kindheit doch ein Abschnitt, den jeder Mensch in unschuldiger Leichtigkeit erlebt, geborgen in einer Familie, die ihn liebt.

Jörg Weisbrods Erinnerungen an seine frühen Jahre in Schwenningen, die in diesem Band vorliegen, gewähren dem Leser Einblicke in das Alltägliche einer Zeit, die heute längst vergessen ist. Das ist aus heutiger Sicht faszinierend. Sein Buch vom Jungen aus Berlin, der zum echten Schwaben wurde, ist deshalb auch ein Dokument von heimatgeschichtlichem Wert. Es ist weit mehr als die bloße Nabelschau eines Memoirenschreibers, weil er sich darauf verstanden hat, sein Umfeld und seine Mitmenschen sehr aufmerksam zu beobachten. Die Essenz dieser Beobachtungen hat er in sehr unterhaltsamen Episoden niedergeschrieben, die er im klaren, unprätentiösen Stile eines begabten Erzählers schildert, der heute im Reinen ist mit sich und den Menschen. Auch mit jenen, die ihn nicht immer mit Wohlwollen durch jene Jahre begleitet haben.

Lebensrückblicke und -erinnerungen in gedruckter Form gibt es wie Sand am Meer. Und nicht jedes dieser Bücher ist lesenswert. Dieses hingegen schon. Weil es schlichtweg Vergnügen bereitet, mit Jörg Weisbrod eine Zeitreise ins Schwenningen der Vierziger- und Fünfziger-Jahre zu unternehmen. Zurück in die Untere Uhlandstraße und zu ihren Menschen, wie sie leibten und lebten und teilweise heute noch leben.

Ich mag dieses Buch, weil es zeigt, dass harte Zeiten einen Menschen nicht zwangsläufig hart machen müssen. Jeder kann sein liebenswertes Wesen bis ins hohe Alter bewahren ebenso wie seine Erinnerungen, die in fortan anderen weiterleben können, wenn er auch nicht mehr sein wird. Das sagt uns die Geschichte vom „Berliner Zigiener“.

Ralf Trautwein

01. Berliner – Zigiener
Momentaufnahmen einer Kindheit
Evakuierung–Bombardierung–Kriegsende

Das Haus Uhlandstraße 18 in Schwenningen am Neckar. Unsere Wohnung war damals unten links

Iiiiiieeeeeeeeeeeewuwumm, das große Haus des Schreinermeisters Reinhold Strohm, in der unteren Uhlandstraße in Schwenningen am Neckar, erbebte und schwankte in seinen Grundfesten. Durch die Ritzen der Decke rieselten bei jedem Wuwumm ganze Wolken von Staub und Sägemehl auf uns herunter. Wieder und wieder ertönte dieses grauenhafte Iiiiiieeeeeeeeeeeewuwumm. Wir, unsere Mutti, meine zwei jüngeren Brüder und ich, heulten und kreischten vor Angst, dabei umklammerten wir einander so fest es nur ging. Dieses furchtbare Bombardement durch die alliierten Flieger dauerte nun schon eine ganze Weile, und das Wuwumm kam immer wieder wie in Wellen zurück. Die übrigen Menschen, die hier im Keller Zuflucht gefunden hatten, die Hausbesitzer-Familie, ein Ehepaar mit seinen beiden Töchtern im Backfischalter, sowie das Paar aus dem Dachgeschoss, saßen oder lagen genau wie wir zusammengekauert auf alten Stühlen oder Matratzen und hielten sich gegenseitig fest.
Iiiiiieeeeeeeeeeeewuwumm, Iiiiiieeeeeeeeeeeewuwumm, wieder und wieder Iiiiiieeeeeeeeeeeewuwumm, die Folge der Einschläge wurde immer schneller, das ganze Haus bewegte sich und erzitterte durch den Druck, den die Bomben bei ihrer Explosion erzeugten. Die Luft im Kellerraum war inzwischen so stickig und drückend, dass wir nur noch mit Mühe atmen konnten.

Bomben-Geburtstag

Es war Montag, der 2. Januar 1945, und mein achter Geburtstag. Wir alle waren bei strahlendem Sonnenschein am frühen Nachmittag hinter dem Haus im niederen Schnee gestanden, hatten herumgealbert und uns mit Schneebällen beschmissen. Hoch oben, am blauen Himmel direkt über uns, flogen irgendwann kleine graue Flugzeuge, aus denen sich plötzlich noch kleinere dunkle Punkte

schnell nach unten bewegten. Herr Strohm, unser Vermieter, ein Kriegsveteran aus dem Ersten Weltkrieg, den wir Vadder nannten, weil unser richtiger Vati noch im Krieg war, blickte wie wir nach oben zu den leise brummenden Flugzeugen und den kleinen dunklen Punkten. Alles war so still und friedlich.
Auf einmal brüllte er „Bomben, Bomben“ und scheuchte uns vom Hof hinunter in den Keller unter der großen Schreinerwerkstatt. Und da lagen oder saßen wir jetzt und schrien vor Angst. Ich kann nicht mehr sagen, wie lange dieses Bombardement gedauert hat; aber damals kam es mir wie eine Ewigkeit vor, bis endlich die Sirenen Entwarnung gaben. Als wir aus dem Keller kamen, sahen wir verschmutzt und dreckig wie Schornsteinfeger aus; auch der zuvor weiße Schnee hinter unserem Haus war grau geworden. Die Luft stank nach Rauch und hatte dazu einen seltsamen Geruch nach Phosphor und Schwefel, ähnlich

dem der Hölle, wie man sie sich als Kind vorstellt. Vadder zeigte uns drei große Bombensplitter, die in den Konturen unserer Spuren lagen, welche wir im Schnee hinterlassen hatten. Die Splitter bewahrte er bis zu seinem Tod in einer Vitrine auf. **Links Mudder.**
Dann nahm er meinen kleinen Bruder Bernd, den lange Zeit alle „Panz“ nannten, auf den Arm und zeigte ihm die noch lauwarmen Splitter. Mit stockender Stimme versuchte er uns die Wirkung eines Bombensplitters auf unsere Körper zu erklären. „Wir wären alle tot, alle tot“, sagte er ein paar Mal mit stockender Stimme, bis ihn Mudder, seine resolutere Frau, eine ehemalige Krankenschwester, beschwichtigend am Arm nahm. Mudder Anna war die bestimmende Person von beiden, während Vadder Reinhold eher der gutmütige und lustige Typ war. Eine Frau kam in den Hof gerannt und fragte Mudder, ob sie beim Bergen und Verarzten der Menschen helfen könne. Viele Gebäude im Mühlweg, der Sänger – und der Scharnhorststraße (spätere Hans-Sachs-Straße) seien zerstört und überall lägen noch tote und verletzte Menschen in den Häusern.

Bild rechts Die Häuser nach dem Fliegerangriff vom 2. Januar 1945. Ecke Mühlweg und Sängerstraße.

Unsere Mutti ging mit uns drei verängstigten Kindern und den beiden Strohm'schen Mädchen Irmgard und Trude zurück ins Haus, während die anderen Erwachsenen zum Helfen und Aufräumen eilig davonliefen. Wir Kinder und „Munni“, – so nannten die beiden Mädchen meine Mutter, und wir übernahmen das sehr schnell – saßen danach bedrückt und leise schluchzend zusammen im kleinen Wohnzimmer unserer Erdgeschosswohnung in der Uhlandstraße 18. Gedankenverloren aßen wir die wenigen noch übrigen Kuchenreste von meiner kleinen Geburtstagsfeier. Es war schon der zweite große Fliegerangriff, den wir in Schwenningen erlebten. Und obwohl wir zwischendurch nachts einige Male wegen vorhergesagter Luftangriffe im Strohm'-

schen Keller saßen, bis jetzt gingen die Nächte ohne Bombardierung ab. Doch vor sechs Tagen, am zweiten Weihnachtsfeiertag 1944, kam es ganz anders. Da hatten wir nach dem Sirenengeheul gegen 3 Uhr nachmittags unsere Koffer geschnappt und waren in den Luftschutzraum der Karlschule gerannt, die direkt um die Ecke lag.
Bild links unsere Zuflucht, die alte solide gebaute Karlschule.
Es waren schon etliche Menschen da, weil der Keller in der stabilen Schule als sicher galt. Die zumeist älteren Bewohner und viele Mütter mit Kindern aus den umliegenden Häusern und Straßen saßen auf provisorischen Holzbänken. Einige jüngere Frauen standen herum die meisten jungen Männer waren ja damals bei der Wehrmacht. Der große Raum wurde nur notdürftig von ein paar trüben Glühbirnen erhellt Die Luft war verbraucht und roch modrig, nur wenige Menschen sprachen – sie unterhielten sich leise und gedämpft, so, als ob sie der Feind hören könnte. Auf einmal ging die schwere Eisentür auf und zwei grimmig dreinblickende Frauen mit zwei Buben und einem kleinen Mädchen an den Händen, die sie hinter sich herzerrten, stürmten in den Luftschutzraum und stellten sich irgendwie provozierend in eine leere Kellerecke. Das sind Kommunisten, die wohnen im Zollamt, hörte ich einen älteren Mann flüstern. Wer oder was sind Kommunisten, dachte ich noch, doch ich traute mich nicht zu fragen.
Gleich darauf flackerte das Licht, und dann hörten wir zum ersten Mal diesen grauenerregenden Ton: Iiiiiiieeeeeeeeeeeewuwumm und noch mal Iiiiiiieeeeeeeeeeewuwumm: Es war ein unheimliches Pfeifen gefolgt von einem ohrenbetäubend Krachen; und das irgendwo ganz in der Nähe. Dies wiederholte sich noch etliche Male, danach war völlige Ruhe; nur das leise Schluchzen von uns Kindern konnte man noch hören.
Kurz darauf heulten die Sirenen, Entwarnung, wir hatten nochmal Glück gehabt. Als wir aus dem Luftschutzraum der Schule traten, donnerte es in der Luft wie bei einem Feuerwerk. Von der Güterstraße her, die unten, quer an der Uhlandstraße, verlief, sahen wir ein riesiges tobendes Flammenmeer. Die feindlichen Flieger hatten, nur 300 Meter von unserem Haus entfernt, mit Brandbomben einige Lagerhallen getroffen, die jetzt lichterloh emporloderten. Im Bürk'schen Pferdestall, der – wie ein Schild an der Tür anzeigte – zu einem „Amtlichen Rollfuhrunternehmen" oder Spediteur gehörte, welcher direkt gegenüber unseres Hauses lag, wieherten angstvoll die Tiere. Menschen rannten panisch hin und her, doch aus den brennenden Hallen, die zum Bahnhofsareal gehörten, war anscheinend nichts mehr zu retten. **Bild rechts die brennenden Güterhallen Weihnachten1944**.

Noch tagelang danach qualmten die Schutthaufen, und es stank nach kaltem Rauch und verbranntem Gummi. Wir Kinder blieben vor unserem Haus stehen, weil Munni uns verboten hatte, näher ans Feuer zu gehen. Vadder Strohm kam langsam die Straße hoch und berichtete den Menschen auf der Straße, dass ein Mann bei dem Bombenangriff ums Leben gekommen wäre. Ich hatte in dieser Nacht von angsterfüllt wiehernden Pferden in einem brennenden Stall geträumt; dabei muss ich gesprochen und laut geschrien haben, wie mir Munni am nächsten Morgen erzählte. Eigentlich hatten wir ja schon einmal einen Fliegerangriff erlebt, jedoch einen der ganz anderen Art. Es war ein schöner warmer Tag im Spätsommer 1944, Munni hatte unseren kleinen Bruder Bernd in den hohen hellrosafarbenen Kinderwagen mit den kleinen Rädern gelegt, mein Bruder Rolf und ich liefen rechts und links von ihr.

Rechts Munni und ich, Bruder Rolf liegt noch im Kinderwagen

Langsam fuhren wir die Jakob-Kienzle-Straße runter und überquerten die Herdstraße zum Hotel „Rössle". Dort passierten wir schräg die Schützenstraße zur Austraße, um, an der hinteren „Kienzle- Uhrenfabrik" vorbei, dann am Lehrerhaus rechts ab in die Spittelstraße einzubiegen.

Es sollte ein Sonntagsausflug ins Grüne werden. Kurz nach den ersten abgeernteten Äckern breitete Munni auf einer kleinen Wiese eine große graubraune Wolldecke aus und setzte unseren Bernd darauf; dann holte sie noch zwei Flaschen mit süßer Brause und Gläser aus dem Wagen und jeder durfte ein wenig davon trinken. Ein Schmetterling flog vorüber und unser Berndle wollte ihn fangen, auf einem Baum in der Nähe zwitscherte ein Vogel.

Links das ehemalige Hotel Rössle.

Plötzlich hörten wir aus der Ferne schrill sägende Geräusche. Kurz darauf rasten im Tiefflug feindliche Flugzeuge, sogenannte „Jabos" (Jagdbomber), über uns hinweg in Richtung Stadt. Schon an der Fabrik, an der wir gerade erst vorbeigekommen waren, ging das Geschieße los: Radadadadadada, radadadadadada, immer wieder radadadadadada, kurz danach heulten auch schon die Sirenen. Wir wussten vor Furcht nicht, was zu tun ist. Ein paar Frauen, die gerade mit einem beladenen Leiterwagen aus der Stadt kamen, riefen: „Gond i Deckung, gond i Deckung, diä schießed uff älles, wa sich bewegt."

Rechts französische Jabos.

Ihren Wagen an den Wegrand

schleifend, schmissen sie sich nicht weit weg von uns in einen kleinen Graben. Ich zerrte meinen Bruder Rolf schnell unter die Decke, und Munni kam mit dem kleinen Bernd hinterher. Gut, dass die Decke sich kaum von der Umgebung abhob, trotzdem wagten wir es nicht, uns zu bewegen. Das ganze Geschieße dauerte höchstens eine viertel Stunde, doch wir kamen erst wieder unter unserer Decke hervor, als die Sirenen Entwarnung gaben. Die Frauen waren schon weitergezogen, doch ihr Geschimpfe über die „elende Saubagage" war noch lange zu hören.

Wohnungssuche

Die kleine Wohnung in der unteren Uhlandstraße war inzwischen unsere vierte Bleibe in Schwenningen, seit wir im späten Frühjahr 1943 nach einem Erlass der deutschen Reichsregierung unsere neue große Wohnung in der Hedwigstraße 3a in Berlin-Schöneberg Hals über Kopf verlassen mussten. Das Schreiben hatte folgenden Inhalt:

„Berliner! Berlinerinnen! Der Feind setzt den Luftterror gegen die deutsche Zivilbevölkerung rücksichtslos fort. Es ist dringend erwünscht und liegt im Interesse jedes einzelnen, der nicht aus beruflichen oder sonstigen Gründen zum Verbleiben in Berlin verpflichtet ist (Frauen, Kinder, Pensionäre, Rentner) sich in weniger gefährdete Gebiete zu begeben",

also evakuiert, richtiger umgesiedelt zu werden. Ziel der Umsiedlungsaktion war der Wartegau, ein Teil Polens, der nach 1939 von der deutschen Wehrmacht erobert worden war. Die ganze Maßnahme sollte nur dem einen Zweck dienen, wenigstens Frauen mit mehreren Kindern vor den alliierten Fliegerangriffen auf die Reichshauptstadt in Sicherheit zu bringen. Wie unsicher das Leben für sie jedoch im Wartegau gewesen wäre, sollte sich später erweisen; denn zu dieser Zeit hatte anscheinend niemand mit einem Vormarsch der Roten Armee in Richtung Großdeutschland gerechnet.

Links Mutti, Bernd, Rolf und ich.

Da die Familie unseres Vaters aus dem Württembergischen kam, entschied sich meine Mutter anstelle des Wartegaus für den Ort Schwenningen, der Heimat ihres Mannes. Und so landeten wir dann dort, zusammen mit unserem Pflichtjahrmädchen Inge, einem etwa 16-jährigen Berliner Mädel; es hatte die Pflicht, ein Jahr lang meiner Mutti bei der Betreuung von uns drei Jungs zu helfen. Zu dieser Zeit war mein Bruder Bernd sechseinhalb Monate, Bruder Rolf zweieinviertel und ich sechseinviertel Jahre alt. Unsere erste Unterkunft war im Elternhaus meines Vaters, in der Wohnung seiner Schwester, im zweiten Stock einer Doppelhaushälfte. Es war eine Katastrophe, weil die Wohnung ohnehin schon klein war. Ich war in einer Großstadt aufgewachsen, und so kam mir am Anfang alles wie ein großes Abenteuer vor. Als Erstes fiel mir die komische Toilette auf, ein kleiner Raum, der sogenannte „Abort". Er bestand aus einer normalen Kloschüssel, hatte jedoch auf der rechten Seite einen Handgriff und im Ablaufrohr einen mit diesem Griff verbundenen Teller. Daneben stand eine Wasserkanne, mit der man sein Geschäft anschließend vom Teller in die Latrine, die Güllegrube schwappen lassen konnte, wenn man den Teller mit dem Griff nach hinten bewegte. In unserer Berliner Wohnung hatten wir ein schönes helles Klosett mit dem Spülkasten an der Decke und einem Waschbecken daneben.

Rechts das Haus Lichtensteinstraße 35

Hinter dem Haus in der Lichtensteinstraße war ein großer Gemüsegarten mit allem, was man für den täglichen Bedarf benötigte. Da gab es neben Kartoffeln und Mohrrüben sämtliche Kohlarten und Bohnen; dazu etliche Sträucher mit schwarzen und roten Johannisbeeren sowie Stachelbeeren für das Gesälz, wie man hier die Marmelade nannte. Der Garten war das uneingeschränkte Reich von Großmutter Helene, die mir dort, solange ich zurückdenken konnte, meistens im „Schaffschurz", also in der Arbeitsschürze, in Erinnerung geblieben ist. An der Rückseite des Hauses war auch die Jauche- oder Güllegrube, aus der mit einem langstieligen Schöpfeimer die Gülle hochgeholt und mangels Dünger vor dem Aussäen oder Setzen des Gemüses reichlich über den Garten verteilt wurde. Danach roch es immer ein bisschen streng.

Links Tante Hertha und Oma Helene im Garten, hinter dem Haus Lichtensteinstraße 35

Überhaupt hatte die Luft in dem Viertel, der Hammerstatt in dem wir jetzt wohnten, oft einen Geruch nach Karbid. Ich hörte, dass dieser Gestank von dem Gaswerk in der Nähe mit dem riesigen dunklen Kessel kam. Gegenüber waren die flachen, langgestreckten Büro- und Lagergebäude der Firma Link, einer Sanitär- und Eisenwarengroßhandlung, aus der immer gedämpfter Lärm und Hämmern kam. Deswegen also „Hammerstatt", dachte ich damals.

Fremde Essgewohnheiten

Mit Schaudern kann ich mich noch heute an das völlig ungewürzte Essen bei den Großeltern erinnern. Da gab es sehr oft Rotkohl, der ebenso wie das Bayrischkraut mit Apfelmost abgelöscht wurde; außerdem ein fades, lasches, Kohlrabigemüse, das ohne Soße und Geschmack mit verkochten Kartoffeln auf den Tisch kam. Der Großvater Jakob hatte immer einen Riesenberg Essen auf dem

Teller. Wenn man ihn darauf ansprach, sagte er nur: „I schöpf nur einmal."
Opas Refugium war eine kleine Werkstatt neben der Wohnung. Dort gab es außer einem Karussell mit vielen braunen SA-Reitern ein beleuchtetes Riesenrad und eine alte Dampfmaschine. Doch die Tür zu seiner Werkstatt war immer abgeschlossen. Eines der allerschlimmsten Essen war für mich jedoch ein weißer grobkörniger Käse, der hier, „Bibiliskäs" genannt, ungewürzt oder gesalzen gegessen wurde. Er bestand aus großen Brocken und sah wie ein verdorbener Hüttenkäse aus. Für mich war er genauso ungenießbar wie der Nachtisch im Kindererholungsheim in Schreiberhau im heutigen Polen. Dort gab es jeden Mittag einen hellen Pudding, dessen dicke Haut wie Pergamentpapier obenauf lag. Ich habe deshalb jeden Mittag beim Essen geheult, weil alles aufgegessen werden musste. Es war eine sogenannte „Kinderlandverschickung", zu der hieß es damals:

„Auf Anordnung des Führers werden Kinder aus Gebieten, die immer wieder nächtlichen Luftalarmen ausgesetzt sind, zunächst insbesondere aus Hamburg und Berlin, auf Grund freier Entschließung der Erziehungsberechtigten in die übrigen Gebiete des Reiches verschickt."

Seinerzeit in Schreiberhau bin ich bei einem der täglichen Mittagsspaziergänge unserer Kindergruppe in einen Kuhfladen getreten. Später erzählte mir meine Mutti, dass ich nach der Rückkehr aus dem Erholungsheim jedem Menschen, ob im Hausflur, auf der Straße, im Fahrstuhl oder in der Straßenbahn, Fremden oder Bekannten erzählt habe, dass ich in die Kuhscheiße getreten bin.
Meine Eltern haben sich damals wegen mir sehr geschämt.

Vor dem Haus in Schwenningen auf der Hammerstatt war ein breiter Gehweg, auf dem ich manchmal spielte; aber immer nur so lange, bis ein großer dürrer Junge aus der Nachbarschaft auf mich zukam. Ich glaube, er hieß „Schmid". Er hatte einen runden Kopf, kurze Haare, ein Katzengesicht und fragte mich jedes Mal: „Hesch mer ebbis?", er meinte, "hast du mir etwas?" Natürlich hatte ich nichts für ihn – woher denn auch? Immer drohte er mir Schläge an für den Fall, dass ich am nächsten Tag nichts für ihn hätte, geschlagen hat er mich jedoch nie. **Links Haus Bachenstraße 1.**
Die nächste Wohnung war wiederum bei Muttis Schwägerin Herta, die inzwischen in eine größere Wohnung, in die „Alte Poststraße", umgezogen war. Doch auch dort

ging es nicht lange gut. Unsere Tante war kinderlos und konnte mit plärrenden Babys und Kleinkindern nichts anfangen, daher wollte sie uns so schnell wie möglich wieder loswerden. Auch unsere dritte Wohnung bekamen wir von Verwandten meines Vaters. Im Haus eines etwas eigenartigen Cousins in der Bachenstraße war eine Wohnung frei geworden. Inzwischen mußte Inge, unser Pflichtjahrmädel, wieder zurück nach Berlin, und Mutti war alleine mit uns drei Buben. Da wir fast keinen Hausrat hatten und die Wohnung leer war, musste Mutti wegen jeder Kleinigkeit, ob Teller, Topf oder Besteck, wegen jedem Kleidungsstück, jeder Bettdecke, wegen einem Kleiderschrank oder einem Tisch mit Stühlen und natürlich auch wegen den Essensmarken auf das Versorgungsamt und sich einen Bezugsschein besorgen.

Die ehemalige Villa Haller in der Bärenstraße 16, Ausgabestelle für Bezugsscheine.

Im Grunde genommen mussten wir hier um jede Notwendigkeit betteln. Waren wir vielleicht verantwortlich für den Krieg und unsere Evakuierung? Auf den meisten Ämtern wurde meine Mutti und selbst wir Kinder als ungeliebte Großdeutsche wie Aussätzige behandelt, und dies, obwohl unsere ganze Familie, das heißt die ihres Mannes, hier in der Stadt lebte. Aber meine Mutter war eine Kämpfernatur, und gab immer auf die meist sehr unfreundlichen Einwände der Beamten die passenden Antworten zurück. Doch manchmal sah ich sie auch daheim auf dem Bett sitzen und weinen! Wenn ihr mal wieder alles über den Kopf zu wachsen drohte und wir von einer schwierigen Lage in die nächste kamen, dann konnte sie abends sagen: „Kommt Kinder, jetzt leisten wir uns etwas Gutes.“ Dann wurde unser Berndle in den Kinderwagen gepackt, ich nahm meinen Bruder Rolf an die Hand und wir liefen die Scharnhorststraße hinunter und links um die Ecke in die Karlstraße. Dort befand sich auf der rechten Seite das Gasthaus „Krone“.

Oben links das Gasthaus Krone in der Karlstraße,

Hier gab es für uns süße Brause, und wenn Mutti noch Essensmarken übrig hatte, eine Portion „falschen Hasen“, also „Hackbraten“ und dazu Kartoffelsalat, Spätzle und Soße. Hmm, das schmeckte guut! Vielleicht aus diesem Grunde liebe ich auch heute noch hausgemachten Hackbraten.

Rechts Frau Kubach. *Ab und zu kam unsere Nachbarin, Frau Kubach, die mit ihrer Tochter im Dachgeschoss wohnte, zu uns herunter und brachte uns irgendwelche Süßigkeiten.*

Immer wieder versuchte sie unsere deprimierte Mutti mit ihren lustigen Geschichten aufzuheitern. Ihre Tochter Sigrid war gerne bei uns und schaute voller Bewunderung meiner Mutter zu, die kunstvoll Glasplatten mit bunten Blumen oder Sträußen bemalte. Diese kleinen bunten Platten haben uns später in der Hamsterzeit manches Stück Brot, Äpfel oder einige Blätter Tabak eingebracht. Wenn wir unser Abendbrot aßen, bekam Sigrid selbstverständlich auch ein geschmiertes Brot, eine „Stulle", ab, mit der sie dann freudestrahlend hoch zu ihrer Mutter lief. Frau Kubach war Kriegerwitwe, klein, schlank, und ein bisschen unkritisch Männern gegenüber, die dennoch zu ihrem Leben gehörten. Wenn es jedoch mal wieder mit einer dieser Bekanntschaften nicht so gut klappte, konnte sie durchs ganze Haus laufen und leise vor sich hin sagen: „Ein Mann muss her, ein Mann muss her." „Ein Mann muss her, ein Mann muss her." Eines Tages hat dann einer angebissen, sie war verheiratet und hieß Kaup. Einige Zeit danach trafen wir sie auf der Straße, stolz einen Kinderwagen schiebend.

Meine Einschulung

Da ich schon über sechs Jahre alt war, wurde ich im Frühjahr 1944 in der Schwenninger Gartenschule eingeschult.

Links die Gartenschule.

*Wegen meines fremden Dialektes wurde der Schulweg jedoch für mich das reine Martyrium. Meine „Berliner Schnauze" war der Anlass dafür, dass ich beinahe jeden Tag von einigen Schülern Schläge bekam. Erst nachdem ein größerer, älterer Schüler, ebenfalls ein Berliner, einige der Übeltäter tüchtig verdroschen hatte und ich mich inzwischen auch selber zur Wehr setzte, bekam ich etwas Ruhe. Doch noch heute höre ich die Rufe der einheimischen Schulkinder: **„Berliner-Zigiener, Berliner-Zigiener"**, in meinen Ohren. Unser erster Lehrer hieß Scheytt, und wenn er morgens das Klassenzimmer betrat, mussten wir aufstehen und ihn mit einem zackigen „Heil Hitler, Herr Lehrer" begrüßen. Ich kann mich dabei noch sehr gut an einen schlaksigen, schwarzhaarigen Jungen, vielleicht einen Volksdeutschen, erinnern. Dieser konnte „Heil Hitler" nicht richtig aussprechen und sagte immer „Ail Ittler". Nach mehrmaligem erfolglosem Üben bekam er oft eine Ohrfeige. Lange war der Fremde aber nicht bei uns. In dieser Zeit stand eines Tages ein hochgewachsener, dunkelhaariger, braungebrannter, Mann in Wehrmachtsuniform und einer hellen Binde um den Kopf vor unserer Tür im ersten Stock in der Bachenstraße 1. Es war unser Vati, der zwei oder drei Wochen Genesungsurlaub nach einer Kopfverletzung bekommen hatte.*

Wir drei warten auf Vati.

Er sorgte zuerst einmal auf den Ämtern dafür, daß unser Heim menschenwürdig und anständig eingerichtet wurde. Endlich hörte man glückliches Lachen in unserer Wohnung. Meine beiden kleinen Brüder staunten immer wieder den fremden Mann an, denn sie kannten ihren Vater ja kaum. Es war eine schöne, nur leider viel zu kurze Zeit.

Kleine Erlebnisse

Inzwischen hatte ich mich auch mit dem Mädchen Sigrid aus unserem Haus und einigen Jungs und Mädchen aus der Nachbarschaft angefreundet und erkundete zusammen mit ihnen meine neue Umgebung. Die Bachenstraße grenzte an die Scharnhorststraße, heutige Hans- Sachs-Straße. Unten an der Ecke zur Karlstraße gab es das Warenhaus „Ackermann“, später Woolworth. Obwohl es winzig im Vergleich mit Berliner Kaufhäusern war, schlenderte ich immer mal wieder an den Verkaufstischen vorbei. Möglicherweise half mir dies ein wenig, mein Heimweh zu bewältigen

Bild rechts Trude (Gertrud) Fehrenbacher, ich und Sigrid Kubach.

In derselben Hofeinfahrt, welche hinter das Kaufhaus führte, befand sich auf der rechten Seite die Mineralwasserfabrik vom Christian-Bürk. Dort gab es in einem kleinen Schuppen drei oder vier Abfüllanlagen, in denen Leitungswasser, mit Kohlensäure vermischt zu Sprudel wurde. Manchmal platzte einer der Schläuche und die Flüssigkeit schoss in hohem Bogen heraus, sodass der ganze Hof nass war; dann roch es immer nach Chlor oder Säure.

Schräg gegenüber von uns, in der Scharnhorststraße 39, war das große Christian Mayer'sche Sägewerk. Dort gab es für uns Kinder immer viel zu sehen. Wenn uns niemand verjagte, konnten wir stundenlang auf dem großen Holzplatz spielen oder auch nur herumstrolchen. Die Werkstatt und der Pferdestall waren in einem Haus daneben untergebracht, dort roch es immer sehr nach Tier. Besonders spannend war es für uns, wenn einer der großen Langholzwagen, oft beladen mit riesigen Baumstämmen, um die Ecke in den Hof des Sägewerks fuhr. Am hinteren Ende des Wagens saß, direkt neben den Stämmen, auf einem kleinen Sitz ein Mann, der mit einer großen Kurbel die hintere Fahrzeugachse um die Ecken lenken konnte. Wir warteten immer darauf, dass der Wagen mal irgendwo hängenblieb, aber er hat immer alle Kurven geschafft.

Hansmartin Vögeles fahrbare Holzsägemaschine.

Am meisten bestaunte ich jedoch damals ein für mich vorsintflutliches Gefährt, gefahren von einem älteren Mann, dem „Vögele Hansmarte“.

Er saß vorne wie auf einem Kutschbock und steuerte von dort seinen Wagen mit einem großen waagrechten Lenkrad. Das Vehikel fuhr immer wieder langsam durch die Straßen und hielt an den Häusern, vor denen etwa einen Meter lange Holzstämme lagerten. Es war ein vierrädriges Dieselfahrzeug mit einem halbrunden Dach. Seitlich, oben und unten waren zwei große Räder angebracht, über die ein Sägeblatt lief, das von unten angetrieben wurde. Mit dieser Bandsäge wurden die Holzstämme in kurze Klötze zersägt. An der anderen Seite war zum Zuschalten ein Spaltbeil, mit dem dann später die gesägten Holzklötze in handliche Scheite gespalten wurden. Das Holz musste in Körbe geschichtet und auf den Dachboden, die" Bühne" getragen oder in einem Kratten (Holzkorb) über eine Umlenkrolle mit einem Seil zu einem offenen Dachfenster hochgezogen werden. Das Ganze war immer eine Heidenarbeit!

Zum Sägen gelagerte Holzwellen in der Karlstraße.

Die „Vögeles" hatten in der oberen Scharnhorststraße nicht nur die Holzsägerei, sondern betrieben dort auch noch eine Ölmühle. Wenn damals aus den Mohnsamen Öl gepresst wurde und wir Kinder davon erfuhren, bekamen wir manchmal einen dieser flachen dunkeln, noch warmen Ölkuchen geschenkt, den wir dann mit viel Genuss verzehrten.

Gerade erst hatten wir uns in der Wohnung von Vatis Cousin eingelebt, da meldete er Eigenbedarf an. Zuvor hat er uns Kindern noch einen Schreck fürs Leben eingejagt. Unsere Mutti hatte meinen Bruder Rolf und mich mit einem Korb zum Kartoffelholen in den Keller geschickt. Auf einmal kam aus einer dunklen Ecke unter wildem Gebrumm eine schwarz verhüllte Gestalt wild fuchtelnd auf uns zu. Den Korb fallen lassend, rannten wir kreischend die Treppe hoch in unsere Wohnung im ersten Stock. Mutti nahm uns bei der Hand und wir mussten noch einmal mit ihr hinunter in den Keller. Da trat gerade der Cousin grinsend mit schwarz verschmiertem Gesicht aus der Kellertür ins Helle, und wir kreischten erneut. Unsere Mutti ließ uns los und, klatsch, klatsch, bekam das verdutzte, angebliche Gespenst von ihr zwei Backpfeifen (Ohrfeigen) ins Gesicht, die sich gewaschen hatten. Ich bin trotzdem danach für lange Zeit nicht mehr alleine in einen dunklen Raum oder Keller gegangen.

Irmgard „Alla", unser neues Pflichtjahrmädchen

Im August 1944 bekamen wir vom Amt ein neues Pflichtjahrmädchen zugeteilt. Sie hieß Irmgard Strohm, kam aus Schwenningen, war etwa 17 Jahre alt, und wir alle mochten sie gleich.

Am Boden liegend Berndle, darüber Alla, ich, unsere Mutti und Rolf ganz vorne, Ecke Bachenstraße.

Unsere Mutti war froh über die Hilfe, und wir Kinder hatten eine neue Spielkameradin. Seinerzeit war, in unserer Nähe, in der früheren Hans-Schemm-Schule, der heutigen Friedensschule, ein Lazarett für verwundete deutsche Soldaten eingerichtet worden. Unsere ein wenig frühreife Irmgard wurde damals öfter von einem der Rekonvaleszenten, also einem Verletzten auf dem Weg der Besserung, nach Hause begleitet. Eines Tages kam mein kleiner Bruder Bernd ganz aufgelöst angerannt und stotterte aufgeregt: „Mun, Mun, Onkel Soldat hat Alla beißmacht".

Wir lachten, wussten jedoch nicht, was er uns sagen wollte, bis Irmgard dazukam und uns leicht verlegen seine Worte erklärte: Er meinte in seiner Kindersprache, „Mutti, Mutti, Onkel Soldat hat Alla", Irmgard konnte er noch nicht sagen, „beiß macht", also geküsst". Dabei hatte er zugesehen und küssen als „beißen" aufgefasst.

Alla und der Soldat.

„Mun, Mun, Onkel Soldat hat Alla beiß macht", dieser schöne Spruch geisterte noch lange Zeit durch unsere Kindheit. Kurz danach wurde durch den Auszug einer Familie im Strohm'schen Haus in der Uhlandstraße 18 eine kleine Wohnung im Erdgeschoss frei, und wir zogen dort ein. Schön war, dass uns die Eigentümerfamilie auch gleich ins Herz geschlossen hatte. Hier waren wir keine ***„Berliner Zigiener"*** *mehr.*

Öhms Besuch

Am 19. Dezember 1944 kam unsere Berliner Omi, die wir „Öhm" nannten, zu einem Besuch nach Schwenningen, um endlich ihre Enkel und ihr „Hannichen", also unsere Mutter Johanna, in der neuen Heimat zu besuchen. Öhm war in Dresden beim Reichsluftfahrtministerium angestellt und hatte noch einige Tage Resturlaub, die sie nach ihrem Besuch bei uns dazu benutzen wollte, um verschiedene Möbel und sonstige Wertsachen aus ihrer Berliner Wohnung aufs Land auszulagern. Weil sie mich schon lange nicht mehr gesehen hatte und ich offensichtlich schon groß und vernünftig wirkte, wie sie sagte, nahm sie mich auf die Rückreise mit, die per Bahn über Dresden nach Berlin ging. Wegen der fortwährenden Fliegerangriffe gab es einige Unterbrechungen und zwei Nachtfahrten. In unserem abgedunkelten Abteil zog es, weil die meisten Fenster zerschossen und nur notdürftig mit Sperrholz, dickem Karton oder Brettern ausgebessert waren.

Die König-Georg-Kaserne in Dresden.

Öhm wohnte in einem Zimmer in der König-Georg-Kaserne ein wenig außerhalb Dresdens, und ich konnte bei ihr schlafen. An den nächsten Tagen sahen wir uns dann die Stadt an. Erinnern kann ich mich jedoch nur an die Orangerie und den Zwinger. Vor der Kaserne, in einer Allee begegnete uns am Abend eine lange Kompanie strohblonder junger Männer, fast Kinder in grauen Uniformen, die auf der Straße marschierten und Lieder in einer fremden Sprache sangen. Öhm sagte mir, dass diese Jungens Kriegsfreiwillige Weißrussen wären, die nach ihrer militärischen Ausbildung gegen die „Rote Armee" kämpfen dürfen. Ich dachte damals, dass der Ausdruck Weißrussen von den weißblonden Haaren der jungen Russen käme?

Berlin

Zwei Tage später fuhren wir mit der Bahn von Dresden nach Berlin zum „Anhalter Bahnhof". Danach ging es weiter mit der S-Bahn, vorbei an kaputten Bahnhöfen und vielen zerbombten Häuser, bis zu Öhms Wohnung in der Bevernstraße 2, die zwischen dem „Spreeufer" und der Hochbahnhaltestelle „Schlesisches Tor" lag.

Die Hochbahnhaltestelle Schlesisches Tor.

Das Haus hatte eine schöne Fassade mit einem Balkon in jeder Etage und einen gekachelten Hausflur mit Tier- und Fratzenmotiven an der Decke, vor denen ich mich immer gefürchtet habe. Vom Hausflur aus konnte man durch ein offenes Tor das Hinterhaus mit einem etwas verlotterten Vorplatz sehen. In unserer alten Wohnung, die sich im zweiten Stock befand, schaute ich zuerst einmal nach, ob noch alles vorhanden war. Im Wohnzimmer stand immer noch der dunkelbraune runde Tisch mit den Löwenfüßen, auf dem ich früher oft gespielt hatte. Auch das Radio mit dem Loch in der Stoffbespannung, in das ich immer so gerne die kleinen Männchen des „Mensch ärgere dich nicht"-Spiels oder die Figuren vom Winterhilfswerk gesteckt hatte, stand noch am selben Platz.

Öhm ging anschließend mit mir zur Frau Braatz, einer Flurnachbarin und Bekannten, die mich wieder und wieder in die Arme nahm und dabei sagte: „Ach Jottekind nee, ach Jottekind nee, ist der Junge aber gewachsen, wat ist der Junge gewachsen", und mich dabei an ihren großen Busen drückte.

Der Tisch mit den Löwenfüßen.

Früher hatte ich immer Bau Baz zu ihr gesagt. Später fragte ich sie, wo denn Lisa, ihre Tochter, wäre, die früher öfters auf mich aufgepasst hatte. „Weißt du, Jörgchen, die ist arbeiten, in irgendeinem Ministerium", antwortete sie. Irgendwann gab es dann Wurststullen und dazu Brause. Es schmeckte toll. Herr Braatz betrieb hier in der Gegend eine Holz- und Kohlenhandlung und war, trotz der Rationierung von Brennstoffen, immer viel unterwegs. Die Bevernstraße bestand eigentlich aus zwei Straßen, in deren Mitte sich eine

Baumallee, mit einem Sandkasten und einem großen runden Männerpissoir, befand. Das Pissoir und der Sandkasten stanken noch immer genauso wie früher, nach Urin und Hundekacke. Vorne an der Ecke gab es die Kneipe „Borg-Merten", in der sich unser Vati manchmal abends ein Bier genehmigt hatte. Ein paar Häuser links daneben war eine Bäckerei. Früher wenn der Bäcker mit seiner weißen mehligen Schürze aus der Tür kam, klopfte er sie so lange aus, bis es ringsum staubte, dabei lachte er immer laut. Jetzt stand eine grauhaarige, verhärmte Frau in der Tür.

Zum Spreeufer waren es von unserem Haus gerade mal 100 Meter. Dort vor dem dunklen Eisengeländer hatte ich damals oft mit einem Jungen namens „Julius" gespielt. Als ich Frau Braatz nach ihm fragte, sagte sie: „Ach, Jörgchen, den haben sie doch vor einem Jahr tot aus der Spree gezogen, ich habe nur gehört, sein Großvater war Jude." Was hat ein jüdischer Großvater mit einem ertrunkenen Jungen zu tun? Obwohl ich ja erst acht Jahre alt war, gingen mir viele Gedanken durch den Kopf, und ich sah im Geist den heiteren dunkelhaarigen Julius neben mir stehen.

Vati mit mir am Spreeufer in Berlin, hier hatte ich früher mit Julius gespielt.

Hier, in einem der großen Berliner Kaufhäuser, hatte ich meinen ersten echten Indianer in Kriegsbemalung gesehen. Er machte damals Werbung für sein Buch. In dem Warenhaus durfte ich, sooft wir dort zum Einkaufen waren, Rolltreppe, Fahrstuhl und Paternoster fahren. Wie ein Schock, war es dann wenn wir wieder draußen auf dem Bürgersteig standen: Endlose Kolonnen von Last- und Personenwagen fuhren vorbei, die sich, wie von unsichtbaren Schnüren gezogen, zwischen Straßenbahnen und Bussen hin und her bewegten. Zugleich rollten hoch über und unter uns die gelben S- und U-Bahnen, die Hauptverkehrsadern der Stadt. Hin und wieder fuhren auch majestätisch wirkende große doppelstöckige Busse vorbei, die ich früher immer „Obeniebus" nannte.

Berliner Obeniebus.

Der Lärm der Lastwagenmotoren, das schrille Quietschen der Züge auf den Schienen und das Bimmeln der Straßenbahnen waren damals wie heute für mich unbeschreiblich schöne Geräusche. Sie fehlten mir sehr in meiner neuen Heimat Schwenningen.

Eine andere Begebenheit, die mir gut im Gedächtnis geblieben ist, war die Begegnung mit meinem ersten Rindvieh, einer leibhaftigen Kuh. Damals hatten wir eine entfernte Bekannte unserer Omi, eine Anita Meisner, die

„Meisner'sche", in einem entfernten Berliner Vorort besucht. Die Häuser waren dort nicht so hoch wie bei uns in der Bevernstraße, und alles war viel kleiner. Vor dem Haus, in dem die Frau wohnte, stand ein dreirädriges Auto. Als wir durch die Tür in das Vorderhaus eintraten, empfing uns ein eigenartiger Geruch. Auf meine Frage, was denn hier so riecht, zeigte mir die Meisner'sche im Hinterhaus einen Stall, in dem eine völlig verdreckte, schwarzweiß gefleckte Kuh mitten in ihrem Mist stand. Als ich dann noch erfuhr, dass meine Morgenmilch von solch einem Tier stammt, habe ich einige Zeit lang keine mehr getrunken.
In jenen vergangenen Berliner Tagen fuhren wir öfter mit der Straßenbahn an den Wannsee zum Baden. Ich sehe mich noch voller Freude an einem, aus dem Wasser ragenden steinernen farbigen Fliegenpilz herumplanschen, aus dem oben Wasser in einer Fontaine heraussprudelte.

Gut in Erinnerung ist mir ferner die Stimmung im vorwinterlichen Berlin, wenn abends die vielen Lichter die Straßen fast taghell erleuchteten und die unzähligen Auslagen der vielen Läden angestrahlt waren. Ebenso wie die wegen der Kälte vermummten Menschenmassen, die hektisch auf den Bürgersteigen umherliefen. Jetzt mussten abends die Häuser, Straßenlaternen und Autos wegen der vielen nächtlichen Fliegerangriffe vollständig verdunkelt werden; doch der Lärm, den diese vielen Fahrzeuge auf den Straßen verursachten, war ja trotz der Dunkelheit zu hören. Die ganze Situation wirkte irgendwie gespenstisch!

Plakat wegen der nächtlichen Verdunkelung.

Wie viel beschaulicher und ganz anders war doch mein jetziges Leben in Schwenningen. Menschenmassen gab es hier nur frühmorgens und abends, wenn die unzähligen Arbeiterinnen – die meisten Männer waren ja im Krieg – vom nahen Bahnhof kamen und zu ihrer Arbeit in irgendeine Fabrik hasteten. Hier bestand der Verkehr inzwischen überwiegend aus Pferde- und Kuh- Fuhrwerken, hin und wieder einem Firmenlastwagen, der Waren am Güterbahnhof abholte. Gelegentlich auch aus einer deutschen Wehrmachts-Kolonne, die müde und abgekämpft durch die Straßen zog.
Ich war traurig. Berlin, meine alte Heimat, fehlte mir doch sehr!

Rechts ein bombardierter Hochbahnhof in Berlin.

Am Nachmittag fuhren Öhm und ich mit der Hochbahn und später weiter mit der Straßenbahn zu unserer neuen Wohnung in die Friedenauer Hedwigstraße 2a. Immer vorbei an zerstörten Haltestellen und vielen gespenstischen Trümmergrundstücken, die mir Angst machten. Ich konnte mich noch gut daran erinnern, dass sich in unserem Haus im Souterrain rechts eine Bäckerei befand. Manchmal, wenn dem Bäcker ein Kuchenboden zerbrochen war, bekamen wir

Kinder aus der Umgebung die Reste. Ich sehe mich noch heute auf der Treppe vor dem Haus mit einem dieses herrlich duftenden, süß schmeckenden Kuchenrests sitzen. Leider war die Bäckerei geschlossen und der Geruch nach frischen Backwaren in alle Winde verflogen. Oben in unserer Küche stand noch der geräumige weiße Eisschrank, der in gewissen Abständen von Eismännern mit Stangeneis gefüllt wurde. Auch die Männer sehe ich noch vor mir mit ihren dicken Handschuhen und dem geflochtenen Polster auf der Schulter, wo die Eisstangen auflagen.

Eisstangenlieferung für den Kühlschrank.

Nicht weit weg von der Hedwigstraße, ich glaube im Rathaus Friedenau, befand sich früher ein kleiner lokaler Radiosender. Die Kindersendung, in der ich damals mitmachen durfte, leitete eine „Elfi von Kranach". Meine Mutti brachte mich immer zu den Aufführungen hin.

Unser früheres Pflichtjahrmädchen Inge hatte erfahren, dass Öhm mit mir in Berlin ist. Als wir uns sahen, nahm sie mich in den Arm. Uns beiden liefen dicke Tränen über die Wangen, und ich kuschelte mich dicht an sie. Sie roch immer so gut. An diesem Tag hatte sie sich Zeit genommen und ging mit mir in einen in der Nähe liegenden Park mit vielen blühenden Blumen. Überall auf den Bänken saßen junge und ältere Frauen und in einem Sandkasten spielten Kinder. Ein paar ältere Männer und einige Versehrte mit Krücken und Verbänden saßen zusammengedrängt auf den Bänken in einer Ecke und hatten die Köpfe zusammengesteckt. Am Rande des Parks stand die übrig gebliebene Wand eines zerbombten Hauses, oben im vierten Stock hing ein einzelner Heizkörper unter einem Fenster. Hinterher fuhr Öhm mit mir noch zu den Schirmers, Onkel Ernst und Tante Luzie, eine Schwester ihres verstorbenen Mannes.

Bild rechts, Tante Luzie, mein 1938 verstorbener Opa Willy Strache und Tante Frieda.

Weshalb ich den Onkel Ernst Onkel Huhu nannte, weiß ich heute nicht mehr genau. Aber meiner Erinnerung nach sagte ich so zu ihm, weil er andauernd mit zusammengerollter Zunge „huhu" wie ein Uhu gemacht hat. Anschließend fuhren wir zu meiner Lieblingstante Frieda, ebenfalls eine Schwester meines Berliner Opas, die von mir „Tafried" genannt wurde. Ich war früher immer ihr Jörgchen. Wenn ich bei ihr mal auf die Toilette musste, durfte sie davor jedes Mal den Raum mit einer Taschenlampe ausleuchten, um sicherzustellen, dass sich hinter der alten

Kloschüssel oder dem oben an der Wand angebrachten laut gurgelnden Wasserkasten mit der Zugkette auch niemand versteckt hatte. Da Öhm per Telegramm zu ihrer Dienststelle nach Dresden beordert worden war, musste mich Inge mit der Bahn zurück nach Schwenningen bringen. Die Fahrt dauerte mehrere Tage. Doch mit einem großen Esspaket unserer Verwandten haben wir die Fahrt trotz aller Fliegerangriffe gut überstanden, ja eigentlich sogar genossen.
Meine alte Heimat, die „Reichshauptstadt Berlin“, habe ich erst 60 Jahre später wiedergesehen. Inge, meine beiden Tanten Frieda und Luzie, den Onkel Huhu und die Braatzens nie mehr.

Das verlorene Kind

Es waren gerade mal wenig mehr als fünf Wochen seit dem verheerenden Fliegerangriff vom 2. Januar 1945 vergangen, da ertönten die Sirenen.
Alarm! Munni schnappte uns drei und ab ging es in den Keller unter der Schreinerei. Vadder Strohm war noch hinter dem Haus an seiner riesigen Kreissäge beschäftigt, wo er in aller Seelenruhe Abdeckungen für die nach den Angriffen zerstörten Fenster zurechtsägte. Wenn man in der Nähe der Säge stand, war deren Geräuschpegel so laut, dass man den Lärm der Sirenen einfach überhörte. Inzwischen waren alle außer Vadder – Mudder war bei Verwandten – im Keller. Auf einmal schrie Munni laut und schaute dabei verstört im Raum umher: „Wo ist mein Bernd?“ Heimlich still und leise hatte sich unser Berndle verdrückt. Schließlich kam auch Vadder in den Keller, er hatte seine Säge abgestellt, weil er endlich die Sirenen gehört hatte. Draußen rumpelte und krachte es ohrenbetäubend, wieder und wieder ertönte dieses uns schon so bekannte grauenerregende Iiiiiieeeeeeeeeeeewuwumm, Iiiiiieeeeeeeeeeeewuwumm. Undurchdringliche Staubschleier tanzten durch den notdürftig von einer trüben Funzel erhellten Raum, die bei jedem Rumpler flackerte. .

Links zerstörte Häuser vom Angriff am 09.02.45.

Alle Erwachsenen, Munni, die beiden Mädchen, Vadder und das Ehepaar aus dem dritten Stock, suchten trotz allem Lärm und Getöse den großen finsteren Kellerraum mit seinen vielen Winkeln und dunklen Stellen ab, in denen viele Holzstapel und alte Maschinen standen. Munni wollte schon in unsere Wohnung hoch, um dort nach ihrem Kind zu suchen, doch Vadder Strohm hielt sie zurück. Mitten in die Sucherei nach unserem Brüderchen ertönten die Sirenen. Entwarnung! Gott sei Dank „Alla“ – diesen Ausdruck hatten wir alle schnell übernommen Trude und Munni waren als Erste draußen. „Panz, Panz“, riefen die Mädchen im Treppenhaus, Vadder suchte im Hof, Munni in unserer Wohnung. Auf einmal ertönte im Hausgang lautes Gelächter und der Ruf: „Kommed ämol ruff, kommed ämol ruff!“ Es war das Ehepaar Thiesen aus dem dritten Stock. In der fremden Küche stand unser Berndle auf einem Stuhl vor dem Küchenschrank, die Zuckerdose in der einen, den Löffel in der anderen Hand und mampfte Zucker mit vollen Backen; dabei schaute er uns aus seinen großen blauen Augen strahlend an. Wer konnte ihm da noch böse sein? Er hatte sich den Ort genau gemerkt, an dem er manchmal einen Löffel Süßes bekam. Die feindlichen Flieger waren, so hörten wir später, nach Singen am Hohentwiel weitergeflogen, um dort ihre tödliche Fracht abzuwerfen.

Öhms Schutzengel

Am 12. Februar 1945, wir wohnten jetzt schon einige Monate in der Uhlandstraße, besuchte uns überraschend unsere Öhm. Sie hatte aus Krankheitsgründen Erholungsurlaub bekommen. Diesen Urlaub muss ihr Schutzengel beantragt haben, denn genau einen Tag später, in der Nacht vom 13. auf den 14., sowie am 15. Februar wurde Dresden, die „Lazarett-Stadt" durch die barbarischen Luftangriffe der Alliierten zu 70 % zerstört.

Bild rechts Leichenbergung in Dresden nach den Angriffen vom 13 bis 15.02.45.

Es waren die schwersten Bombardierungen, die je eine deutsche Stadt getroffen haben; bis zu 25.000 Menschen verloren dabei in der unbewaffneten Rotkreuz-Stadt Dresden ihr Leben. So las man später in der Zeitung. Auch Öhms Behörde in der „König-Georg-Kaserne" wurde teilweise zerstört und musste geschlossen werden.

Unten Öhms Lebensmittelrationen für ihren Aufenthalt in Schwenningen, ausgestellt am 10.02.45 in Dresden.

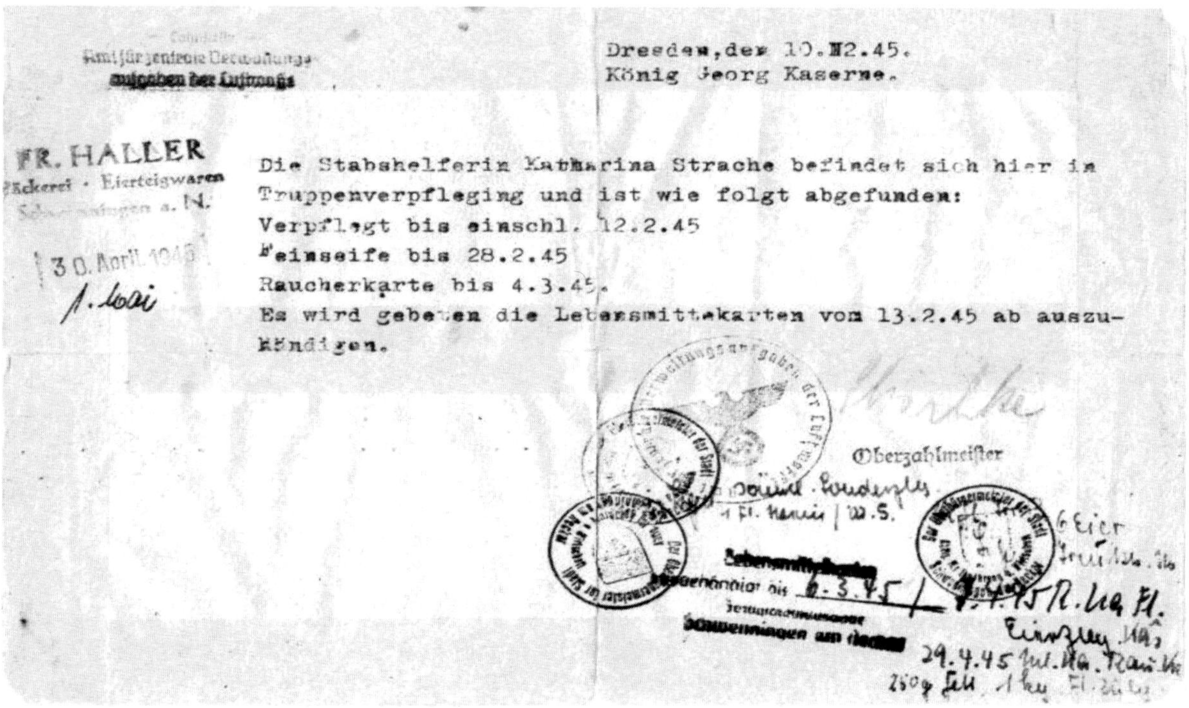

Dresden, den 10.2.45.
König Georg Kaserne.

FR. HALLER
Bäckerei · Eierteigwaren
Schwenningen a. N.

30. April 1945

Die Stabshelferin Katharina Strache befindet sich hier in Truppenverpfleging und ist wie folgt abgefunden:
Verpflegt bis einschl. 12.2.45
Feinseife bis 28.2.45
Raucherkarte bis 4.3.45.
Es wird gebeten die Lebensmittelkarten vom 13.2.45 ab auszuhändigen.

Oberzahlmeister

Lebensmittel-Rationierung 1945

Zu dieser Zeit waren schon längst alle Lebensmittel, Seife und Tabakwaren rationiert und nur noch auf Marken zu bekommen. So war es sehr wichtig, dass die Stabshelferin Katharina Strache, also Öhm, noch vorher Feinseife und Rauchwaren in ihrer Dienststelle erhalten hatte. Für ihren Aufenthalt in Schwenningen bekam sie einen Berechtigungsschein für den Bezug von Lebensmitteln in Form von 6 Eiern, 250 g Fett, 1 kg Fleisch und 1 kg Nudeln sowie etwas Käse

Bombenterror und kein Ende

Doch der Krieg hatte uns nicht vergessen, es sollte sogar noch schlimmer kommen. Während nach den letzten Bombardements Schwenningens noch viele Bewohner am Aufräumen ihrer zerstörten Häuser waren, hatten es die Alliierten diesmal auf den Bahnhof, die Gleisanlagen und die Fabriken in unserer Umgebung abgesehen.

Am 22. Februar waren wir fünf nach dem Essen durch unerwarteten Fliegeralarm aufgeschreckt worden und schnell in den Luftschutzbunker der Karlschule gerannt. Kurz darauf krachte es, Iiiiiiieeeeeeeeeeeewuwumm, wir kannten dieses Geräusch ja schon, hielten einander fest und zogen bei jedem Wuwumm die Köpfe ein. Wieder und wieder Iiiiiiieeeeeeeeeeeewuwumm, Iiiiiiieeeeeeeeeeeewuwumm. Welle um Welle kamen die Angriffe, manchmal waren die Einschläge entfernter doch oft direkt in der Nähe. Es wollte kein Ende nehmen, selbst die wuchtige Schule erzitterte bei jedem Einschlag.

Oben das von Bomben zerstörte Schwenninger Bahnhofgelände

Irgendwann gab es noch einen Riesenrumpler, und dann war es still, totenstill. Bald darauf ertönten die Sirenen. Entwarnung, endlich Entwarnung!

Als wir aus dem fast dunklen Keller ans Licht stolperten, sahen wir staubgraue Gehwege und Straßen, überall lagen kleine und größere Steinbrocken herum. Menschen kamen auf die Straße und irgendjemand rief: „Am Necker stoht koan Stoa meh ufem andere!“ (Im Stadtteil Neckar steht kein Stein mehr auf dem anderen). Darauf ein anderer: „Züg kunned au koane meh fahre, älle Gloas sind hee.“ (Züge können auch keine mehr fahren, alle Gleise sind kaputt). Als wir um die Ecke kamen und unser Haus noch stand, weinten wir vor Freude. Vadder, Mudder, Alla und Trude standen auf der Straße, und alle nahmen uns in die

Arme. Später halfen Mudder, Vadder und Munni bei der Versorgung der verletzten Menschen und beim Aufräumen der Trümmer. Öhm und die beiden Mädchen mussten mal wieder auf uns drei Kinder aufpassen.
An einem der nächsten Tage nahm mich Munni an der Hand und zeigte mir die Zerstörungen an der Bahn und den Schienen. Ich war ja noch ein Kind und konnte mir überhaupt nicht vorstellen, welche Gewalt da geherrscht haben musste, um diese stabilen Stahlgleise so zu verbiegen – als wären sie reines Spielzeug. Darauf blickten wir über die zerstörten Gleise in den Neckarstadtteil hinüber,

dort waren mehr Ruinen als in-takte Häuser zu sehen. Genau wie hinter uns, wo vor dem Angriff im Januar noch ein großes Fabrikareal der Firmen Rieble & Mathauer und Gustav Strohm standen, war alles vernichtet und zerbombt. Wie ein Leichentuch überdeckte grauer Schnee das ganze Chaos. Einige Jahre später wurde auf dem damals noch unbebauten Fabrikgelände vor den heutigen kaufmännischen und gewerblichen Berufsschulen eine Tafel aufgestellt, auf der Folgendes stand:

„Am 2. Januar 1945 wurden hier durch Luftangriff 94 Personen getötet. Insgesamt wurden in Schwenningen 184 Personen getötet und 119 Gebäude total zerstört. So soll es nicht mehr kommen. Erhaltet den Frieden!“

Heimatlos

Am 19. März kam abends ein Telegramm aus Berlin, leider aus einem sehr traurigen Anlass. Das Haus in der Bevernstraße 2 mit Öhms Wohnung, in der wir ja früher auch gewohnt hatten, wurde durch Bombentreffer total zerstört. Fast zur gleichen Zeit wurde auch unser hübsches Haus mit der gemütlichen neuen Wohnung in der Hedwigstraße in Friedenau vernichtet. Jetzt war der Duft nach frischgebackenem Kuchen wohl endgültig verschwunden. Nur gut, dass ich unsere Verwandten und Freunde, die Wohnungen und alles

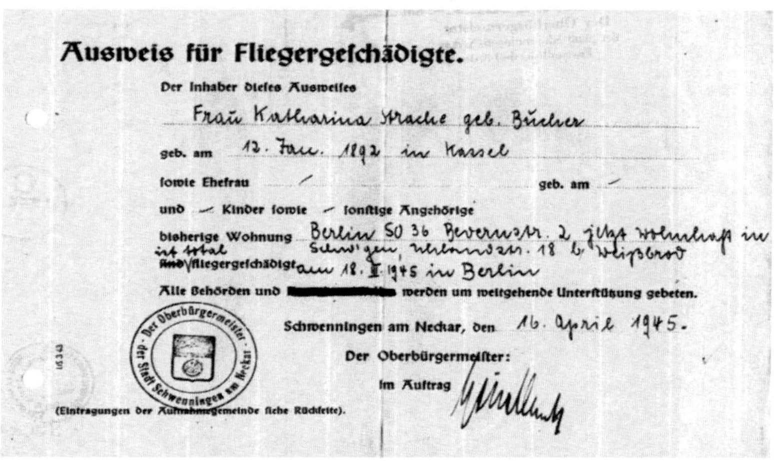

Ausweis für Fliegergeschädigte.

Der Inhaber dieses Ausweises Frau Katharina Strache geb. Bücher

geb. am 12. Jan. 1892 in Kassel

sowie Ehefrau – geb. am –

und – Kinder sowie – sonstige Angehörige

bisherige Wohnung Berlin SO 36 Bevernstr. 2 jetzt wohnhaft in Schw'gen, ...str. 18 b. ...

ist total fliegergeschädigt am 18. III. 1945 in Berlin

Alle Behörden und [redacted] werden um weitgehende Unterstützung gebeten.

Schwenningen am Neckar, den 16. April 1945.

Der Oberbürgermeister:

Im Auftrag

Der Oberbürgermeister der Stadt Schwenningen am Neckar

(Eintragungen der Aufnahmegemeinde siehe Rückseite).

andere noch einmal unbeschadet gesehen hatte. Wir waren jetzt heimat- und mittellos. All unser Hab und Gut war verbrannt oder lag unter Bergen von Schutt und Asche begraben. Wir besaßen buchstäblich nur noch die paar Sachen, die wir bei unserer Deportation hierher am Körper hatten.

Berndles Taufe

Die Strohms, vor allem Mudder, waren sehr christlich geprägt, und unser Berndle – welch eine Schande – war noch nicht getauft. So war es denn auch für die Strohms ein Herzenswunsch, dass mein kleiner Bruder, den das Ehepaar sehr ins Herz geschlossen hatte, endlich die evangelische christliche Taufe erhalten würde. Unser Bernd war am 2. Dezember 1942 zur Welt gekommen, also im März 1945 zweieinviertel Jahre alt. Nur wenige Meter um die Ecke, neben der Kirche in der Jakob-Kienzle-Straße, gab es den katholischen Kindergarten. Da mein Bruder ein aufgewecktes Kerlchen war, besuchte er den Hort so oft er durfte. In jener Zeit brachten viele Frauen, die in der hiesigen Industrie arbeiten mussten, ihre Kleinkinder dorthin (Kinderkrippen gab es also auch damals schon, jedoch ohne den heutigen Bürokratismus und das Gezerre um Kosten und Zuständigkeit). Der Kindergarten wurde von katholischen Ordensschwestern geleitet, die sich viel Mühe gaben, die Kinder entgegen der nationalsozialistischen Meinung christlich zu erziehen. Dazu gehörte natürlich auch das Beten.

Bild rechts Vadder mit Panz.

Als am 7. März 1945 mein Bruder Bernd in der evangelischen Stadtkirche getauft wurde, der Pfarrer ihm die Hand auf den Kopf legte und dabei die Worte sprach: „Ich taufe dich im Namen des Vaters, des Sohnes und....“, da vollendete mein kleiner Bruder laut und deutlich den Satz: „und des heiligen Geißleins, Amen“. In der Kirche gab es unterdrücktes Gelächter, und meine Mutti er-rötete. Selbst Mudder, seine Taufpatin, musste lächeln, während Alla und Trude in ihr Taschentuch prusteten. Vadder nahm nach der Taufe unseren Panz auf den Arm und trug ihn stolz wie ein Kaiser hinterher aus der Kirche.

Die Endrunde

Ende März, Anfang April 1945, es war die Zeit über Ostern, musste Vadder Strohm mit etlichen Weltkriegs-Veteranen auf das hie-sige Moos, um dort zusammen mit anderen älteren Männern Panzergräben auszuheben. Zum sogenannten Volkssturm, „dem letzten Aufgebot wehrfähiger Männer zwischen 16 und 60 Lebensjahren zur Verteidigung der Heimat“, musste er jedoch nicht mehr. **Bild links unsere fesche „Alla“ (Irmgard Strohm).**

In Schwenningen waren in jenen Tagen nur noch wenige deutsche Soldaten auf den Straßen. Es war der 18. April morgens, da kam Alla, angerannt und rief: „Munni, Munni, das Wehrmachtslager in der Karlschule ist offen, und die Leute holen sich alles heraus, was nicht niet- und nagelfest" ist. Munni nahm mich an der Hand, und wir rannten hinüber. Aber außer ein paar Tuben Zahnpasta und vielen Büchern aus der Schule war eigentlich nichts mehr da. Die Eigentumsstempel der Schule in den Büchern haben wir später überklebt.

Einmarsch der Franzosen

Am späten Nachmittag des 20. April hörten wir dann von Weilersbach und Dauchingen her immer wieder wildes Geschieße. So gegen 20 Uhr rückte von dort eine französische Panzertruppe in Schwenningen ein, und wir verschwanden wieder einmal im Keller. Trotzdem kann ich mich noch gut an das endlose Kettengerassel erinnern.

Rechts eine französisch Panzerbrigade in Wartestellung

Irgendwann gab es in der Nähe einen heftigen Knall und kurz darauf wieder Geschieße. Später hat uns Vadder Strohm erzählt, dass bei der Eisenbahnunterführung in der Herdstraße ein französischer Panzer von ein paar irregeleiteten jungen deutschen „Endsieglern" abgeschossen wurde. Wobei es besonderes Pech für die hiesige Bevölkerung war, das der tote Panzerführer ein Sohn des späteren französischen Stadtkommandanten war. Das ließ er die Menschen hier spüren.
Etwa drei Tage nach dem Einmarsch gab es tagsüber und nachts noch einmal eine größere Schießerei. Als Grund wurde uns später ein fehlgeschlagener Durchbruchsversuch von eingekesselten deutschen Wehrmachtseinheiten ins Allgäu gemeldet, die sich in den Wäldern um Dürrheim, bei Aasen und bis in das Tal der vorderen Donau bei Geisingen einige schwere Gefechte mit den Franzosen lieferten.

Links der vernichtete deutsche Wehrmachtstross vom 24 April 1945 in Dürrheim.

Doch trotz aller Durchhalteparolen wegen eines immer noch erhofften Endsieges, für uns hier war der Krieg zu Ende. In den nächsten Tagen war in unserer Straße ein ständiges Kommen und Gehen von französischen Militär-Lastwagen. Etliche Franzosen hatten sich in der „Ober- und Karlschule" sowie im Hotel „Württemberger Hof", Ecke Uhland- und Jakob-Kienzle-Straße, gegenüber unserer Wohnung einquartiert. Die hiesige

französische Besatzung bestand überwiegend aus Nordafrikanern, Marokkanern und Algeriern, dazu einige weiße Mannschaften und Offiziere.
Für die deutsche Bevölkerung war abends ab 20 Uhr Ausgangsverbot, und auf alles, was sich danach noch auf der Straße befand, wurde von den Franzosen Jagd gemacht. Erst am 7. Mai 1945 wurde im Hauptquartier des US-Generals Eisenhower von Generaloberst Jodl und Großadmiral Friedeburg – und am 8. Mai im Hauptquartier des sowjetischen Generals Schukow – die bedingungslose Kapitulation der gesamten deutschen Wehrmacht unterzeichnet. ***Die Kapitulation der Deutschen Wehrmacht bei dem sowjetischen Generals Schukow.***

Und wir schoben Kohldampf!
Die letzte Notration, ein bis zwei Kilo Brot, ein halbes Kilo Fleisch, Nudeln und ein wenig Zucker, war alles, was am 19. April noch pro Person ausgegeben wurde, und jetzt war es Ende April. Manchmal kam Frau Bürk, die sich mit Munni angefreundet hatte, und brachte uns ein paar Eier, einen Rest Brot oder etwas Butter, und irgendwie haben wir überlebt.

Andere Länder, raue Sitten

Eines Tages habe ich gesehen, wie farbige französische Soldaten vor den Garagen im Württemberger Hof einige Schafe geschlachtet haben.
Bild links der Württemberger Hof.
Ein Soldat saß auf dem Rücken des jämmerlich blökenden Schafes, und ein anderer nahm den Kopf und verdrehte ihn mit einem Ruck. Dann nahm er ein Messer und machte einen Schnitt durch den Hals; anschließend fing er das Blut mit einer alten weißen Emailleschüssel auf. Ich lief weinend nach Hause und erzählte stotternd meiner Munni, was ich gesehen hatte. Sie nahm mich liebevoll in die Arme, streichelte mir tröstend über den Kopf und sagte etwas von rohen Menschen und anderen Sitten. Munni hatte in Berlin das „Lyzeum“, also eine höhere Schule besucht und sprach daher gut Französisch; dies hatte sich auch bald herumgesprochen.
Ganz rechts gegenüber vom Rathaus links war das Gasthaus Löwen, mit der französischen Ortskommandantur.

Beim Spediteur Bürk war ein hoher französischer Offizier einquartiert, der sie öfter zum Dolmetschen engagierte. Durch ihn bekam sie auch eine Stelle als Küchenhilfe im Kaffee „Häring“ beim Rathaus; dort wurde für die französischen Offiziere gekocht, die damals in der Ortskommandantur, im Gasthaus „Löwen“, nebenan residierten.

Bild links das Kaffee Häring.

Durch Munnis Tätigkeit waren wenigstens unsere Nahrungsprobleme vorübergehend gelöst. Eines Tages arbeitete sie etwas länger und kam in eine französische Kontrolle, die nach 20 Uhr abends die Sperrstunde überwachte. Sie wurde abgeführt und im Schwenninger Rathaus inhaftiert. Während dieser Zeit war ja immer noch unsere Öhm auf Besuch bei uns. Sie hatte inzwischen von der französischen Behörde einen Bewilligungsschein für den Aufenthalt bei ihrer Tochter in Schwenningen bekommen.

Öhms Bewilligungsschein für den Aufenthalt in der französischen Zone vom 01. November 1945.

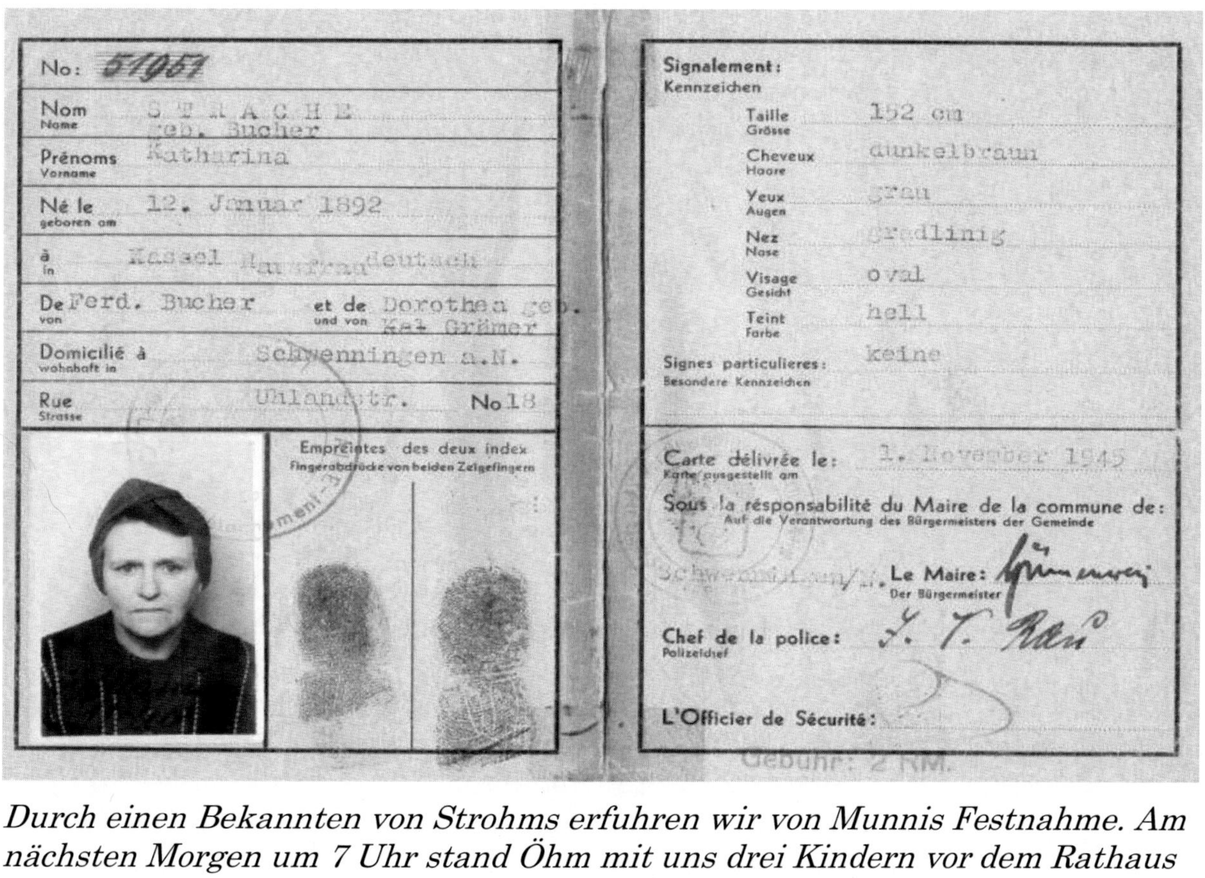

No: 51951
Nom / Name: STRACHE geb. Bucher
Prénoms / Vorname: Katharina
Né le / geboren am: 12. Januar 1892
à / in: Kassel Hausfrau deutsch
De / von: Ferd. Bucher et de / und von: Dorothea geb. Kal Grämer
Domicilié à / wohnhaft in: Schwenningen a.N.
Rue / Strasse: Uhlandstr. No 18
Empreintes des deux index / Fingerabdrücke von beiden Zeigefingern

Signalement: / Kennzeichen
Taille / Grösse: 152 cm
Cheveux / Haare: dunkelbraun
Yeux / Augen: grau
Nez / Nase: gradlinig
Visage / Gesicht: oval
Teint / Farbe: hell
Signes particulieres: / Besondere Kennzeichen: keine

Carte délivrée le: / Karte ausgestellt am: 1. November 1945
Sous la résponsabilité du Maire de la commune de: / Auf die Verantwortung des Bürgermeisters der Gemeinde
Schwenningen/N. Le Maire: / Der Bürgermeister
Chef de la police: / Polizeichef
L'Officier de Sécurité:
Gebühr: 2 RM.

Durch einen Bekannten von Strohms erfuhren wir von Munnis Festnahme. Am nächsten Morgen um 7 Uhr stand Öhm mit uns drei Kindern vor dem Rathaus und protestierte lautstark. Eine Viertelstunde später stand Munni auf der Straße und nahm uns vor Freude weinend in die Arme. Wir waren wieder zusammen! In den nächsten Tagen arbeitete Munni wie davor in der Küche des Kaffee „Häring“, bis sie eines Tages mit einem hochroten Kopf und sehr wütend bereits gegen 18 Uhr abends zurückkam. Sie war entlassen worden, nachdem sie einem Elsässer namens Marcel eine Bratpfanne auf den Kopf gehauen hatte. Dieser wollte sie andauernd begrapschen, und so musste sie sich wehren. Ich konnte mir unter „Begrabschen" ja nichts vorstellen, aber es muss irgendetwas Schlimmes gewesen sein!

In letzter Sekunde

Viele Probleme gab es inzwischen mit marodierenden farbigen französischen Einheiten, die Plünderungen nahmen jeden Tag zu, und keine Frau war vor einer Vergewaltigung sicher. Eines Tages hatten Alla und Trude Langeweile. Sonst hatten sie sich immer wegen der Übergriffe der Soldaten versteckt und nie in der Öffentlichkeit gezeigt; doch dieses Mal schauten sie kurz zu einem der oberen Dachfenster hinaus.

Rechts, eine Patrouille Marokkanischer Soldaten.

Da kam gerade ein kleiner Trupp Marokkaner unten auf der Straße vorbei, die natürlich sofort die jungen Mädchen oben im Fenster entdeckten. Mit wildem Gejohle raste die Bande gegen die verschlossene Haustür an. Nachdem sie diese aufgebrochen hatten, hastete die Meute die Treppe hoch in Richtung Dachgeschoss, hinter ihnen her die verzweifelten Eltern, der brüllende Vadder und die um Hilfe rufende Mudder. Oben hatten sich die Mädchen inzwischen voller Angst in einem dunklen Winkel des großen Dachbodens verkrochen, der mit alten Möbeln, Bretterstapeln und sonstigem Gerümpel vollgestellt war. Munni hatte uns sofort nach dem Geheul und dem Lärm unter die Betten gescheucht, als sie gegenüber, im Fenster des Bürk'schen Hauses, den französischen Offizier entdeckte, der nach dem Ursprung des Gejohles auf der Straße schaute. Sie rannte schnell über die Straße und erklärte dem überraschten Mann die Situation. Innerhalb einer Minute stand dieser mit gezogenem Revolver auf der Straße und hastete ebenfalls die Treppe zum Strohm'schen Dachboden hoch. Von dort dröhnte lautes Gepolter, wildes Gebrüll und Mädchengekreische zu uns herunter, und wir krochen weinend noch tiefer unter die Betten. Öhm saß unter einem Tisch und hatte unser Brüderchen Bernd im Arm. Nach einem lauten Knall und einem kurzen, sehr lauten Wortwechsel wurde es auf dem Speicher schnell ruhig; dann war wieder Gepolter auf der Treppe, doch dieses Mal ging es nach unten und durch die kaputte Haustür nach draußen.

Links die reparierte Haustüre in der Uhlandstraße 18.

Kurz danach gab es erneut Geschrei im Haus, dann ein paar sehr laute klatschende Geräusche und daraufhin geräuschvolles Mädchenweinen.

Diesmal hatte Vadder Strohm für Ruhe und Ordnung in seinem Haus gesorgt.
Anschließend erklang dröhnendes Hämmern durch das Haus, und wir mussten für einige Zeit die Hintertür benutzen. Die Marokkanischen Soldaten waren in Richtung Bahnhof abgezogen. Hier lagerten sie in einem Feldlager, zusammen mit etlichen anderen Militärs. Von hier aus sollten sie an einem der nächsten Tage mit der Bahn in Kasernen nach Frankreich abtransportiert werden. So erzählte uns später der Offizier.

Rechts unsere Alla (Irmgard Strohm) nach ihrer Konfirmation, so ähnlich sah sie auch aus als sie zwei Jahre später, 1944 bei uns als Pflichtjahrmädchen anfing. Unten Mitte der alte Schwenninger Bahnhof nach dem Krieg und vor dem Umbau.

Unten, und so sah es dann zweieinhalb Jahre später im Frühjahr 1948 um zehn nach Sieben am Morgen auf dem Schwenninger Bahnhof aus, die Bahn bringt Arbeiterinnen und Arbeiter aus dem Raum Rottweil, Deißlingen/Laufen und Mühlhausen, sowie aus Gosheim und Wellendingen nach Schwenningen

02 Berliner – Zigiener
Hungerzeit, Requirieren, Organisieren,

Der Krieg war gerade mal zu Ende, und viele von uns befiel ein Bedürfnis, mehr noch ein fast unstillbares Verlangen! Wir litten an Heißhunger nach allem Essbaren, doch woher nehmen, wenn nicht stehlen. Leider hatten wir, die hierher verschlagenen Großdeutschen, keine Beziehungen oder irgendwelche Tauschobjekte, um die dringend benötigten Lebensmittel einzuhandeln. Gut, dass direkt gegenüber das Halder'sche Milch- und Käsegeschäft war. Jedoch außer ein paar alten Bildern im Schaufenster aus glücklicheren Zeiten, die Regale im Ladeninneren waren wie leergefegt. Auch wenn es dort nur sporadisch Milch gab, meine beiden jüngeren Brüder profitierten davon, dass jedem Kind, solange es noch keine 6 Jahre alt war, täglich ein halber Liter Milch zustand. Auch wenn die Milch wässrig war, und wenn es überhaupt welche gab. Außerdem versuchte das freundliche und immer hilfsbereite Besitzer- Ehepaar, den Not leidenden Menschen aus der näheren Umgebung durch kleine Zugaben zu helfen, so gut es ihnen damals möglich war.

Oben Halders Milch- und Käseladen, rechts Basilius Halder,

Es war an einem späten Abend, zu der Zeit waren schon keine französischen Besatzer mehr im Hotel „Württemberger Hof", direkt uns gegenüber, da hörten wir seltsame heulende Geräusche auf der Straße, die jedoch schnell verstummten. Dann vernahmen wir Gerenne und halblaute Zurufe, denn unser Schlafzimmer lag zur Straße. Im Mondlicht sahen wir vor dem Milchladen einen abgedunkelten Kleinlaster mit einem Turm neben dem Führerhaus stehen. Mehrere Personen entluden aus dem Wagen irgendwelche Sachen, die wir jedoch nicht erkennen konnten.

Links ein alter Holzvergaser LKW.

Als ich am nächsten Morgen zum Milchholen ging, steckte mir Frau Halder unauffällig ein in Zeitungspapier eingewickeltes Päckchen zu. Nachdem es Munni daheim hastig ausgepackt hatte, jubelten wir, denn in dem kleinen Paket lagen ein Stück Käse und ein Stück Landbutter, wahrscheinlich aus Siggenweiler im Allgäu, wo Remigius Halder ein Bruder des hiesigen Ladenbesitzers, eine Molkerei betrieb.

Jetzt wussten wir, was die Geräusche am späten Abend bedeutet hatten, der Laster war heimlich unterwegs und musste schnellstens entladen werden. Lebensmittelläden waren eigentlich genügend in der Nähe, doch es gab dort nichts zu kaufen. In der oberen Uhlandstraße gab es die Bäckerei Erhard Haller, den Uhlandbeck, der auch ein Kleinsortiment an Lebensmitteln im Laden führte. Auch die Metzgerei Ziegler und das Lebensmittelgeschäft vom Hermann Bux waren in der Herdstraße 25 nur etwa 300 m entfernt. Selbst die Metzgereien Baumann und Gaus sowie die Lebensmittelläden Maier und Wöhrle waren nicht weit entfernt. Doch die Ladentheken waren leer und auf den Regalen lag nichts, einfach nichts.

Notrationen

Die Lebensmittelrationen in der französischen Zone bestanden damals für eine erwachsene Person hauptsächlich aus 12 bis 15 kg Kartoffeln je Monat, außerdem gab es 200 bis 250 g Brot je Tag. Die Fettration von 300 g monatlich bestand aus Butter, Margarine oder Öl. Dazu gab es, wenn vorrätig, 125 g Käse und 400 bis 500 g Fleisch monatlich.

Bild rechts Regal von beschlagnahmten Lebensmitteln bei einem Schwarzhändler.

Teigwaren erhielten wir erst ab Anfang 1947 und Mehl ab Ende des gleichen Jahres. Die Zuteilung von etwa 200 g Zucker, alle zwei bis drei Monate, spielte dabei keine große Rolle. Die zunächst auf 300 g pro Tag festgesetzte Menge Brot wurde von den Franzosen im Februar 1946 auf 250 g und im April sogar auf 200 g zurückgenommen, weil die notwendigen amerikanischen Importe ausblieben. Damit sank der Kalorienwert der täglichen Nahrungsmenge einer erwachsenen Person im Februar 1947 auf unter 1000 kcal, im August unter 900 und örtlich auf 600-700 kcal je Tag. Ein 25 bis 50 Jahre alter Mann benötigt nach heutigen Maßstäben ca. 2.400 kcal je Tag. So verwandelten damals Not und Mangel, noch zwei Jahre nach Kriegsende, ein ganzes Volk in ein Heer ausgemergelter Gestalten.

Denunziation und Plünderung

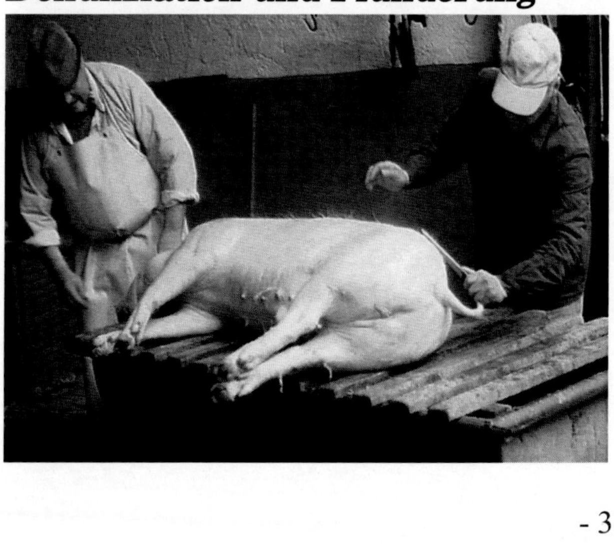

Nachdem die hiesige Bevölkerung auch noch die letzten Ersparnisse zum Kauf von Nahrungsmitteln auf dem Schwarzmarkt einsetzte, stieg der Preis für Kartoffeln auf über 200 Reichsmark je Zentner an.

Hausmetzger auf dem Land

Trotz der vielen Kontrollen hielten die meisten Landwirte, Tagelöhner und Gartenbesitzer in irgendeinem Schuppen oder abgelegenen Hütte ihre Tiere, Hühner, Hasen, Schafe, Ziegen oder manchmal sogar Schweine, versteckt. Selbst ausgewachsene Kühe sollen damals in engen Verschlägen untergebracht worden sein. So war hier, wie überall zu jener Zeit, die Schwarzschlachterei der wenigen, trotz Plünderungen noch verbliebenen Nutztiere absolut normal. Problematisch war dies jedoch immer, da man nie wusste, ob unsere Besatzer durch Anzeige eines „liebevollen" Mitbürgers von dem Schlachtvieh Wind bekamen und es beim Eigentümer vorher abholten. Deshalb mussten ja auch diese Tiere, bevor sie sich die Franzosen aneigneten, schnell von ihren deutschen Besitzern geschlachtet, oder sofort verteilt und gegessen werden. Übrigens soll ja damals, in den Zeiten des größten Hungers, auch der eine oder andere Dachhase (Katze) oder Hund in deutschen Kochtöpfen gelandet sein. So hatte ein im Ort ansässiger Elektromeister ganz besonderes Glück, als er für seine ausgeführten Arbeiten ein schwarz geschlachtetes halbes Schwein eintauschen konnte. Nachdem er seinen Arbeitslohn bei Nacht mit dem Handwagen zu sich nach Hause transportiert, mühsam durch das Kellerfenster ins Haus geschleift und unter dem Ehebett versteckt hatte, legte er sich zum Schlafen. Da es in dieser Nacht jedoch leicht geschneit hatte, war es für die

Franzosen, die durch einen Spitzel von der Aktion Wind bekommen hatten, eine Kleinigkeit, der Spur zu folgen, den Besitzer zu ermitteln und den Fang zu beschlagnahmen. **Bild links plündernde Soldaten**
So, oder ähnlich erging es zu jener Zeit vielen Menschen. Unsere Gebrauchsgüter, ob Fahrräder, Radios, Uhren, Werkzeuge oder Maschinen, selbst Kunstgegenstände, eigentlich alles was nicht niet- und nagelfest war, wurde von den Siegern zusammengescharrt und in Richtung Frankreich abtransportiert. Auch die Bürks hatten außer ihren Pferden für den Gütertransport noch eine alte Kuh für den Eigenbedarf im Stall stehen, selbst die wurde seinerzeit bei Nacht und Nebel von den Franzosen abgeholt, also konfisziert.

Menschen

Nach dem Krieg und auch lange Zeit danach gab es hier noch keine Zeitung, geschweige denn ein Radioprogramm. Am „Necker", (Neckar) einem Stadtteil Schwenningens auf der anderen Seite des Bächleins Neckar, wohnte ein geschickter Elektromeister namens Willi Bader. **Lautsprecherwagen** *Der hatte auf sein nicht requiriertes Auto zwei Lautsprecher montiert, um damit den Einwohnern amtliche Benachrichtigungen durchzugeben. Wenig später bekam er außerdem den Auftrag, der Bevölkerung auch die vielen offiziellen Erlasse unserer Besatzungsmacht mitzuteilen. So fuhr er mehrmals wöchentlich mit seinem Wagen durch alle Straßen und gab die überwiegend von den Franzosen verfassten Ankündigungen, gewürzt mit bissigen Kommentaren auf „Schwenningerisch", an die Bevölkerung weiter.*

Nach jeder der Ansage spielte er den Zarah- Leander'schen Schlager „Davon geht die Welt nicht unter". Da die Besatzer unseren heimischen Dialekt nicht verstanden, konnte der Willi auch nicht wegen Aufhetzung belangt werden. Denunziert hat ihn übrigens niemand, nur das Abspielen des Liedes wurde ihm von den französischen Behörden untersagt und die Schallplatte zerbrochen.

Die Ärztin

Eines Tages wurde mein kleiner Bruder Bernd, unser Panz, krank. Wir brachten ihn zu der in der Nähe wohnenden Ärztin, Dr. Elisabeth Benzing. Panz hatte eine Magen- oder Darmerkrankung, welche sie mit einer Infusion und Kohletabletten kurieren konnte. „Geben Sie dem Kind viel zu trinken", war ihr Rat an meine Mutter. Diese Frau war eine Seele von Mensch und half, wo sie nur konnte. Nach ihrer Krankenvisite bei meinem Bruder erkundigte sie sich über unsere Familiensituation.

Bild links Frau Dr. Elisabeth Benzing.

Wir drei Kinder in der Fremde, der Vater irgendwo in der Gefangenschaft. Sie schaute sich genau um und fragte unsere Munni, ob wir denn keine Bilderbücher oder sonstige Spielsachen hätten. In den folgenden Tagen kam sie erneut vorbei und nahm uns Kinder mit in ihr Haus in der Bärenstraße. Dort zeigte sie uns die große Spielkiste ihrer Söhne, und jeder von uns durfte sich etwas aussuchen und mitnehmen. Der Jüngere ihrer beiden Söhne hat uns den Diebstahl seiner Spielsachen einige Zeit lang sehr übel genommen. Jahre später habe ich erfahren, dass diese außergewöhnliche Ärztin vielen einheimischen Mädchen und Frauen geholfen hatte, die von französischen Besatzungssoldaten vergewaltigt worden waren und dann von diesen, oft farbigen, Männern ein Kind erwarteten. Sie und ihr Mann Karl, ebenfalls Arzt, sind noch einige Jahre unsere Familienärzte gewesen.

Buchbinder Jauch, Schule und Lehrer

Irgendwann im Herbst 1945 gab es dann wieder vereinzelt Schulunterricht, diesmal jedoch nicht in der Gartenschule, sondern in der Mädchenschule in der Metzgergasse. Gut, dass sich direkt neben unserem Haus der „Buchbinder Jauch" befand, ein Schreibwaren-Geschäft, das aber seit Kriegsende geschlossen war.

Rechts die Buchhandlung Jauch

Die beiden älteren unverheirateten Inhaberinnen waren immer sehr freundlich und hilfsbereit. Hin und wieder holten sie aus ihren alten Lagerbeständen einen Bleistift oder auch ein Heft für uns, wenn wir etwas dringend brauchten. Bei den Erwachsenen hießen die beiden Damen damals, trotz ihres hohen Alters, einfach nur „s' Annale" und „s' Agathle", für uns Kinder war es natürlich selbstverständlich sie mit Fräulein Jauch anzusprechen.

Unsere erste Lehrkraft nach dem Krieg hieß Elfriede Lange und war eine Sudetendeutsche. Sie gab sich viel Mühe mit uns und war immer sehr anständig, ganz im Gegensatz zu ihren männlichen Kollegen. Ich sehe sie noch genau vor mir, mit ihren braunen, leicht grau durchzogenen Haaren und dem netten Lachen. Ich glaube auch noch zu hören, wie sie uns erklärte, dass dort früher, bevor sie aus ihrer alten Heimat vertrieben wurden, vor dem Backen das christliche Kreuz mit den Fingern in den feuchten Brotteig gedrückt wurde.
Ebenso wie sie erzählte, dass man damals bei ihnen noch, einem Gast nach altem Brauch Salz und Brot als Willkommen reichte.

Meine Schulklasse 1945/46, Lehrerin Frau Lange, vor der Mädchenschule.

Ihre Lieblingsfächer waren Deutsch, Heimat- und Tierkunde, deshalb las sie uns auch immer gerne aus solchen Büchern vor. Wie beispielsweise aus Brehms Tierleben mit Bildern der heimischen Tierwelt. Nach dem Vorlesen wurde das Buch dann wegen der bunten Bilder reihum durch die Bänke gereicht. Ob wir bei unserer Lehrerin Elfriede Lange viel lernten weiß ich heute nicht mehr, aber ihre freundliche Art hat uns sehr gut getan!

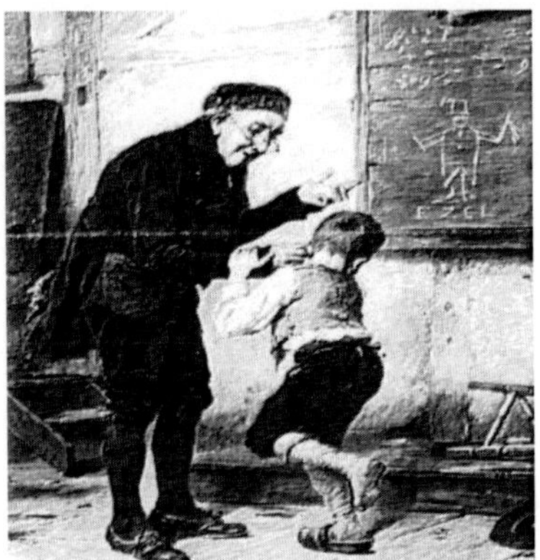

Unser nächster Lehrer hieß K. Wild, und manchmal benahm er sich auch so. Eines seiner Lieblingsinstrumente war ein langer Meterstab, mit dem er solche Schüler züchtigte, die mehrmals schlechte Klassenarbeiten geschrieben hatten. Die betroffenen Kinder mussten sich in der vordersten Bankreihe mit dem Oberkörper über eine Schulbank legen, das Gesäß in Richtung Herrn Wilds Meterstab, und dann gab's „Saures“. Ich glaube, manche der damals schon älteren männlichen Lehrer mögen aus heutiger Sicht Sadisten gewesen sein, aber wirklich geschadet haben uns die Hiebe eigentlich auch nicht!
So unterrichtete damals in der Gartenschule ein Lehrer Wirth, der mit seinem Schlüsselbund zielgenau nach unaufmerksamen Schülern warf. Derselbe Lehrer war bekannt dafür, daß er für seinen großen Garten „Rossbollen“, also Pferdeäpfel, zum Düngen sammelte. Es gab natürlich auch immer Schüler, die ihm im Garten halfen oder seine Aktentasche trugen, um sich bei ihm lieb Kind zu

machen. Eines morgens durfte mal wieder ein Schüler seine schwere Tasche auf dem Schulweg tragen. Dabei passierte ihm das Missgeschick, die Mappe fallen zu lassen. Beim Aufschlag auf den Boden öffnete sich diese und heraus kullerten lauter Rossbollen. Der Lehrer wurde rot vor Wut und der Schüler bekam eine Ohrfeige. Doch der Spott über das Malheur war sowohl in der Schule als auch im Ort recht groß. Doch selbst wenn Schüler auch einmal Gelegenheit bekamen, über einen Lehrer zu lachen, letztendlich behielten die Gemeinheiten des „Herrn Lehrers" die Oberhand und alle Schüler kuschten. Damals herrschten eben noch Zucht und Ordnung!

Der Klomann

In unserem Haus in der unteren Uhlandstraße gab es zu jener Zeit noch keine modernen sanitären Anlagen. Die Toilette war ein sogenanntes „Plumpsklo" in einem zugigen Bretteranbau an der Hausrückseite. Dieses bestand aus einer groben braunen Steingut- Kloschüssel mit einer Holzbrille ohne Deckel. Zum Spülen verwendeten wir eine große Wasserkanne. Den Hintern putzen mußte man sich mit altem zerrissenem Zeitungspapier, dass an einem Nagel an der Wand hing.

Links unsere Toilette lag im Inneren des Anbaus.

Die Winter waren seinerzeit noch sehr kalt, und so verbrachte niemand längere Zeit auf dieser Toilette, sonst fror einem buchstäblich der Hintern an. Auch der Winter von 1946 auf 47 war so kalt, dass alles, unsere ganzen Fäkalien also die Scheiße in dem offenen Rohr zu Eis gefror, bevor sie unten in der Grube ankam. So stieg die braune stinkende Eisschicht immer höher und höher. Vadder Strohm grinste, als wir ihm davon erzählten, und sagte: „Oje, kommt mal wieder der Klomann hoch." Dann holte er eine große Kanne mit heißem Wasser aus der Werkstatt, nahm eine Eisenstange und rückte so dem Ungetüm zu Leibe. Anschließend durften wir dann Strohms wärmere Toilette im ersten Stock benutzen

Die Mauchs

Das weitläufige Haus in der Uhlandstraße 18 bestand eigentlich aus zwei Teilen, denn über der Werkstatt war noch eine große Wohnung, in der die Familie Mauch mit ihren vier Kindern wohnte. Später kam noch ein Nachzügler dazu. Der „Mauche Karle" war ein schmaler, netter Mann. Seine Frau kam aus einem Dorf in der Nähe und war um einen Kopf größer als er. Sie konnte zuweilen sehr peinlich und ausfallend werden, besonders wenn es um ihre Kinder ging. Fast jeden Tag wurde ich auf dem Heimweg nach der Schule vom Mauch'schen Chor Mit: „**Weisbrod Scheißbrot, Weisbrod Scheißbrot**" begrüßt! Oft hatte ich auch

Ärger mit dem ältesten Sohn Manfred, er war Jahrgang 1936, kleiner als ich, aber stämmig, außerdem boxte er mich immer wieder, wenn er mich sah. Meist drohte er mir auch aus nichtigen Anlässen Schläge an. Eines Tages hatte ich die Nase voll von seinen Knüffen und Hieben. Mit einem Wutschrei stürzte ich mich auf ihn und langte so kräftig zu, dass er heulend nach Hause lief. Von diesem Tag an hatte ich Ruhe vor ihm, komischerweise stand diesmal die „Mauchin" nicht vor unserer Tür. Ansonsten beschuldigte sie uns ja immer irgendwelcher üblen Taten. Zum Beispiel, ihren Kindern fehle immer mal das eine oder das andere. Dabei war es gerade umgekehrt. Spielsachen, die wir draußen vergessen hatten, verschwanden urplötzlich oder waren kaputt. Munni hatte uns sowieso strikt den Umgang mit diesen Kindern verboten, obwohl deren Vater Karl immer sehr nett zu uns war.

Der Bahnschlitten (Schneepflug)

Die damaligen Winter sind mir noch heute als lang und schneereich überaus lebendig im Gedächtnis. Schneehöhen von 50 cm auf den Straßen waren früher keine Seltenheit. Damals gab es jedoch noch keine Schneepflüge oder Räumfahrzeuge wie heute. So wurde der Schnee in unserem Viertel um den Bahnhof mit einem großen dreieckigen hölzernen Bahnschlitten zur Seite geschoben und niedergewalzt, gezogen von drei bis vier der stärksten Bürk'schen Pferde. Manchmal wenn der Engelbert Fetzer das Gefährt lenkte, durften wir mit aufsitzen. Der Engelbert, ein kleiner Mann mit einem Schnauzer und glitzernden Äuglein, war einer von damals drei Bürk'schen Fuhrmännern, und ihr Vorarbeiter.

Ähnlicher Bahnschlitten wie damals der Bürk'sche vom Fetzer Engelbert.

Er konnte gut mit seiner Goasel (Peitsche) umgehen. Wenn wir mal wieder zu frech wurden, drohte er uns unter lautem Schelten mit dem Goaselstocken (Peitschenstock), aber richtig böse ist er nie geworden!

Die Gebrüder Bürk *s'Beckeehreten*

Die absoluten Könige in unserer Straße waren jedoch die drei Gebrüder Bürk, die auch das Unternehmen führten. Die Herren von links, Willer galt für Wilhelm, den ältesten, einen weißhaarigen Grandseigneur, Hugl für Hugo, den gemütlichen, und Hannes für Johannes. Er war der lauteste unter den dreien, lebte aber in der alten Poststraße.

Die Könige der Uhlandstraße, links der Willer, in der Mitte der Hugl, rechts der Hannes Bürk.

Schon am frühen Morgen konnte man ihn in der ganzen unteren Uhlandstraße hören, wenn er in voller Lautstärke seine Anweisungen für die Arbeiter in der

Güterhalle am Bahnhof brüllte. Irgendwann nach Kriegsende kam dann noch der vierte der Brüder, der Arzt Walter Bürk, dazu, er hatte seine Praxis im Doktor-Huus (Haus) neben der Spedition und praktizierte dort zusammen mit seiner Sprechstundenhilfe, einer Frau Eitel. Weil ich mich gut mit ihm verstand und er direkt gegenüber wohnte, ging ich dann später als Patient zu ihm. Im Grunde war ich früher immer kränklich und hatte dadurch in meiner Kindheit oft gesundheitliche Probleme: Scharlach, Masern, Diphtherie und Windpocken lagen schon seit meiner Berliner Zeit hinter mir, ebenso zwei durchstochene Trommelfelle nach einer beidseitigen Mittelohrentzündung. Hier ging es mir auch nicht besser, ich hatte oft Halsweh, entzündete Mandeln und vergrößerte Polypen. Wenn ich dann abends vor Schmerzen nicht einschlafen konnte, lutschte ich halt am Daumen. Irgendwann hatte ich mir dieses „Übel" so sehr angewöhnt, dass ich es auch manchmal tagsüber tat. Genauso wie das Mädchen Gretel aus dem Nebenhaus. Leider hat uns dann „Alla", Strohms Irmgard, beim gemeinsamen Lutschvergnügen erwischt und uns beide sehr spöttisch ausgelacht. Mann, wie habe ich mich geschämt, ich glaube, dass ich mir damals die Daumenlutscherei ganz schnell wieder abgewöhnt habe.

Fast wie im Frieden

Trotzdem gab es zu jener Zeit noch regelmäßig lästigen Ärger mit unseren Besatzern. In vielen Häusern waren seinerzeit Franzosen einquartiert, und später kamen ja auch noch die Flüchtlinge dazu. Die Erinnerung an den Krieg und das Dritte Reiche wurde inzwischen oft vergessen, so, als ob es hier kein Mensch erlebt hätte, geschweige denn daran beteiligt war.

Abschrift für den Betroffenen

N WEISBROD Jakob
W Schwenningen Kr. Rottweil
G.D. Lichtensteinstr. 35
18.4.1885
Nr. 11/0/4651

Entscheidung

Auf Grund des § 28 Abs. 1 der Rechtsanordnung zur politischen Säuberung

ist im Sinne des § 2 Abs. 1 Ziffer ~~1 2~~ 3 ~~4 Abs. 2~~ der Rechtsanordnung zur politischen Säuberung vom 28. 5. 1946 belastet. Es werden folgende Maßnahmen angeordnet:

Zurückstufung um drei Stufen,
ferner auf die Dauer von drei Jahren (bis 27.2.1950):
Versagung der politischen Wählbarkeit.

Für die Zumessung der vorbezeichneten Maßnahmen war entscheidend, daß der Betroffene durch seinen Beitritt zur NSDAP am 1. Mai 1933 politisch belastet ist.

Dabei ist § 8 Abs. 2 - Abs. 3 Ziffer 1 - 2 der Rechtsanordnung zur politischen Säuberung beachtet.

Gebühr = 40.— RM
Kosten = RM
zus. = 40.— RM Verz.-Nr. 1688
binnen 14 Tagen an die Finanzkasse Rottweil zu bezahlen.

Reutlingen, den 5.Dezember 1947
Der Staatskommissar für die politische Säuberung

Entnazifizierungsurkunde vom Großvater Jakob.

Die meisten Männer in unserer Straße waren sogar inzwischen schon „Entnazifiziert" und hatten keine Repressalien der Behörden mehr zu befürchten. Schließlich kehrte in gewisser Hinsicht auch Friede zwischen den Menschen ein, keiner hatte mehr Angst, von sogenannten guten Freunden denunziert oder angeschwärzt zu werden. Endlich nahm man sich auch wieder Zeit für die kleinen Alltagssorgen. Das neue Miteinander fiel mir besonders in unserer Straße auf. Es gab ja hier immer etwas zu sehen und zu erzählen, selbst der alte Herr Erhard Bürk, Gründer des Rollfuhrunternehmens, setzte sich gerne auf sein Bänkle vor dem alten Speditionsgebäude. Er redete nicht viel, aber er freute sich, wenn wir Kinder uns zu ihm setzten. Er war klein und schon ein wenig gebrechlich. Meistens hatte er ein schwarzes Samtkäpple auf, das ihm seine Enkelin Annile, die Tochter vom Hugl bestickt hatte. Ganz anders war es jedoch, wenn seine drei Söhne, die Brüder Willer, Hugl und Hannes, abends, nach getaner Arbeit auf dem Bänkle saßen. Sie sprachen grundsätzlich alle Menschen an, die vorbeikamen, um dann ihre Späßle oder Witzle mit ihnen zu machen. Am liebsten schickten sie uns Kinder zum Friseur Hurlebaus an der Ecke zur oberen Uhlandstraße,

um ihnen dort eine Schachtel Zigarren oder Zigaretten zu holen, wobei der Hugl immer der Anstifter war. Natürlich wussten die meisten von uns, dass es beim Friseur nichts zum Rauchen gab. Doch wir gingen gerne auf ihre kleine Bitte ein, allein schon deswegen, um danach ihr dröhnendes Lachen zu hören, wenn wir bei unserer Rückkehr sagten: „Beim Hurlebaus gibt es doch gar keine Zigaretten!"

Rechts der Hugl (Hugo) Bürk

Eines Tages musste einer der Bürk'schen Herren pinkeln und stellte sich einfach an den Baum vor dem Haus. Als jedoch vom Württemberger Hof her Personen kamen, rief ihm der auf der Bank sitzende Bruder zu:„Mensch...., lass'n schnappe, s'kommed Liit" (Leute).

Das Schinkenbatschen

Das „Bürk'sche Bänkle" war zu jener Zeit der Haupttreffpunkt unserer Straße. ***Frau Kaufmann, Frau Fetzer, Herr Kaufmann, und Frau Bürk, machen Späßle auf Bürks Bänkle.*** *Am Feierabend traf man sich da zu einem Schwatz oder zu sonstigen Späßen. So war dort auch einige Zeit lang das „Schinkenbatschen" ein billiger jedoch bisweilen auch sehr schmerzhafter Zeitvertreib. Das Ganze ging so vor sich, dass sich eine beliebige Frau aus der Straße auf das Bänkle setzte. Dann musste irgendeine ausgezählte Bewohnerin oder ein Bewohner aus unserer Straße den Kopf in den Schoß dieser Frau legen, wodurch sie oder er nicht sehen konnte, was hinter ihnen passiert. Daraufhin schlug ihm oder ihr eine andere Person mehr oder weniger stark auf den Hintern, also auf den Schinken. Erriet der oder die Getroffene den Schläger, mußte jener sich bücken, die Prozedur ging so lange weiter, bis der Täter erraten wurde. Der ärgste Schläger bei diesem Feierabend- Zeitvertreib war der Christian Kaufmann. Er betrieb zusammen mit seiner Frau Dorle, einer großen stattlichen Frau, die ihm an Lautstärke in nichts nachstand, einen Flaschenbier- Handel in der Uhlandstraße 29. Der Christian war ein Mann wie ein Bär, mit Händen wie Kohlenschaufeln, ebenso wie der Fritz Mink, sein Nachbar von schräg gegenüber, der war jedoch noch einen Kopf größer.*

Das Haus am Ende der Uhlandstraße gehörte dem Druckereileiter Dr. Günther Ziegler.

Das Doppelhaus Uhlandstraße 27/29, bewohnten rechts der Christian Kaufmann, links die Maria Maier, dort lebten später die Müllers.

Irgendwann erwischten sie auch unsere Munni, sie konnte danach einige Zeit lang nicht mehr richtig sitzen. Ähnlich erging es der Ria B. Frau eines Unternehmers aus der nahen Jakob-Kienzle-Straße. Das Ehepaar machte einen Abendspaziergang und kam dabei durch die Uhlandstraße, wo gerade mal wieder das Schinkenbatschen vor sich ging. Neugierig blieben sie stehen, irgendwer brachte Frau B. dazu, doch auch einmal mitzumachen, also selbst zuzuschlagen, und prompt wurde ihr viel zu leichter Klaps auch erraten. Nun musste sie sich bücken, nach einigen leichten Schlägen, die sie alle niemandem zuordnen konnte, war dann der Christian dran. Nach jenem Abend ist das Ehepaar längere Zeit nicht mehr in der unteren Uhlandstraße gesehen worden. Auch einem französischen Sergeant namens Charles Duc...., einem Unteroffizier, der im Bürk'schen Haus einquartiert war und oft aus dem Fenster zugesehen hatte, erging es nicht besser. Eines Tages wollte er auch mal mitmachen. Das Spiel ging für ihn jedoch nur so lange gut, bis der Fritz Mink an der Reihe war!

Rechts ein leibhaftes Gespenst

Schön war es auch immer, wenn sich die Friedhilde Schäfer, später verheiratete Truckenbrod, zu uns Kindern aufs Bänkle setzte. Sie erzählte, wenn wir sie lieb darum baten, mit viel Gestik und beschwörender Stimme so tolle Gespenstergeschichten, dass wir nie genug davon hören konnten. Alles klang immer sehr realistisch und wahrheitsgetreu. Damals gab es ja noch viele Stromausfälle, und eine Straßenbeleuchtung fehlte ja gänzlich. So passierte es anschließend manchem von uns, also auch mir, dass er sich in einer dunklen Straße oder an finsteren Orten nach allen Seiten umschaute.

Der Ottenfurz

Zu der Zeit wohnten in dem kleinen Haus Nr. 20 direkt neben uns die Minks mit ihrem Sohn Rainer, einem kleinen dicken Jungen, der bei jedem Streit seine Widersacher kräftig biss, egal wohin. Ein Haus weiter unten, im großen Haus des Hugo Bürk in der Uhlandstraße 24, wohnte links im Erdgeschoss der Heinz Kohler mit seiner Mutter, die damals den Mesnerdienst an der evangelischen Stadtkirche ausübte.

Links das Haus Uhlandstraße 24,

Sein Vater arbeitete später, nachdem er aus der Gefangenschaft entlassen wurde, ebenfalls im Bürk'schen Fuhrunternehmen. Der Heinz war rothaarig, zwei bis drei Jahre älter als ich und sehr streitsüchtig. Er wurde von den größeren Jugendlichen in unserer Straße, dem Herbert Bürk, den Brüdern Donne (Anton) und Sepp (Josef) Halder, dem Fetzer Hans sowie den anderen Burschen aus der oberen Uhlandstraße dem Erhard Haller und dem Rambäs (Helmut Rau) dem Gölze Helmes sowie dem Dicken und dem Dünnen – den Lehmann Zwillingen, aus der angrenzenden Mus-

len, einer Querstraße, nur „Ottenfurz“ genannt. Ein Name, den wir Kinder mit Freude übernahmen. Er konnte jedoch fuchsteufelswild werden, wenn man ihn so nannte. So spuckte er eines Tages den Fetzer Hans an, als der ihn mit „Ottenfurz“ ansprach, worauf ihn der Hans packte und in den großen Sägemehlkasten sperrte. Der Kasten stand hinter dem „Doktor-Huus“, neben der Bandsäge, mit der im Kohlen- und Holzhandel der Bürks die meterlangen Holzstämme zu kurzen, spaltbaren Rollen gesägt wurden. Das Sägemehl wurde dabei abgesaugt und in den Kasten geblasen. Als der Hans Fetzer kurz das Gebläse anmachte, brüllte der „Ottenfurz“ so lange wie am Spieß, bis ihn der Hans wieder aus dem Kasten rausließ.

Rechts eine Bandsäge ähnlich der Bürk‘schen.

Das war schon zum zweiten Mal, dass der Ottenfurz im Sägemehlkasten steckte, seinerzeit hatte er eine neue Lederhose bekommen, welche sich seine Mutter mühsam vom Munde abgespart hatte. Damals trugen alle Buben nach Ostern, egal welches Wetter es war, nur noch Lederhosen, sofern sie eine hatten. Meine sah am speckigsten aus, weil es die alte abgetragen vom Herbert Bürk war. Doch an dem Tag stelzte der Ottenfurz voller Stolz in seiner neuen Hose die Uhlandstraße rauf und runter bis die älteren Kerle aus der Schule kamen. Vor denen protzte er mit seiner neuen Hose und lachte solange über ihre alten abgetragenen Krachledernen bis es denen zu bunt wurde. Sie packten den Heinz und tauchten ihn mit den nackten Füßen voraus in seiner neuen Hose in das Altölfass hinter den großen Garagen,

doch weil er spuckte, kratzte um sich schlug und alle beschimpfte, schleppten sie ihn dann zum Sägemehlkasten, sperrten ihn ein und ließen die Absaugung laufen, er brüllte wie ein Verrückter, anschließend sah seine neue Hose so dreckig aus wie unsere. Am Abend hat er dann von seiner Mutter noch eine fürchterliche Tracht Prügel wegen seiner verschmutzten Hose bekommen. Aber schon kurz darauf legte er sich erneut mit den älteren Burschen aus der Straße an, worauf die ihn fassten und im Bürk'schen Holzschopf, wo ihnen niemand zusehen konnte, festhielten. Zufällig hatte der Minke Rainer, der mit dem Kohler Heinz auf Kriegsfuß stand, den Streit aus der Ferne mit angesehen. Voller Freude kam er daher angerannt, als ihn der Fetzer Hans rief und sagte: „He, Rainer, komm her, darfsch'en bieße“, (du darfst ihn beißen), was sich der Rainer natürlich nicht zweimal sagen ließ. Das heißere Wehgeschrei des „Ottenfurz“ höre ich noch heute. **Meine Lederhose war damals die speckigste in der ganzen Straße, ich hatte sie vom Herbert Bürk geerbt.** *Der damals etwa vierjährige Rainer wurde zu jener Zeit pünktlich jeden Morgen von seiner Mutter ins Haus gerufen und bekam sein „Schoppele“. Das heißt, er durfte aus den großen Brüsten seiner Mutter die überreiche Milch abtrinken: „Der Buä kaa des bruche und ich han gnug* *dävuu", erzählte sie stolz lachend jedem, ob er's hören wollte oder nicht. Das war nun schon einige Zeit nach Kriegsende, die Lage hatte sich etwas beruhigt und die Übergriffe der Besatzer abgenommen. Aber zwischendurch erlebten wir oft noch schlimme Tage, und der Hunger war immer unser ständiger Begleiter.*

Die französische Suppenküche

Inzwischen hatten die Franzosen im Hof zwischen der Oberschule (heute Janusz-Korczak-Schule) und der Karlschule eine Suppenküche aus einer alten Feldküche eingerichtet, **rechts eine Gulaschkanone unserer Besatzer mit Helferin,** *und immer um die Mittagszeit konnten wir dort, solange der Vorrat reichte, eine wässrige Gemüse-Kartoffel-Suppe mit eingebrocktem Weißbrot in Milchkannen zum Essen mit nach Hause nehmen. Zum Kartoffelschälen wurden immer Leute von der Straße aufgegriffen. Eines Tages erwischten sie auch mich, drückten mir ein Messer in die Hand und setzten mich zwischen zwei Frauen zum Erdäpfel schälen. Die Frauen wollten mich beruhigen, ich muss jedoch so gejammert haben, vielleicht aus Angst, ich würde anschließend nach Frankreich verschleppt, dass mich die Franzosen fluchend und mit einem Tritt in den Hintern vom Hof jagten. Als ich dann schluchzend nach Hause rannte, war ich glücklich und heilfroh über meine wiedergewonnene Freiheit!*

Johann umbe Stumpe

„Johann umbe Stumpe", „Johann umbe Stumpe", rief die ganze Mauch'sche Sippe hinter einer Person her, von der ich nur noch den gebeugten Rücken sah, als ich aus der Schule kam. Es war ein großer Mann der da, gerade um die Ecke des Jauch'schen Schreibwarenladens verschwand. Eine Gruppe Franzosen hauste damals noch in der „Oberschule", da fiel er mir zum ersten Mal auf. Irgendwann war er dann immer da, der „Johann umbe Stumpe". Ein hinkender, hochgewachsener hagerer Mann in einem blauen Arbeitskittel und mit einer Datschkapp auf dem Kopf. Er war Straßenkehrer und schob eine Art Schubkarren vor sich her, in dem Kübel, lagen Strohbesen und Schaufeln. Selbst in einer Zeit, in der es nichts zum Rauchen gab, der Johann qualmte immer, und daher kam auch sein Name. Die meisten unserer damaligen Besatzer waren starke Raucher, und überall wo diese auftauchten, war auch der Johann, denn die Franzosen schmissen sehr oft ihre, nur wenig angerauchten Kippen weg, die las der Johann dann immer auf, so schnell es seine Behinderung, erlaubte. Leider war er bei diesem Gewerbe nicht allein, denn die Konkurrenz, die dem Johann seine Beute wegschnappte, war groß. Da konnte er dann schon mal mit dem Besen drohen und irgendetwas wie „Lumbä" rufen, aber ernst nahm ihn

keiner, denn er war ja nicht sehr hell im Kopf. Wenn ihn die Franzosen sahen, konnte es auch passieren, dass ihm einer seine nur kurz angerauchte Zigarette schenkte, dann grinste der Johann über das ganze Gesicht und sagte „Merci". Das hatte er schnell gelernt. Seinen größten Fang machte er aber am 14. Juli 1947 bei der Militärparade zum französischen Nationalfeiertag.

Wir Buben aus der Straße standen bei diesem Spektakel beim Kartonagen-Jauch in der Nähe der Rössle-Kreuzung, als der Johann daherkam.

Oben französische Militärkapelle am 14. Juli.

Er blieb stehen und sah, ein wenig verwundert dem schnellen Paradeschritt der Franzosen zu. Als dann die Militärkapelle herankam, lachte er und rief immer wieder laut mit seiner rauen Stimme: „Bavoo bavoo, bavoo bavoo", dabei klatschte er in die Hände. Irgendwann kam dann ein auf der Seite stehender Franzose auf ihn zu und schenkte ihm eine Zigarre. Der Johann wusste nicht, wie ihm geschah, verbeugte sich ganz tief, kam mit einem freudig erregten roten Gesicht wieder hoch und stammelte mehrmals: „Merci, merci, merci, merci." Noch einige Zeit danach, hatte er den Rest der Zigarre, den „Stumpe", im Mund und hütete ihn sorgsam. So still, wie er gekommen war, verschwand er eines Tages. Wir haben nie wieder etwas von ihm gehört.

Das Liebesgaben-CARE-Paket

Tante Hertha, Vatis Schwester, war in der Nachkriegszeit öfter bei uns zu Hause, denn ihr Gatte Hermann war, genau wie unser Vater, noch in Kriegsgefangenschaft. Es war noch in jener Zeit, als alle Läden absolut leer waren, es also nirgendwo etwas zu kaufen gab. Da geschah ein kleines Wunder. Wir, das heißt Öhm, die zu der Zeit bei uns wohnte, bekam ein Paket aus Amerika. Es kam von Öhms Bruder Max, der schon lange vor dem Krieg nach New York ausgewandert war und dort ein gut gehendes Lokal betrieb. Er versorgte sporadisch die ganze Sippschaft seiner fünf älteren Schwestern, die alle in Kassel lebten, mit Lebensmitteln. Und das, obwohl es den Familien dort in der amerikanischen Zone bedeutend besser ging als uns bei den Franzosen.

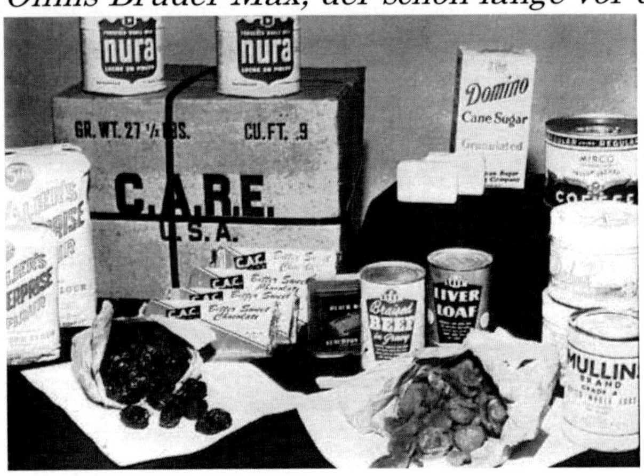

Links Care Paket

Als Öhm das Paket aufmachte, waren lauter köstliche Sachen drin. Dosen mit Corned Beef, Schweineschmalzfleisch, und Fett dazu Zucker, Milchpulver, Kaffee und andere Konserven. Obendrauf lagen noch vier Tafeln Schokolade. Wir jubelten und freuten uns unbändig, denn keiner von uns hatte in den letzten Jahren Schokolade genossen, meine beiden jüngeren Brüder kannten sie gar nicht. Munni sagte noch: „Nachher machen wir mal eine Tafel auf und jeder bekommt ein wenig davon." An dem Tag war mal wieder Tante Hertha bei uns und hatte beim Öffnen des Päckchens auf dem Küchentisch zugesehen. Irgendwann verabschiedete sie sich urplötzlich und verschwand rechtschnell. Wir blieben in unserem kleinen Wohnzimmerchen sitzen und überlegten, wie wir die „Liebesgaben" am besten einsetzen wollten. Nachdem wir in der Küche die Abdeckung des Päckchens entfernt hatten, erstarrten wir zu Salzsäulen, denn die vier oben liegenden Tafeln Schokolade waren weg.

Rechts Inhaltsliste eines CARE-Pakets

1 Pfund Rindfleisch in Kraftbrühe,

1 Pfund Steaks und Nieren,

0,5 Pfund Leber,

0,5 Pfund Corned Beef,

0,75 Pfund „Prem" (Fleisch zum Mittagessen),

0,5 Pfund Speck,

2 Pfund Margarine,

1 Pfund Schweineschmalz,

1 Pfund Aprikosen-Konserven,

1 Pfund Honig,

1 Pfund Rosinen,

1 Pfund Schokolade,

2 Pfund Zucker,

0,5 Pfund pulverisierte Eier,

2 Pfund Vollmilch-Pulver

2 Pfund Kaffee

Aber wo waren sie? Strohms waren nicht im Haus, und sonst kam ja niemand in unsere Küche. Auf einmal befiel uns alle ein furchtbarer Verdacht. Wer war mit uns zusammen vorher in der Wohnung gewesen? Tante Hertha. Wir wussten, dass sie schon immer scharf auf Süßes war, doch uns Kindern die Schokolade zu stehlen, dazu muss man schon sehr gierig und skrupellos sein. Munni und ich liefen zusammen zu ihrer Wohnung. Als Munni sie nach der Schokolade fragte, tat sie sehr erstaunt und war dann beleidigt. Natürlich konnten wir ihr nichts beweisen, aber es war ja sonst niemand in unserer Wohnung gewesen. So bekamen wir die heiß begehrte Schokolade leider erst einige Zeit später .

Bürks Lastwagen

Im dreistöckigen Haus Nr. 24 des Hugo Bürk waren rechts zwei sehr große Doppelgaragen, in denen die Bürk'-schen Fahrer an alten Lastwagen arbeiteten, um sie wieder gangbar zu machen. Ein besonderes Exemplar war ein alter LKW, dem man eine Omnibus-Kabine aufsetzen konnte, um damit bei Bedarf auch Personen zu transportieren.

Links der alte Magirus Umbau LKW.

Zu dieser Zeit waren nur die französischen Militär-LKW's auf den Straßen, unsere Fahrzeuge waren ja von den Besatzern requiriert worden. Eines Tages hörten wir vor unserem Haus ein dumpfes Gebrumm, das in ein lautes, ohrenbetäubendes Geheul überging. Als wir auf die Straße rannten und schauten, was für ein Gerät so komische Geräusche verursachte, stand ein Ungetüm von einem Fahrzeug vor unserem Haus auf der Straße. Ein schwarzer Holzvergaser-Lastwagen, wie wir später erfuhren. Hinter dem Führerhaus war zusammen mit einer Kühl- oder Filteranlage ein hoher Kessel aufgebaut, der von oben her mit Buchenscheitern befüllt werden musste.

Nachdem das Holz angezündet wurde, verschwelte es in dem fest verschlossenen Kessel.

Rechts ein Holzvergaser LKW.

Anschließend konnte der Lastwagen mit dem dadurch entstandenen Gas etliche Kilometer, jedoch mit einer um 40 Prozent verminderten Leistung fahren, erzählte uns stolz der Chauffeur Mink. Von jenem Tag an wurden wir jeden Morgen durch das unheimliche Geheul des Holzvergasers geweckt, weil das zum Fahren benötigte Gas ja erst hergestellt werden musste. Jetzt wusste ich auch, warum der Kleinlaster nachts vor Halders Laden so geheult hatte, wahrscheinlich war auch das ein Holzvergaser gewesen. Der Minke Fritz, der froh war, wieder hinter dem Lenkrad zu sitzen, stand jetzt immer abends, am Ende seiner Schicht, mit dem großen Wasserschlauch da, um Filter und Kessel des Holzvergasers zu reinigen.

Vadders fliegender Hahn

Ein anderes Geräusch, das jetzt beinahe das Geläut der nahen katholischen Kirche übertönte, war das Krähen von Hähnen und das Gegackere der Hühner. Bis vor einiger Zeit wurde ja den Besitzern ihr Federvieh noch öfter von den Franzosen abgeholt. Auch Mudder hatte sich Hühner zugelegt, die Vadder dann regel mäßig auf dem Spaltklotz enthaupten musste. Eines Tages sollte der alte kräftige Hahn dran glauben, wir Kinder schauten gespannt zu, wie Vadder ihn mit zum Spaltklotz nahm. Der Hahn flatterte wie verrückt, dann kam der Hieb mit dem Beil. Doch der geköpfte Hahn flatterte ohne Kopf aus den Händen des überraschten Vadders, und über den Holzschopf bis in den nächsten Garten, wo er zuckend liegen blieb.

Ein Hahn auf dem Spaltklotz.

Der abgetrennte Kopf lag neben dem Spaltklotz und machte noch einige Male den Schnabel auf und zu. Vadder war so perplex, dass ihm sein Stumpen aus dem Mund fiel.

Der Reinhold Strohm war ein alter Qualmer, den man selten ohne seinen innigst geliebten Stumpen sah. Da er zudem auch gerne einen „Pries" nahm, hingen in der Werkstatt am heißen Leimofen immer seine Taschentücher, die er, wenn sie trocken waren, ausklopfte, um den Inhalt wieder zu verwenden!

Das Hasenbrot, die krumme Lanke.

Unsere immer noch schwierige Nahrungssituation wurde mal wieder durch unsere Öhm gerettet. Sie hatte ein Wurstpaket aus der amerikanischen in die französische Zone schmuggeln lassen. Öhm war eine von sieben Schwestern und in der Spedition „Wilhelm Degenhard" im Grünen Weg in Kassel aufgewachsen.

Im Kassler Vorort Wilhelmshöhe besaß eine ihrer Schwestern eine noch intakte Schlachterei, und von dort kam die Wurst. Öhm war öfter unterwegs. Am meisten freuten wir Kinder uns nach ihrer Rückkehr immer auf das von uns so genannte „Hasenbrot", es hatte jedoch nichts mit „Hasen" zu tun, sondern war der üppige Rest ihres nicht aufgegessenen Reiseproviants, gut belegte Stullen (Brote), über die wir dann heißhungrig herfielen. **Rechts übriger Reiseproviant**

Ich vermute auch heute noch, dass sie ihre Brote extra aufgehoben hat, um uns immer hungrigen Kindern eine Freude zu machen. Unsere Öhm kam den meisten Menschen damals als sehr bestimmend vor, für uns Kinder hatte sie jedoch immer etwas liebevolles oder Spaßiges auf Lager, das war dann der Fall, wenn wir sie baten uns etwas vorzusingen. Sie kannte so einige alte Berliner Gassenhauer wie: Das Lied von der „Krummen Lanke", im „Grunewald ist Holzauktion", oder „Es schwimmt eine Leiche im Landwehrkanal". Wir konnten garnicht genug davon hören, und da sie keine besonders gute Stimme hatte, klang es bei ihr sehr spaßig, und so haben wir immer viel über ihre Gesangseinlagen gelacht.

Ährenlesen

Eines Tages ging es wie ein Lauffeuer durch unsere Straße: „Der Schtierleklepfer fehrt morge zum Ährelese an d' Hinterhölzer Höf." Meine Mutter eilte zusammen mit mir in den „Alten Angel", einem Schwenninger Wohngebiet, ganz in der Nähe, wo sich das Fuhrunternehmen des Schtierleklepfers befand. „Guten Tag, Herr Schtierleklepfer, dürfen wir zum Ährenlesen mitkommen", fragte sie höflich. Der Schtierleklepfer schaute sie irritiert an, dann sagte er: „Junge Frau, ich hoas net Schtierleklepfer, sondern Schlenker, aber sie kunned drotzdeam mitfahre." Worauf Munni knallrot wurde, eine Entschuldigung murmelte und nach einem „Guten Tag" sehr schnell mit mir den Raum verließ. **So ähnlich wie das Fuhrwerk links sah auch unser Fahrzeug aus, mit dem wir unterwegs waren.**

Es war in aller Herrgottsfrühe, ein frischer, klarer Werktagsmorgen, an dem wir mit einem Fuhrwerk des Schtierleklepfers über Dauchingen in Richtung Hinterhölzer Höfe fuhren. Das Gefährt bestand aus einem schrägen Kastenwagen mit Vollgummireifen und wurde von zwei Pferden gezogen. Auf dem Bock saß der Fuhrmann Franz Schleicher, der in der Nähe von Deißlingen zuhause war. Alle Insassen, etliche Frauen, sowie ein, oder zwei andere Kinder aus der Uhlandstraße, saßen auf Brettern, die über die Kastenwände gelegt waren, oder auf dem Sack, den man später zum Einsammeln der Ähren brauchte. Es herrschte eine frohe Stimmung, und wir alle sangen viele lustige Lieder wie: „Hoch auf dem gelben Wagen" oder ein anderes, das mir besonders gut in Erinnerung geblieben ist: „Hüa ho, alter Schimmel hüa ho, geht's bergab sind wir alle beide froh, aber geht

es dann bergauf, ist die gute Laune aus, hüa ho." Dieses Lied wurde zu jener Zeit viel gesungen. Nachdem wir von Dauchingen kommend die wenigen Bauernhäuser des Weilers „Hinterhölzer-Höfe" mit den abgeernteten Weizenfeldern erreicht hatten, wies uns der Schleicher einige Felder zur Nachlese in der Nähe eines großen Hofes zu.

Abgeerntetes Stoppelfeld mit Ährenresten.

Das Anwesen gehörte einem Bauern namens Tränkle. Wie wild stürzten wir uns auf die mit Kleinstroh und Ährenresten übersäten gelben Flächen. Munni und ich hatten jeder einen Sack zum Auflesen und stopften alles, was von der Maschinenlese noch übrig war, in unsere Behältnisse. Es war ein sonniger, heißer Tag geworden, und wir alle kamen ganz schön ins Schwitzen. Munni und einigen der Frauen tat bald der Rücken weh vom vielen Bücken. Ich glaube, von irgendeinem der Höfe ertönte ein Glöckchen. Es war Mittagszeit. Munni und ich aßen heißhungrig unsere wenigen Scheiben trockenes Brot. Eine der Frauen schenkte jedem von uns noch zwei, drei Frühzwetschgen, das schmeckte gut.

Der große Hof der Familie Tränkle.

Unseren Durst löschten wir mit dem klaren Wasser des Hofbrunnens. Der große Misthaufen roch stark nach Kuhdung. Nach kurzer Rast ging es zurück auf die Felder. Gegen halb sieben saßen wir dann alle abgekämpft und müde unter den großen Bäumen in der Nähe des Brunnens, an dem wir uns vorher ein wenig erfrischten. Jeder hatte seine mehr oder weniger gefüllten Ährensäcke vor sich liegen. Später kamen der Bauer und eine Frau aus der Haustür des langgezogenen Hofes. Sie trug einen großen Krug und mehrere Becher in den Händen. Der Bauer sagte zu uns: „Das ist meine Schwester Hildegard, sie soll jedem von euch ein Glas Most einschenken". Die Frau lächelte beim Eingießen, doch auch ich bekam ein Glas mit Most, welchen sie jedoch stark mit Brunnenwasser verdünnte. Das Getränk schmeckte sauer und sehr kräftig, räß würde ich heute dazu sagen. Später erfuhr ich dann, dass Most Apfelwein ist. Einen guten Most trinke ich übrigens auch heute noch immer sehr gerne. Wir machten uns gerade fertig zum Heimfahren, als in der Ferne graue Wolken aufzogen. Es stürmte kurz und dann fielen große Regentropfen vom Himmel. Wir alle flüchteten mit unseren vollen Säcken unter das weite Vordach des stattlichen Bauernhofes. Langsam regnete es sich ein, wir mussten wohl oder übel hierbleiben, aber wo sollten wir hin?
Der Schleicher kam aus der Haustür und sagte zu uns: „Dr Buer moand, bei dem

Wetter kunne'der net hoamfahre, wen'ner wölled, kunned ihr obe im Heu übernachte, er hät no koane Decke, noo moan'der halt gucke, wie ner klar kummed." So in etwa: Der Bauer sagt, ihr könnt oben im Heu übernachten, aber Decken hat er keine, ihr müsst halt sehen, wie ihr klar kommt. Aha, der Schleicher kannte also die Familie gut, und wusste hier genau Bescheid. Nachdem der Regen nicht aufhörte und wir Hunger bekamen, aßen wir unser restliches Vesper auf. Die Bäuerin brachte uns auch noch einen großen Krug voll Milch und ein paar Stücke Brot. Später machten wir es uns, so gut es ging, auf dem mit mehreren Lagen Heu belegten, zwei Meter höher gelegenen Boden bequem. **Rechts Kuhstall.**

Er war vom Stall her nur über eine steile Leiter erreichbar. Von unten herauf roch es nach Kühen und warmem Mist. Aus der Stallung hoch vernahmen wir immer wieder das Plopp, Plopp, mit dem die Fladen auf den Boden klatschten. Langsam ließ auch das fortwährende Muhen der Kühe nach, später hörten wir nur noch, ab und zu ihren Soach (Urin) in die Ablaufrinne plätschern, Irgendwann schliefen wir dann ein. Auf einmal weckten mich gedämpfte Stimmen, als Alla und Trude Strohm Munni leise fragten, ob sie mit ihnen nach unten gehe, sie müssen dringend mal austreten und hätten alleine Angst. Rose und Gretel Würthner, Maria und Lisbeth, die beiden Fetzer-Schwestern sowie ein paar andere Frauen schlossen sich an. Auch mir pressierte es auf einmal. Leise wollten wir hinter den schlafenden Kühen rausschleichen, als auf einmal vor uns ein furchtbares Schnauben, Rumpeln und Stampfen ertönte. Mit dem Ruf: „Der Bulle isch los, der Bulle isch los" rannten wir alle, so schnell es hier im Halbdunkeln ging, zurück und über die Leiter auf unseren rettenden Heuboden. Zwei oder drei der Frauen kamen in dem Gedränge nicht mehr hoch und versteckten sich hinter ein paar großen Heuballen. Kurz darauf krachte es laut, weil der Stier einige Male gegen unsere Leiter gerast war, die mit lautem Getöse umfiel. Nach einer Weile ging vorne im Stall eine trübe Lampe an und der Bauer, gefolgt vom Fuhrmann Schleicher, kamen in den Stall, um zu sehen, was passiert war.

Links ein wütender Bulle.

Nachdem sie mit viel Mühe und laut fluchend den Bullen eingefangen und auch angekettet hatten, stellten sie die Leiter wieder auf. Endlich konnten wir hinunter, um uns zu erleichtern. Aufgeregt wie wir waren dauerte es lange, bis wir erneut einschliefen. Frühmorgens, der Regen hatte aufgehört, machten wir uns am Brunnen die Augen nass, ein großer Hund strich über den Hof. Wir bedankten uns bei den Tränkles und fuhren heimwärts. Die Luft hatte sich stark abgekühlt und wir fröstelten. Später kam dann die Sonne und wärmte uns rasch auf. Nachdem wir alle unser nächtliches Abenteuer mit dem Bullen gut überstanden hatten und unsere Ährensäcke ordentlich gefüllt waren, sangen wir vor Freude aus Leibeskräften alle Lieder, die uns einfielen. Ab und zu brach die eine oder andere der Frauen in Gelächter aus und manche kicherten dauernd. Einige Zeit lang kursierte damals in der Uhlandstraße der Spruch: „Ich glaub, bei deam war au der Bulle los", wenn irgendjemand etwas Dummes passierte.

Rechts die „hintere Mühle" vom Erhard Strohm in Schwenningen.

Unsere vollen Säcke brachten wir anschließend zum Erhard Strohm, einem Verwandten vom Vadder, in die„ Hintere Mühle". Bei wem, oder wie wir unsere Ähren ausgedroschen haben, weiß ich heute nicht mehr. Für den Transport haben wir einen Leiterwagen geliehen. Nachdem die Spreu vom Weizen getrennt und der Rest gemahlen war, erhielt dann jeder das ihm zustehende Säckchen Mehl.

Die Tannenzapfen-Heizung

Die Bürks waren schon damals sehr sozial eingestellt. Weil viele Menschen für den nächsten Winter noch dringend Brennmaterial brauchten und es nirgendwo welches gab, fuhren sie mit zwei Fuhrwerken zum Tannenzapfen-Sammeln ins Brigachtal. Auf den Fahrzeugen waren etliche Frauen aus unserer Straße, sowie Alla, Trude, die beiden Würthner- und die zwei Fetzer- Schwestern, Munni und ich. Es war irgendwann im Herbst. Wir fuhren durch die Ortschaften Zollhaus, Marbach, Rietheim und Pfaffenweiler zu den „Spitalhöfen". Die weitläufigen großen Wälder zwischen Herzogenweiler und Tannheim waren unser Ziel, um dort das begehrte Heizmaterial für die kalte Zeit zu sammeln. Kohlen gab es ja kaum, und wenn, dann nur auf Bezugschein oder durch Beziehungen. Die Fuhrwerke, auf denen sich provisorische Bänke befanden, wurden von den Fuhrleuten Engelbert Fetzer und Josef Kaup gefahren. Vadder hatte auch für uns einige große Säcke organisiert. Diesmal mussten wir uns auf eine Übernachtung einstellen, denn die Fahrt ging ja länger. Frühmorgens, noch bei völliger Dunkelheit, fuhren wir los, und als es hell wurde, waren wir schon in Marbach. So gegen 9 Uhr kamen wir an die ersten Häuser des auseinander gezogenen Weilers Die Besitzerfamilie hieß Neininger.

Im linken Gebäude, der Scheune haben wir übernachtet.

Bevor wir uns mit unseren Säcken in die nahe gelegenen Wälder aufmachen konnten, kamen der Bauer und eine junge Frau auf uns zu. Sie trug einen großen

Krug, lächelte uns an und schenkte jedem aus dem Gefäß ein Glas köstliche Milch ein. Der Bauer Neininger wies auf die Frau und eine andere, die etwas verloren in der Haustür stand, und sagte: „Das sind meine beiden Töchter Olinda und Lydwina." Beide hatten dichtes, dunkelschwarzes Haar. Die Namen der zwei Frauen haben sich mir wegen ihrer Besonderheit so eingeprägt, dass ich sie nie mehr vergessen habe. Darauf zeigte er auf ein scheunenartiges Gebäude gegenüber und sagte zu uns: „Dort drüben könnt ihr dann heute Nacht schlafen."
Nachdem wir mit vespern fertig waren, liefen wir an den Häusern vorbei in Richtung der Wälder, die wie eine dunkle Wand bis an die letzten Gebäude reichten. In einem der Bauernhäuser befand sich eine kleine Gaststätte, sie hieß sinnigerweise „Zum Wald", war aber geschlossen, später kehrte ich hier immer mal wieder gerne zum Vespern ein. **Rechts die Wirtschaft „Zum Wald.**

Auch die Fuhrleute Fetzer und Kaup hatten inzwischen ihre Pferde ausgespannt und versorgt. Nach einer kurzen Mittagsrast, bei der das Vesper vom Engelbert mangels Brot aus gekochten Kartoffeln bestand, folgten sie uns in einigem Abstand. Sie hatten den Frauen versprochen, ein wenig aufzupassen.

Links, ruhende Pferde.

Falls sich hier, in den ausgedehnten Wäldern, vielleicht noch irgendwelches lichtscheue Gesindel herumtrieb, also Menschen, die nach dem Krieg noch nicht heimgefunden hatten, oder auch nicht wussten wohin. Wir liefen in einer weit auseinandergezogenen Kette durch den Wald, ich immer neben Munni, jeder seinen Sack hinter sich herschleifend. Anfangs war nichts zu finden, man merkte, dass sich hier schon andere Personen für den Winter mit Heizmaterial eingedeckt hatten, der Wald war wie leergefegt. Doch nach einer halben Stunde wurden auch wir fündig, immer mehr Tannenzapfen lagen hier rum. Die Zapfen waren trocken und leicht. Bald hatten wir die ersten beiden Säcke voll, merkten uns den Ort und machten uns auf den Weg zu einer Sammelstelle. Am Nachmittag hatte jeder von uns schon vier oder fünf volle Säcke dort deponiert. Jetzt mussten wir immer tiefer in den Wald, um noch mehr Brennmaterial zu finden. **Gestrüpp im Wald.**

Irgendwann ertönte rechts vor uns das Geschrei einiger Frauen. Dann kam der Fetzer an uns vorbeigelaufen und rief uns zu: „Bliebet do, bliebet do, diä

Fraue do vorne hond ä Liech gfunde, und ich gang'es ge melde." (Bleibt hier, bleibt hier, die Frauen dort vorne haben eine Leiche gefunden, und ich gehe es melden.) Am späten Nachmittag erzählten uns dann die beiden Frauen von ihrem grausigen Fund und wie sie erschraken, als sie den Toten, vielleicht einen deutschen Soldaten in seiner völlig zerfetzten und kaum mehr erkennbaren Uniform in einem dichten Gestrüpp gefunden hatten. Wobei eine von ihnen schon vorher über einen großen Knochen gestolpert war, den vermutlich Füchse verschleppt hatten. Viele Jahre danach, Mitte 2012, stieß ich bei meinen Recherchen auf Herrn Helmut Neininger, den Heimatforscher und Initiator der Tannheimer Heimatstube. Von ihm, einem Verwandten unseres damaligen Herbergwirts, habe ich dann erfahren, dass diesem Leichenfund möglicherweise ein Ehedrama vorausgegangen ist.

Der, leider im Mai 2014 verstorbene Helmut Neininger.

Ein ehemaliger deutscher Soldat hatte hier im Spätherbst 1945 seine Frau gesucht. Sie wurde während des Krieges mit ihrem etwa zweijährigen Sohn aus dem zerbombten Bochum nach Tannheim evakuiert. Die Frau hatte sich jedoch inzwischen mit einem französischen Offizier eingelassen und wollte nicht mit ihrem Mann in die kriegszerstörte Stadt zurück. Nach einer handgreiflichen Auseinandersetzung mit dem Franzosen, der eine fürchterliche Tracht Prügel bekam, muss sich der ehemalige Soldat in den dichten Wäldern der Umgebung versteckt haben, denn er wurde nicht mehr gesehen. Erst gut ein Jahr später wurde eine Leiche, wenn es denn der Flüchtige war, durch unsere Frauen im Wald entdeckt. Er trug eine zerfetzte deutsche Wehrmachtsuniform. Ob er nun erschossen wurde oder ob es ein Selbstmord war, ist bis heute nicht geklärt worden. Vom Heimweg weiß ich nur noch, dass wir nach einer durch viel Geflüster unterbrochenen, schlaflosen Nacht im Heustall der Neiningers am nächsten Morgen sehr früh zurückfuhren. Im kommenden Jahrhundertwinter 1946 auf 47 haben wir dann, dank unserer Tannenzapfen-Heizung und obwohl es damals eisige Temperaturen gab, weniger gefroren als in den Jahren davor! Auch Vadder hatte uns rechtzeitig zu einer wärmeren Wohnung verholfen, indem er einen kleinen Kanonenofen in unser großes Schlafzimmer gestellt hatte, damit abends unsere Betten nicht mehr so klamm waren. Ein Kaminloch zur Seite war schon vorhanden, also musste man auch schon früher den Raum geheizt haben.

Partie am Bärenplatz.

Die Olinda Neininger habe ich einige Jahre später am Bärenplatz in Schwenningen gesehen. Sie sah jedoch schon so erwachsen aus, dass ich mich nicht getraut habe, sie anzusprechen. Was mir aber damals aufgefallen ist, ihr früher dunkelschwarzes Haar war schon leicht ergraut.

03 Berliner – Zigiener
Hamsterzeit, Der Vetter aus Dingsda Erholungsheim-Isny, unser Freibad, der Gillämaa, Heuernte, die Kasseläner

Der Vetter aus Dingsda

Die drei folgenden Tage im Frühherbst 1946 waren für mich so ein besonderes Erlebnis, dass sie sich für immer in mein Gedächtnis einprägten. Auch nach so vielen Jahren sind sie mir noch wie heute in Erinnerung.
Gerade hatten die Herbstschulferien begonnen, als Munni an einem Morgen zu mir sagte: „Jörgchen, heute Abend machen wir zusammen eine längere Bahnfahrt. Von Frau Bürk habe ich erfahren, dass in Villingen, dem Nachbarort, heute Abend ein Zug hält, mit dem man an den Bodensee, vielleicht bis nach Friedrichshafen, fahren kann. Ich will dort versuchen, gegen ein paar unserer Sachen Lebensmittel einzutauschen." Ich fiel ihr vor Freude um den Hals, „und mich nimmst du mit, und mich nimmst du mit?", fragte ich sie immer wieder. Sie lächelte, strich mir über den Kopf und sagte: „Weißt du, für dein Alter bist du schon recht groß und auch sehr vernünftig, beim Tragen kannst Du mir ein bisschen helfen und auf der langen Fahrt bin ich nicht so gerne alleine."

Rechts Segeltuch-Rucksack.

Ich freute mich sehr und war stolz, dass sie mich wie einen Erwachsenen behandelte. Der restliche Tag verging wie im Flug, so etwa gegen drei Uhr nachmittags liefen wir beide nach Villingen los. Jeder von uns hatte einen alten Segeltuch-Rucksack auf dem Rücken, ich war froh, dass meiner kleiner war, denn er drückte ganz schön. Am Ende des „Sauren Wasen", einem Schwenninger Stadtteil, überholten wir zwei ältere Frauen. Auf Munnis Frage, ob sie nach Villingen wollen und ob wir uns anschließen dürften, nickten sie nur wortkarg. „So sind wir wenigstens zu viert", sagte Munni, worauf die beiden wieder nur nickten. Es hatte den Anschein, als ob unser Weg sehr still verlaufen würde. Flüsternd sagte mir Munni: „Weißt du, es ist sicher besser, wenn wir wegen den hier immer noch umher streifenden Marodeuren mit mehreren Personen unterwegs sind. Erst vor kurzem wurden hier wieder zwei allein laufende Frauen von farbigen französischen Soldaten geschändet." Mit Marodeuren konnte ich nicht viel anfangen, doch bei geschändet dachte ich, das ist sicher so wie in der Schule. Denn dort ist es ja auch eine Schande, wenn sich ein Schüler zur Strafe in die Ecke stellen muss.

Der Villinger Bahnhof.

Kurz nach fünf standen wir dann vor

dem Villinger Bahnhof die beiden Frauen hatten sich schon vorher abgesetzt. Auf dem Vorplatz befanden einige Menschen, viele ähnlich ausstaffiert wie wir. Die meisten Männer waren, trotz des warmen Tages, mit langen feldgrauen, oft geflickten Mänteln oder alten Uniformteilen bekleidet. Die Frauen hatten, ähnlich wie Munni, irgendwelche Röcke, Strickpullover oder Jacken und dicke Strümpfe an. Auf oder um den Kopf trugen fast alle Frauen einen kunstvoll gewickelten Schal, einen Turban.

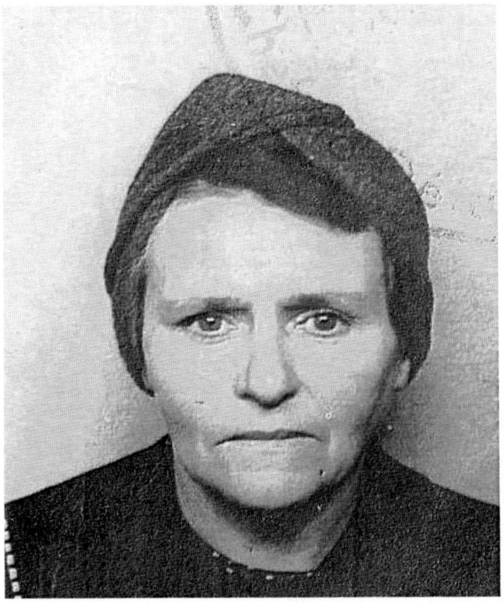

Rechts, unsere Öhm trägt einen Turban.

Beinahe jede Person hatte einen Rucksack vor sich stehen, oder auf dem Rücken, auf den sie sorgfältig, vielleicht wegen der darin befindlichen Tauschwaren, aufpasste. Da kein Bahnpersonal anwesend war, fragte Munni eine Gruppe von wartenden Personen: „Weiß einer von Ihnen, wann der Zug nach Friedrichshafen hier eintrifft?“ Niemand hier wusste Bescheid, doch alle warteten geduldig weiter. Auf unserem Weg durch das Zollhäusle waren wir an einigen Apfelbäumen vorbeigekommen, an denen viele, leider noch grüne Früchte hingen, doch ich hatte mir heimlich einige vom Boden in die Taschen gestopft. Weil wir müde waren und hier am Bahnhof alle Bänke belegt vorfanden, setzten wir uns an das Ufer der träge dahinfließenden Brigach. Als ich dann zum Pinkeln hinter ein Gebüsch musste, verschlang ich dort gierig und ohne dass Munni es sah, mit Vergnügen die paar geklauten, unreifen Äpfel.

Links die Brigach in Villingen

Gut, dass sie mich nicht dabei erwischt hat, sie hätte sicher mit mir geschimpft. Ich fühlte mich wohl, denn während des hastigen Essens war mein fast schon chronisches Hungergefühl verschwunden. Einige Zeit später brachte Munni aus ihrem Rucksack für jeden von uns zwei zusammengeklappte, dünn mit Gesälz, also Marmelade, geschmierte Brotscheiben hervor, die wir mit Genuss verzehrten. Auf einmal kam Bewegung in die Menschen vor dem Bahnhof, auch wir schnappten unsere Rucksäcke und rannten dorthin. Zwei Bahnbeamte, wie ich an ihren dunkelblauen verschlissenen Uniformen sehen konnte, erklärten uns dort geduldig, dass der Zug wegen Kohlenmangels Verspätung habe. Frühestens gegen zehn Uhr abends werde er hier eintreffen. Das wird ein langer Abend werden, denn jetzt ist es ja gerade erst kurz nach sieben, dachte ich noch bei mir. Irgendjemand aus der Runde sagte: „Im Theater am Ring läuft eine Operette, „Der Vetter aus Dingsda“, die fängt um acht Uhr an und ist um halb zehn aus.“ Was ist eine Operette, fragte ich drängelnd Munni, na so eine Art lustige Oper war ihre kurze Antwort. Dann nahm sie mich bei der Hand und wir liefen den anderen hinterher *in Richtung des Ring-Theaters. Wir waren etwa eine viertel Stunde quer durch die Stadt unterwegs. Das Foyer des Theaters war hell erleuchtet. Nachdem Munni für uns Eintrittskarten gekauft hatte, betraten wir den Vorführraum. Wir waren beide zum ersten Mal hier und genossen die festliche Atmosphäre.*

Die Operette „Der Vetter aus Dingsda" in einer Theateraufführung.

Die Operette war ein Dreiakter von Eduard Künneke über einen nach „Dingsda" (Batavia auf Java) ausgewanderten jungen Mann namens Roderich. Er wurde sehnlichst von seiner reichen Kusine Julia als Heiratskandidat in Deutschland zurückerwartet. Das Lustspiel war ein richtiger Klamauk. Doch die damals geläufigen Lieder wie: „Onkel und Tante, ja das sind Verwandte, die man am liebsten nur von hinten sieht" oder „Ich bin nur ein armer Wandergesell" habe ich noch heute im Kopf und nie vergessen. Vielleicht haben mich auch die Erlebnisse an jenem Abend irgendwie geformt, denn welches Kind vom Land in meinem Alter war damals schon in einer Operette? Während der Vorstellung hatte ich auf einmal ein komisches Drücken in Bauch und Darm, und kurz darauf musste ich dann ganz dringend auf die Toilette. Oh je, die grünen Äpfel, fuhr es mir durch den Kopf, na das kann ja heiter werden. Kurz vor Ende der Vorstellung musste ich mich nochmals durch die vollbesetzte Reihe zur Toilette drängeln. Besorgt fragte mich Munni beim Verlassen des Theaters, woher mein Durchfall komme, aber das wollte, oder konnte, ich ihr eigentlich nicht sagen. „Wirst du etwa krank, sollen wir hierbleiben", fragte sie mich noch? Doch da ich ja die Ursache kannte, verneinte ich die Frage in der Hoffnung, dass es mit dem Durchfall ja jetzt ein Ende hätte.

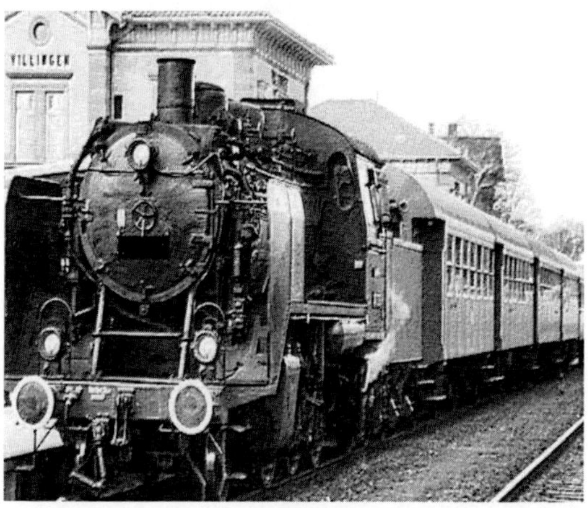

Ein Zug mit Dampflock im Villinger Bahnhof

Als wir dann zurück am Bahnhof ankamen, fühlte ich mich sogar wieder richtig wohl. Gegen halb elf fuhr eine große schnaufende, schwarze Dampflok, etliche Personen- und Güterwagen hinter sich herziehend, in den Villinger Bahnhof. Der Wettlauf um die Plätze setzte augenblicklich ein, wir ergatterten gerade noch einen Stehplatz im Gang und einen Sitzplatz in einem Abteil, den wir abwechselnd belegten.

Gedränge am Zug.

Ich musste wohl eingenickt sein, doch auf einmal setzte wieder das Rumpeln in meinem Bauch ein. Mühsam zwängte ich mich durch die schlafenden Reisenden im Gang, die auf ihren Koffern oder sonstigen Behältnissen saßen. Schluchzend kam ich wieder zurück, denn die einzige Toilette im Gang war abgeschlossen, und ich musste doch so dringend. Vor unserem Abteil war durch mein Heulen ein großer Mann in einem feldgrauen Mantel aufgewacht, der mich mitfühlend nach der Ursache meines Weinens fragte. Als ich ihm meine Misere erklärte, lachte er, zog das breite Zugfenster runter und sagte zu mir: „Na komm, Großer, setz dich mit dem Hintern nach draußen auf den Rahmen und ich halte dich fest." Zusammen mit Munni hielt er mich fest und ich entleerte mich erleichtert zum offenen Fenster hinaus. Hoffentlich waren alle anderen Fenster geschlossen, denn wer weiß, was der Zugwind mit meinem Durchfall gemacht hat? Zurück im Abteil muss ich wohl gleich vor Erschöpfung eingeschlafen sein, denn ich wachte erst wieder auf, als mich Munni am frühen Morgen kurz vor dem Halt in unserer Endstation, dem Bahnhof von Friedrichshafen-Fischbach, weckte. Das Rumpeln in meinem Bauch war fast verschwunden, nur sehr schwach fühlte ich mich.

Der Bahnhof- Fischbach.

Auch hier in der Zeppelin-Stadt war das ganze Zentrum durch die Bombenangriffe der Alliierten total zerstört worden und vieles noch nicht aufgeräumt oder wieder aufgebaut. Vor unserer Fahrt hatte Munni sich noch bei Halders im Käseladen einige Adressen und Ortsangaben aufgeschrieben. Die Halders stammten aus Siggenweiler, einem kleinen Ort hinter Tettnang in der Nähe von Friedrichshafen. Hier gab es einige kleinere Dörfer und Ortschaften, wo es sich lohnen könnte, mit Tauschwaren zu handeln. Mit dem Zettel der Ortsangaben in der Hand, hatte Munni sich bei einem Ehepaar nach der Richtung eines der Orte erkundigt, und dahin liefen wir jetzt. Es war wie ein Wunder, schon im zweiten Dörfchen, ich weiß heute nicht mehr wie sein Name lautete, hatten wir Glück und bekamen aus Mitleid, ich muss wohl sehr jämmerlich ausgesehen haben, von einer freundlichen älteren Bäuerin einen Becher Milch und einen Kanten Brot in die Hände gedrückt. Nachdem Munni der Frau auf ihre Frage hin erklärte, warum wir gerade hier in der Gegend unterwegs waren, hatten wir ihr Interesse geweckt, neugierig ließ sie sich unsere Schätze zeigen und bat uns dann in ihre Küche. Ich weiß nur noch, dass außer einigen schönen, von Munni mit Blumenmotiven bemalten Glasbildern auch drei, ebenfalls von ihr hergestellte, tolle Stoffpuppen darunter waren.

Links ein ähnlicher Bauernhof

Dazu zwei Packen Nägel, ein Beutel Trockenleim und verschiedene Holzschrauben, die uns Vadder Strohm gespendet hatte. Ferner vom Mauche Karle zwei nicht ganz neue Kienzle-Uhren, die er

Munni heimlich und mit dem Wunsch: „Sag bitte nichts meiner Frau“ zugesteckt hatte. Also wirkliche Schätze für damalige Zeiten. Die Bäuerin sagte zu uns: „Wartet mal, ich will nur schnell meinen Mann holen“, machte ein Fenster auf und schrie hinaus: „Paaul, Paaul“, worauf nach einiger Zeit der so Gerufene in die Küche trat. Paul, ein bedächtiger mittelgroßer Mann, sah sich unsere Waren eine Zeitlang an und sagte: „Also einen Pack Nägel und eine Uhr würde ich gerne behalten, auch eine Puppe für unsere Enkel, und für den Rest finden wir sicher noch Abnehmer, ich hole mal zwei, drei Nachbarn“, damit ging er wieder raus. Ich sah ihn durchs Fenster zum Nachbarhof laufen. Die Bäuerin zeigte auf eine Eckbank und sagte: „Da könnt ihr euch ein wenig ausruhen, ich muss noch in den Stall“, stellte uns noch einen Becher Milch hin und verschwand ebenfalls.

Zwei Kienzle- Uhren.

Ich lehnte mich an die Eckbank und muss kurz darauf eingeschlafen sein, denn ich fuhr hoch, als zwei Männer und eine Frau in den Raum traten. Die drei sahen uns böse und misstrauisch an und fragten: „Was sucht ihr hier, wo sind der Paul und die Maria“, Gott sei Dank kam die so Angesprochene in diesem Moment zur Tür herein, wodurch sich das Missverständnis schnell aufklärte. Die Bäuerin, jetzt wusste ich, dass sie Maria hieß, erklärte den Nachbarn, warum wir hier wären, und zeigte ihnen unsere Tauschobjekte. Nachdem das Misstrauen verschwunden war, wurden Munni und die Bauern schnell handelseinig, und wir hatten am Ende zwei Brote, ein Stück Seitenspeck, drei geräucherte Würste, Äpfel, etliche Eier, einen Ballen Schmalz, und eine kleine Flasche Schnaps im Gepäck. Da unsere Rückfahrt ja erst wieder am nächsten Tag möglich war, durften wir in dem alten Bett in einer Kammer des Bauernhofs übernachten. Am nächsten Morgen war mein Durchfall gänzlich verschwunden, dennoch hatten wir wegen der ungewohnten Geräusche und der fremden Umgebung kaum geschlafen.

Schlafkammer in einem Bauernhof.

So machten wir uns nach einem Becher Gerstenkaffee und einem großen Stück Brot von unserer freundlichen Gönnerin auf den Weg zurück nach Friedrichshafen. Davor hatte sie zu uns noch gesagt: „Ihr könnt gerne im Frühjahr wiederkommen.“ Die Bahn kam mit zwei Stunden Verspätung an. Nachdem die meisten Personen hier ausgestiegen waren, ergatterten wir einen guten Platz in einem Abteil. Unsere Rucksäcke versteckten wir vorsichtshalber unter den Bänken, wegen einer möglichen Kontrolle. Als wir dann am späten Abend müde, aber glücklich, wieder in Schwenningen ankamen, war es wie ein Feiertag, denn wir waren nicht kontrolliert worden. Irgendwann an einem der nächsten Abende saßen wir dann mit Vadder,

Mudder und dem Mauche Karle bei uns im hinteren Zimmerle um die Eckbank herum. Jeder hatte ein kleines Vesper als Dankeschön für die Tauschwaren vor sich, und Munni erzählte ihnen stolz, wie unsere Hamsterfahrt funktioniert hatte. Zum Abschluss schenkte sie noch jedem der Erwachsenen einen kleinen Schnaps ein. Nur gut, dass sie meine Durchfallattake nicht er wähnt hatte, ich hätte mich doch sehr geschämt.

Kohlenklau

Wir erlebten gerade den besonders kalten und langen Winter des Jahres 1946 auf 47. Kurz nach dem frühzeitigen leichten Frost. Anfang Oktober, hatte Vadder auch bei uns überall die schweren Vorfenster eingesetzt, sodass wir wenigstens vor der eisigen Zugluft einigermaßen geschützt waren.

schwere alte Vorfenster

Jedoch nicht vor der Kälte, denn es hatte schon geschneit. Das große Schlafzimmer zur Straße ließ sich sowieso nur schlecht heizen und an den Fenstern blühten jeden Winter die schönsten Eisblumen. In der Küche gab es einen kleinen Herd neben dem Spülstein, doch in unserem winzigen Wohnzimmer hinter der Küche stand ein schöner kleiner Ofen, der sogar oben eine Herdplatte zum Warmhalten von Töpfen oder Braten von Äpfeln besaß. Kleinholz zum Anfeuern gab es ja in der Schreinerei, aber was uns vor allem fehlte, war Kohle. Eines Mittags hörte ich, dass am Bahnhof ein paar Güterwaggons mit Kohle zum Abtransport für die Schwenninger Industrie bereitständen. Natürlich konnte dort ohne Wärme nicht gearbeitet werden. Ich rief meinen seinerzeit fast sechs Jahre alten Bruder Rolf, den die Großeltern Helene und Jakob Weisbrod „Bollisle" wegen seines runden Kopfes nannten, und erzählte ihm, was ich vorhatte. Wir nahmen unseren Schlitten, legten einen alten Sack darauf, auf den sich Rolf setzte Dann zog ich ihn Richtung Bahnhof. Auf dem Nebengleis, unter der großen Abladebrücke, standen drei hohe, randvoll mit Kohle gefüllte Waggons.

Eisenbahn Waggons mit Kohle

Bahnpersonal stand neben den großen Wagen und besprach etwas mit dem Johannes Bürk und einem seiner Fuhrmänner. Aber wie an die Kohle rankommen? Mir war klar, dass die Kohle wegen möglichen Diebstahls noch vor der Dunkelheit ausgeliefert werden musste. Kurz darauf wimmelte es dann auf dem Platz von Bürk'schen Fuhrwerken und einer ganzen Mannschaft von Helfern. Ein paar unserer Freunde aus der Nachbarschaft lungerten auch schon herum, also hatte sich die frohe Kunde, am Bahnhof wird Kohle verladen, schnell verbreitet. Bei dem Umladen der Kohle von den Waggons in Säcke und auf die Wagen fiel immer mal wieder ein Brocken zwischen die Gleise, mein Bruder Rolf war dabei immer der Schnellste unter den niedrigen Wagen und bald hatten wir unseren Sack voll. Natürlich waren auch all unsere Kameraden inzwischen ringsum am Aufklauben der Kohlebrocken. Überall war Geschrei und Goasel-(Geisel) knallen von Fuhrmännern, der Hannes rannte unablässig hin und her, einige der Männer wollten uns unsere Beute wieder abjagen.

Auch Kameraden lauern auf Kohlebrocken

Mein Bruder Rolf fing an zu weinen, also hievte ich den Sack auf den Schlitten, Rolf legte sich darüber, dann raste ich so schnell ich konnte mit unserem Schlitten los. Niemand traute sich, etwas gegen den kleinen weinenden Buben auf dem Schlitten zu unternehmen, und so kamen wir mit unserer organisierten Kohle durch die Meute. Wir hatten danach bei unserem sparsamen Kohleverbrauch zusammen mit den im Herbst gesammelten Tannenzapfen wenigstens in diesem eisigen Winter ein warmes Wohnzimmer.

Tante Gertruds Wärmestube

Aufgrund des eisigen Winters und der lang anhaltenden Kälte hatte die Stadtverwaltung von Schwenninger im Zollamt in der oberen Uhlandstraße 10 eine Wärmestube eingerichtet. In erster Linie für diejenigen Personen, die zu Hause keine Möglichkeit zum Heizen oder kein Brennmaterial hatten.

Wärmestube mit Teeausgabe 1946.

Die Einrichtung wurde von einer Frau Gertrud..., geleitet, welche die Aufgabe hatte, nach dem Rechten zu sehen und das Feuer nicht ausgehen zu lassen. In diesen kalten Tagen war die Wärmestube die ideale Einrichtung für alle frierenden Menschen, manche trafen sich aber auch hier nur zu einem kurzen Schwätzle!

Skatkarten. *Ich denke, es gab damals auch heißen Tee. Bei unserer „Tante Gertrud“, wir Kinder durften sie ausdrücklich so nennen, hatten wir es fein raus. Für einige von uns war immer ein Tisch frei, wenn wir aus der Schule kamen und Hausaufgaben machen wollten. Auch ein paar alte Spiele wie Mühle, Halma, Fang den Hut und sogar ein Schachspiel lagen in einer Kiste. Einige der älteren Männer spielten auch manchmal Skat und so ging es hier öfters hoch her. Ich kann mich noch sehr genau an einen älteren Mann, den Emil ... , aus der Nachbarschaft erinnern, der absolut nicht verlieren wollte,*

oder konnte. An seinem fast schon sprichwörtlichen Pech oder Unvermögen waren grundsätzlich alle oder alles schuld, nur er nicht. So konnte es immer wieder passieren, dass er nach einem verlorenen Spiel seine Karten auf den Boden warf und seine Mitspieler beschimpfte. Das Hauptproblem war, dass es zu der Zeit kaum noch intakte Kartenspiele gab, und so wollte niemand mehr mit ihm spielen. Es kam so weit, dass ihm Tante Gertrud Lokalverbot erteilen mußte, seltsam war nur, dass von dem Tag an einige Zeit lang an die Tür gepinkelt wurde. Ein Täter wurde jedoch nie erwischt.
Ich weiß heute nicht mehr, wie lange es diese schöne Einrichtung in unserer Straße gab, doch ich denke gerne daran zurück. Aus der Wärmestube wurde später ein Altentreff.
Jahre danach las ich folgendes in einer Zeitung über die ARD-Doku: **„Dieser Winter war der kälteste des 20. Jahrhunderts. Von November 1946 bis Februar 1947 litt das vom Krieg zerstörte Deutschland unter arktischen Temperaturen. Hunderttausende starben seinerzeit an den Folgen von Hunger und Kälte!“**
(ARD-Doku 27.12.09, 21.45 Uhr)

Kinder und Sorgen

Manchmal hatte Munni mit uns drei Brüdern ganz schöne Probleme. Unser kleiner Bruder Bernd war immer wieder mal verschwunden und kein Mensch wusste, wo er sich aufhielt! Ganze Suchaktionen, wie damals beim Fliegerangriff, mussten öfters wegen ihm durchgeführt werden. Irgendwann kam er dann schmutzig und hungrig dahergetrottet, konnte oder wollte aber nicht erklären, wo er gewesen war. Mein Bruder Rolf dagegen war ein Dickkopf, so weiß ich noch von einem Ereignis aus der Hamsterzeit, damals war er gerade sieben Jahre alt. Eines Tages im Winter hatte er sich trotz eindringlichen Verbotes unserer Munni, sich nicht zu weit von daheim zu entfernen, seinen Schlitten geschnappt und war mutterseelenallein die etwa acht Kilometer in die Deißlinger Mühle gelaufen. Dort hatte er dann um Brot gebettelt, und weil er klein, verfroren und hungrig aussah, hatten die Müllersleute Mitleid mit ihm. Er durfte sich im Haus aufwärmen und bekam auf den Heimweg ein großes Brot mit.

Die Deißlinger Mühle im Sommer.

Munni war wütend, als er unterkühlt und überall mit Eiszapfen behangen vor ihr stand. Sie hatte sich große Sorgen gemacht, weil niemand wusste, wo er abgeblieben war. Zuerst schimpfte sie fürchterlich mit ihm und er bekam ein paar Ohrfeigen, doch als er dann schluchzend mit stockender Stimme von seinem Abenteuer berichtete, nahm sie ihn schnell in die Arme. Anschließend rieb sie ihn mit einem weichen Handtuch ab und steckte ihn in sein mit heißen Backsteinen vorgewärmtes Bett. Über das Brot waren wir natürlich sehr froh.
Ich hatte beim Brotbetteln auch schon einmal mein Glück versucht und war im Sommer nach Dauchingen zur Neckarmühle gelaufen. Als ich den Müller nach

Brot fragte, behauptete er, nichts im Hause zu haben, füllte aber in eine Papiertüte etwas Mehl und sagte: „Macht euch davon zuhause ein paar Pfannkuchen“. Ich habe auf dem Heimweg noch in zwei oder drei großen Bauernhöfen nach Brot gefragt, doch nur ein paar kleinere Stücke waren meine magere Ausbeute.

Das Wespennest

Um uns und sich ein paar schöne Stunden zu machen, ging Munni damals öfters mit uns in den Wald, meistens in Richtung Türnleberg. Einmal, wir waren schon auf dem Rückweg, trat mein Bruder Rolf in ein Wespennest. Munni und ich schleppten den heulenden Buben in Richtung Stadt. Am Ende half uns noch ein Spaziergänger der zufällig unseren Weg kreuzte. Der hatte dann auch die Idee am Schlachthofeingang zu klingeln, um den herbeikommenden Arbeiter zu fragen, ob ein Arzt anwesend wäre.

Links, der nach dem Krieg modernisierte Schwenninger Schlachthof.

Kurz darauf kam ein Dr. Schmid zur Tür, sah meinen weinenden Bruder Rolf und nahm ihn mit sich. Nach einer halben Stunde brachte er meinen sich inzwischen wieder beruhigten Bruder heraus, der uns stolz erzählte, dass der Doktor über 17 Wespenstachel entfernt hätte. Der Arzt erklärte dann dazu: „Viele Stacheln waren nicht so tief in die Haut eingedrungen, sonst hätte es schlimm enden können.“.

Unser Berndle (Panz) und der Moosweiher

Es war ein Sonntag im Spätsommer, als Munni mit uns dreien einen Spaziergang über das Schwenninger Moos machte. Zu jener Zeit durfte man noch kreuz und quer über die heute für Spaziergänger gesperrten Sumpfflächen laufen. Nach kurzem Suchen fanden wir in der Nähe der Torfstich-Weiher im warmen kurzen Gras unter einer Birke ein angenehmes Plätzchen für eine Rast. Munni verteilte ein paar Äpfel und Brote und wir genossen zufrieden unser Vesper.

Der Moosweiher.

Mein Bruder Rolf und ich stocherten mit Stöcken in einem trüben Tümpel nach Molchen oder Kaulquappen rum, als Munni laut Beernd, Beernd rief, unser kleiner Bruder hatte sich mal wieder verdrückt. Kurz darauf kam der Werner Hagenmayer, den wir noch aus der Bachenstraße kannten, und brachte unser triefend nasses Berndle daher, er war in einen der Torfstichweiher im Moos gefallen. Für den Heimweg, musste jeder von uns beiden, mein Bruder Rolf und ich, auf ein Kleidungsstück verzichten sonst hätte unser „Panz“ nackt durch die Stadt laufen müssen.

Erholungsheim Isny

Viele meiner Nachkriegserinnerungen wurden durch Entbehrungen geprägt. Ich war hoch aufgeschossen und wie man sagte klapperdürr, dazu bestand der Verdacht auf Rachitis.

Französische Militärlastwagen

So kam es, dass mich unsere Hausärztin Frau Dr. Benzing im Frühjahr 1947 bei den Schwenninger Behörden und der evangelischen Kirche für eine Kinderverschickung ins Allgäu vorschlug. Irgendwann im Sommer war es dann so weit. Um halb sechs Uhr, an einem schönen, noch ein wenig frischen Morgen, brachte mich Munni zum Schwenninger Marktplatz. Hier standen einige französische Militärlastwagen zum Transport für uns bereit. Den ganz eigenartigen Geruch der Laster nach altem Lack, Öl und verbranntem Gummi habe ich heute noch in der Nase. Überall auf dem Platz verteilt standen Knaben mit ihren Müttern, aber nur ganz wenigen Vätern. Fast jedes Kind hatte einen Rucksack oder einen Pappkarton dabei, ich kannte keinen von ihnen. Nach dem Aufrufen unserer Namen bekamen wir ein Pappschild mit unserer Adresse umgehängt. Auf den Ladeflächen der Fahrzeuge waren Holzbänke aufgebaut, auf die wir von kirchlichen Helfern verteilt wurden. Auf jedem Fahrzeug fuhr dann ein Begleiter mit. Die Fahrt ging über Dürrheim, Baldigen, Geisingen die Engener Steige hinunter und über Engen nach Stockach. Von der Landschaft haben wir wenig mitbekommen, da die Planen aus Sicherheitsgründen geschlossen bleiben mussten, nur ein längliches Dreieck war frei. Ich hatte Glück, weil ich am Ende des Wagens saß und immer ein bisschen hinten durch den offenen Spalt herausschauen konnte.

Die Silhouette v. Stockach.

Leider erklärte uns auch unser Begleiter während der Fahrt nicht viel von der Gegend, weil die Motoren einen ohrenbetäubenden Krach verursachten. Nach Stockach gab es bei einer verlängerten Pipipause für jeden von uns ein dünn mit Margarine bestrichenes Doppelbrot, etwas Obst und einen Schluck lauwarmen Tee. Von einer nahe gelegenen gemähten Wiese kam ein guter Geruch nach frischem Heu. Da ich ja so eine Art Flüchtling war und von der Gegend, durch die wir kamen, noch nicht viel gehört, geschweige denn gesehen hatte, war allein schon die Fahrt für mich ein ganz besonderes Erlebnis. Als Nächstes erreichten wir den Bodensee, die Ufer erinnerten mich ein wenig an unseren Berliner Wannsee, den ich von meinen früheren Badeausflügen noch gut in Erinnerung hatte. Einzig die großen weißroten Fliegenpilze, aus denen dort immer Wasserfontänen kamen, fehlten hier. Der See lockte zum

Baden, aber wir mussten ja weiter,
Bodenseeufer bei Ludwigshafen
durch Überlingen und Meersburg mit seinem schönen Schloss ging es dann in Richtung Friedrichshafen und weg vom Bodenseeufer nach Lindau. Dazwischen hatten wir ein oder zwei kurze Pausen gemacht. Von Lindau fuhren wir dann durch das hügelige Voralpenland immer bergauf und bergab bis nach Isny im Allgäu, unserem Ziel. Wir hielten außerhalb der Stadtgrenze vor einem weitläufigen, mit vielen hohen Bäumen bestandenen Areal, dem Heim „Isny-Allgäu" der Evangelischen Landeskirche. Es war ein „Versehrtenheim", wie wir schon bei unserer Ankunft erkennen konnten, denn hinter einem mit Holzbalken umrahmten Eingang standen, oder saßen, einige kriegsversehrte ehemalige deutsche Soldaten. Vielen fehlten Arme, Beine oder beides, zwei saßen in einer Art hölzernem Rollstuhl.

Rechts der Eingang in das Versehrtenheim.

Der ganze Komplex bestand aus einem großen Gelände, in dem sich viele graue Baracken befanden, an einer Seite stand ein mehrstöckiges helles Gebäude, vielleicht eine ehemalige Kaserne oder Schule

Ein Pfarrer, so stellte er sich vor, und eine nette ältere Frau nahmen uns in Empfang und geleiteten uns zu einer der Baracken. Im Inneren gab es mehrere große Räume, mit eisernen doppelstöckigen Betten, in welche uns die Helfer noch verteilten, bevor sie mit den Lastwagen wieder zurück nach Schwenningen fuhren. Wir packten unsere Habseligkeiten aus und trafen uns dann in einem großen hellen Speisesaal. Vor jedem Stuhl stand ein Teller, in der Mitte des Tisches standen Platten voller Brotschnitten, so eine Art dunkles Kommissbrot, dünn mit Butter oder Margarine bestrichen. Daneben standen Körbe voller Tomaten. Dazu gab es Tee, wir haben so reingehauen, dass nochmals nachgelegt werden musste, es war ein Gefühl wie Weihnachten. Nach dem Essen fassten wir uns an den Händen und dankten Gott für die Mahlzeit und den erfüllten Tag.

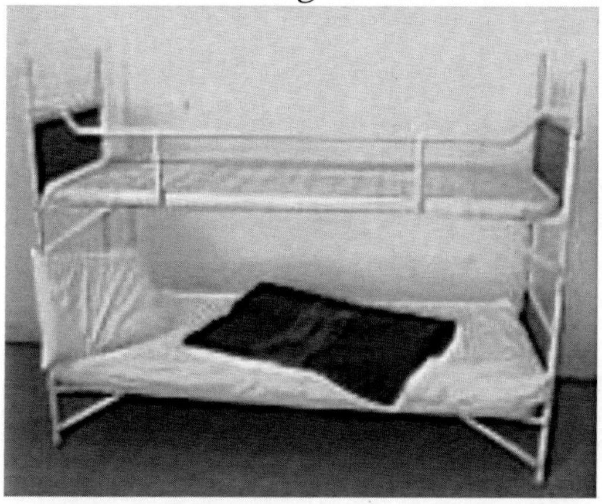

Links Doppelstockbetten.

Gebetet wurde hier immer vor und manchmal nach den Mahlzeiten. Nachher, in unserem Schlafraum, wurde es schnell ruhig, weil wir alle doch sehr müde waren von dem ereignisreichen Tag. Einer weinte leise, vielleicht vor Heimweh. Morgens, so zwischen sieben und acht Uhr, war allgemeines Wecken, dann ging's ab in den Waschraum. Zum Frühstück gab es Gesälz (Marmelade),

Brote und Milch, manchmal auch Tee aus großen emaillierten Blechtassen. Hinterher kam die nette Frau, die uns gestern in Empfang genommen hatte, und erzählte uns ein wenig von dem Ort, in dem wir hier untergebracht waren, und von seiner jetzigen Bestimmung als Zuflucht und Heim für Kriegsversehrte.

Rechts das weitläufige Gelände mit dem Versehrtenheim.

Später durften wir mit ihr zusammen das ganze weitläufige Areal erkunden. Etwa in der Mitte des Geländes gab es einen großen Platz, der früher zum Antreten der hier stationierten RAD, Reichsarbeitsdienst-Führungskräfte, gedient hatte. Hinterher war es ein Ballspielplatz, auf dem auch wir mit unseren Lumpenbällen rumbolzten.

Links Kriegsversehrte aus Isny.

Manchmal kickten auch einige der Versehrten mit und freuten sich dabei wie kleine Kinder, wenn sie mehr Tore schossen als wir. Uns ging es gut, wir wurden hier im Heim so richtiggehend gemästet, zu den Hauptmahlzeiten stand immer ein deftiges Essen auf dem Tisch. Da wir uns hier im Voralpenland in einer wunderschönen Landschaft mit guter Luft und mildem Klima befanden, stand beinahe an jedem Tag ein längerer Spaziergang auf unserem Stundenplan. Wir waren alle mager, aber zäh, und so konnten wir schon nach ein, zwei Wochen Erholung einen größeren Ausflug planen. Unsere Abenteuer-Wanderung sollte uns auf den „Schwarzen Grat", den Hausberg Isny, führen. Schon am frühen Morgen, noch im Halbdunkel, liefen wir los. Unser Weg führte uns anfangs an taufrischen Wiesen vorbei, hin und wieder bewegten sich einzelne Kühe im Morgennebel und ihre Glocken ertönten dumpf. Wir kamen durch den noch schlafenden Weiler Kleinholzleute, es war ein wunderschönes Erlebnis, man konnte schon den nahenden Tag erahnen. Als die Sonne über dem Horizont erschien, machten wir eine kleine Pause vor einem Bauernhof. Jeder von uns etwa 15 Buben bekam von unserem Betreuer oder dem einheimischen Wanderführer einen Becher Milch und ein Stück Brot, beides hatten sie im Haus geholt. Nach etwa einer halben Stunde ging es weiter. Danach durchquerten wir den Ort Großholzleute,

Der Ort Großholzleute

später ging's an blühenden Bergwiesen, langsam wiederkäuenden Kühen und einem kleinen, aus Holzstämmen errichteten Heuschober vorbei. Als es richtig warm wurde, hatten wir schon den kühlen Bergwald erreicht. Nachdem wir nochmals eine Pause einlegten, ging der Weg über Serpentinen weiter, um uns dann in einem langgezogenen, weiten Bogen durch den Wald zu führen. Anschließend liefen wir über Wiesenwege bis zu einem sechseckigen großen hellen Holzpavillon, der auf einer Grasfläche, in über 1.000 m Höhe, vor dem dunklen Berggipfel des „Schwarzen Grat" stand.

Links der Holzpavillon

Inzwischen hatten wir alle richtig großen Hunger und waren froh, als uns der Begleiter ein kleines, mit einem Pferd bespanntes Wägelchen auf einem Weg zeigte. Die Pritsche war voller Köstlichkeiten, da gab es Brote mit Butter, einige mit Käse und Tomaten, dazu Milch und kalten Tee. Ich war so aufgewühlt, daß ich am liebsten vor Freude geheult hätte! Später besichtigten wir von der Aussichtsplattform des Pavillons die schöne Gegend und staunten über das herrliche Alpenpanorama, es war ein klarer, warmer Tag, ich hatte noch nie so etwas Grandioses gesehen und empfand ein tiefes Glücksgefühl. Irgendwann schaute unser Wanderführer auf seine Taschenuhr und sagte: „Kinder, es wird Zeit für den Heimweg, wer fußkrank oder zu müde ist, kann mit dem Wagen zurückfahren." Etwa die Hälfte der Buben, der Wanderführer und ich machten uns dann auf den Heimweg. Wir liefen eine Abkürzung, und als wir an einem umgestürzten Baum vorbeikamen, war dort, wo der Wurzelballen aus der Erde gerissen worden war, ein großes, mit Wasser gefülltes Loch. Als wir uns das Wasserloch ansahen, wimmelte es darin von Hunderten kleiner Fische. „Wenn wir jetzt ein Netz hätten, gäbe es heute Abend gebackene Fischle", sagte einer meiner Kameraden. Müde, erschöpft, aber sehr glücklich kamen wir am frühen Abend wieder im Heim an. Einige Male waren wir auch in Isny, und da ich, außer in Villingen, noch nie eine alte Stadt mit historischen Gebäuden gesehen hatte, faszinierte mich die Altstadt von Isny besonders. Vor allem die Türme, Tore und die schönen verzierten Häuser.

Rechts die schöne Altstadt von Isny.

Eines Tages zeigte uns ein Betreuer die Werkstätten, in denen die Kriegsversehrten arbeiteten, um sich irgendwie sinnvoll zu beschäftigen. Da gab es Schuhmacher und Schneider, Körbe und Matten wurden geflochten. Sogar eine, für damalige Verhältnisse gut eingerichtete Holzwerkstatt war vorhanden, in der man später Möbel, also Betten und Schränke herstellen wollte. Doch momentan war es noch nicht so weit, weil die wenigsten der Kriegsversehrten eine handwerkliche Ausbildung hatten, oder aber auf Grund ihrer Verwundung nicht zu diesen Arbeiten geeignet waren, wie uns der Mann erklärte.
Da der Sommer in diesem Jahr sehr heiß war, durften wir Buben mit einem Be-

gleiter öfter an einen der nahe gelegenen Badeseen, den Biesenweiher. Hier konnten wir uns aus Herzenslust erfrischen, rumplanschen und uns gegenseitig nassspritzen. Ich glaube, so richtig schwimmen konnte noch keiner, aber trotzdem war es für uns jedes Mal ein großes Vergnügen.

Links der Biesenweiher

Ich weiß auch heute nicht mehr, ob wir Bade- oder Unterhosen anhatten, ich glaube eher Letztere. Langsam ging die schöne Zeit in Isny zu Ende und wir waren alle traurig. Mir fiel auf, wie sich in dieser kurzen Zeit aus uns hohlwangigen, dürren Kindern muntere Buben mit leuchtenden Augen entwickelt hatten. Eines Abends sagte dann unsere Heimleiterin: „So, Kinder, jetzt geht's leider ans Abschiednehmen, morgen Mittag werdet ihr wieder abgeholt, ich hoffe, es hat euch hier gut gefallen?" Wir brüllten alle im Chor: „Jaaa."

So gegen Mittag trafen die französischen Lastwagen mit unseren Schwenninger Betreuern hier ein. Nach einem herzzerreißenden Abschied von den Menschen hier, die uns so viel Liebe entgegengebracht, Gutes getan und neue Lebensfreude vermittelt hatten, ging es traurigen Herzens wieder zurück nach Hause.

Flüchtlinge

Als ich aus meiner sogenannten „Sommerfrische" nach Hause zurückkam, erwartete mich eine Überraschung. Wir, das heißt Strohms, hatten Einquartierung in die Uhlandstraße 18 bekommen. Es waren Flüchtlinge, aus dem Banat, oder Donauschwaben, eine Familie Leppich – Großmutter, Eltern und eine Tochter, ich glaube, der Vater hieß Johann. Der Reinhold Strohm musste sein großes Sargmagazin leermachen und in einzelne Räume unterteilen. Die Fenster lagen nach hinten in Richtung Hof, dort stand auch ein Kochherd mit einem Kamin, welcher durch ein Loch im Fenster hinausging.

Der Flüchtlingstreck der Banater Schwaben.

Von diesem Tag an roch es fremd in unserem Haus. Oder einfach anders, zumindest für unsere Nasen stank es buchstäblich! Das kam wohl davon, dass bei Leppichs mit Gemüsen und Gewürzen gekocht wurde, die wir damals nicht kannten. Solche Speisen mit den für uns so fremdartigen Aromen und Gerüchen organisierten sie sich von hiesigen Bekannten, die schon vor Kriegsende in Schwenningen angekommen waren. So empfand ich damals den Geruch von Knoblauch, Paprika, Reis und Kukuruz (Mais) oder Zucchini als eklig, während heute diese Gemüse oder Zutaten auch bei uns zur normalen Küche gehören. Die drei Frauen, ein Kind namens Mariele, ihre Mutter und die Großmutter, waren sehr kleine Menschen. Während Kind und Mutter pechschwarze Haare hatten, trug die Großmutter unter ihrem schwarzen Kopftuch einen langen grauen Zopf. Alle drei hatten statt Schuhe „Batele" an den Füßen, eine Art von Stoffschuhen aus Samt. Ihr Dialekt ähnelte dem

Schwäbischen, jedoch mit ganz anderen Ausdrücken, so sagte zum Beispiel das Ehepaar nicht „Du", sondern „Sie und Ihr" zur Mutter. Die Tochter Mariele sah damals hutzelig und gräulich aus, wie ein kleiner Gnom, dazu schielte sie ein wenig. Wir Kinder fanden das Mädchen putzig, denn es raste die meiste Zeit umher wie ein Kugelblitz. Nie stand die Kleine still, dauernd flitzte sie irgendwo rum. Dadurch dass sie besonders kurze Beine hatte, sah ihre „Fortbewegung" immer sehr drollig aus. Wenn wir Kinder sie so rumsausen sahen, foppten wir sie auch deshalb ein wenig. Es sah aber auch wirklich urkomisch aus. Wir brauchten übrigens nur „Mariele renn ä mol", zu ihr sagen, dann sauste sie davon wie ein Irrwisch. Lange wohnten die Leppichs jedoch nicht bei uns, dann bekamen sie im Haus ihrer hiesigen Bekannten eine Wohnung.

Unser Freibad

Der Weg ins Schwenninger Freibad war damals nicht einfach. Kinder, die wie wir seinerzeit barfuß unterwegs waren, weil sie keine Schuhe hatten, mussten rennen, um sich nicht wegen des heißen Teers auf den Straßen die Fußsohlen zu verbrennen. Der Teer wurde durch die Sonnenstahlen so aufgeheizt, dass er an den Schuh- oder Fußsohlen hängen blieb, sodass wir ihn abends mit einem Hölzchen abschaben mussten. Da viele Kinder früher keine richtigen Schuhe besaßen, trugen die meisten von uns im Sommer sogenannte „Holzklepfer", also Holzsandalen mit Lederriemen. Diese Sandalen hatten die üble Eigenschaft, dass die Befestigung der Riemen durch Nägel nicht sehr lange hielt, sodass wir laufend am Reparieren waren. Irgendwann hatte Vadder ein Einsehen und befestigte die Riemen mit kleinen Schrauben. Dadurch hielten die Sandalen länger, aber wiederum nur so lange, bis dann auch noch das spröde Leder riss.
Wenn wir ins Freibad gingen, mussten wir meistens am Schlachthof vorbei, in dem das Vieh, Schweine oder angekettete Rinder, immer laut brüllten und mit den Ketten rasselten. Anschließend kam dann das stinkende Gaswerk mit dem großen schwarzen Kessel. Unser Freibad, war eine schöne und gepflegte Einrichtung, die Holzkabinen im vorderen Bereich waren braun gestrichen und rochen nach Teer oder Karbolineum. **Unser schönes Freibad.** *Zur Lupfenstraße hin bestand die gemauerte Anlage im Innenbereich aus Frauen- und Männerankleidekabinen sowie den verschiedenen Warm- und Kaltwasserduschen. Links vom Eingangsbereich mit dem Eintrittsschalter befanden sich im Keller der Heizraum und die Wasseraufbereitung. Der alte Eingangsbereich mit dem Ständle. Rechts daneben die Ausgabe für Getränke, später für Süßigkeiten, Brezeln, Landjäger oder Wurstwecken. Die beiden Bademeister hießen, so glaube ich Laufer und Müller. Die Getränke, wenn es damals welche gab, wurden später von einer hübschen dunkelhaarigen Frau Siegel verkauft. Rings um das große Schwimmbecken mit dem 3 Meter Sprungturm war eine mit Wasser gefüllte breite Rinne, damit niemand mit dreckigen Füßen ins Becken*

ging. Auf jeder Seite befanden sich ein oder zwei kalte Duschen, deren Wasser ebenfalls in die Rinne lief. Angrenzend in Verlängerung zur Lupfenstraße gab es eine große parkähnliche Liegewiese mit vielen alten Bäumen. Obwohl in dem heißen Sommer 1947 sonst überall Wasserknappheit herrschte, war das Schwimmbecken unseres Bades noch gefüllt. Da aber ein eventuell notwendiger Wasseraustausch nicht möglich war, wurde dem Wasser immer mehr Chlor beigemischt. Wir stanken dann auch dementsprechend. Ob damals die Duschen wegen der Wasserknappheit noch funktionierten, weiß ich heute nicht mehr. Aus späteren Jahren ist mir jedoch noch geläufig, dass unter den warmen Duschen immer eine drangvolle Enge herrschte und sich dort Leiber gegen Leiber pressten, weil jeder seinen warmen Wasserstrahl abbekommen wollte, wobei Kinder fast immer das Nachsehen hatten und oft zur Seite geschubst wurden. Auf jeden Fall waren wir zu jener Zeit häufig im Bad, denn wegen der Affenhitze hatten wir ja in der Schule öfters hitzefrei. Schwimmen konnte ich noch nicht, aber ich sprang wie alle anderen Nichtschwimmer direkt am mittleren Einstieg in das 1,5 Meter tiefe Becken und hielt mich, wenn ich hochkam, sofort an der Haltestange fest. Wir mussten nur aufpassen, daß uns kein Bademeister sah, denn das seitliche Reinspringen war eigentlich verboten. Wenn irgendeiner mehrmals dem Aufsichtspersonal auffiel, konnte das sogar zu einem Freibad-Verbot führen. Zu der Zeit war im Schwimmbad Ringtennis groß in Mode, und so wurden unter manchen Cliquen sogar Meisterschaften durchgeführt. Es gab dafür, ein oder zwei Sand-Spielfelder auf der hinteren Liegewiese. Diese waren zehn bis zwölf Meter lang und etwa fünf Meter breit. Hier konnten Einzel- oder Doppelturniere mit einem hohlen Gummiring ausgetragen werden, der über ein hohes Netz geworfen werden musste. Der Ring durfte den Boden nicht berühren, musste also aufgefangen und sofort wieder über das Netz zurückge-worfen werden. Wenn der Ring mal „wackelte" oder „flatterte", wurde „Brezel" gerufen und der Wurf war ungültig. Ich habe damals so manchen Streit unter den selbsternannten Brezel- Spezialisten erlebt, es gab aber auch richtige Experten unter den Spielern, und die haben wir alle bewundert.

Rechts eine Ringtennis- Meisterschaft in Karlsruhe

Meine Freunde und ich hatten keinen Ring und waren glücklich, wenn uns einer der älteren Spieler seinen Ring für einige Zeit überließ. Auf der Liegewiese gab es auch noch ein Karussell und den Rundlauf, eine hohe Holzstange, auf der oben ein sich drehender kugelgelagerter Kranz lief. An dem Kranz waren mehrere Seile angebracht, die am Ende in einen waagrechten Haltegriff übergingen. Wenn jemand

einen der Griffe ergattern konnte, lief er, so schnell es der Vordermann zuließ, im Kreis herum, um sich dann nach einem Abstoß vom Boden hoch in die Luft zu schwingen.

Ein Rundlauf

Natürlich wurde dabei auch der eine oder andere Mitläufer angerempelt. Solche und andere Spiele betrieben wir seinerzeit in unserem Freibad, und es waren immer schöne und glückliche Stunden. Wenn wir dann abends ermattet und müde nach Hause kamen, gab es natürlich viel zu erzählen. Die brütende Hitze hat uns eigentlich wenig ausgemacht, denn wir waren ja immer in Bewegung. Unsere Haut war braun gebrannt, aber einen Sonnenbrand hatte kaum einer von uns. Sonnenöl gab es damals ja sowieso keines!

Der Dürresommer 1947, so las man später in den Zeitungen, fiel in Süddeutschland um drei bis vier Grad zu warm aus. Die große Trockenheit sowie die dadurch bedingten Ernteausfälle in diesem Sommer bedeuteten für die Menschen nach dem verlorenen Krieg die nächste große Katastrophe. Besonders da diesem Hitzesommer einer der strengsten Winter des 20. Jahrhunderts vorausging. So wurden 1947 insgesamt 100 Sommertage registriert, als bereits im April die zu warme Witterung begann und bis Anfang Oktober dauerte. Im September kam im Südwesten noch einmal eine ungewöhnliche Hitzewelle mit 19 Sommertagen dazu!

Der Gillä-(Gülle/Jauche) Maa (Mann)

Eines Tages, wir hatten wegen einer Lehrerkonferenz früher die Schule aus, trotteten ein paar Schulkameraden und ich langsam nach Hause. Schon als wir an der Firma Andres vorbei in die obere Uhlandstraße einbogen, roch es von irgendwoher sehr heftig.

Rechts ein Gilläwagge

Als ich dann fragte: „He ihr, was stinkt denn doo so", sagte einer meiner Kameraden: „Ha, des isch doch der, Gillä-Maa", der mue überall hinder de Hiiser us de volle Grube d'Gille abbumpe, suschd ka mer nemme schiiße". Alle lachten. Und dann sah ich auch schon das urige Gespann. Es stand direkt vor unserem Haus und bestand aus einem mit Pferden bespannten hölzernen Kesselwagen. An dessen hinterem Ende befand sich unten ein Ausgussstutzen mit einer momentan veschlossenen Klappe. Dahinter auf einem Anhänger war eine von einem Dieselmotor angetriebene, laut knatternde Pumpe. Daneben ein Gestell, auf dem dicke, dreckige Rohre lagen. Der Anfang und das Ende der Pumpe mündeten jeweils in einen dicken runden Stutzen. An diese Stutzen

waren die ebenso schmierigen, dicken, flexiblen Gummirohre angeflanscht, von denen eines in dem Gillewagge (Güllewagen) endete, während das andere direkt hinter unser Haus lief. **Links eine Güllepumpe mit Dieselmotor.**
Ich eilte hinter das Haus, und da stand er, der „Gillä-Maa", Herr über viele Schwenninger Jauchegruben, ein braun gebrannter dunkelhaariger Mann in einem fleckigen grünen Schurz und Ledergamaschen über den Schuhen. Er stocherte mit einer langen Eisenstange in unserer Grube, während das Ende des Gummischlauches durch das große Abdeckloch der Grube unten in der Brühe hing. Dabei verursachte das Absaugen des Breies immer ein recht unappetitliches schmatzendes Geräusch. Aha, dachte ich mir, so werden also die Gruben geleert! Davon gab es zu jener Zeit in Schwenningen noch viele, bis dann auch alle hiesigen Häuser an die Kanalisation angschlossen wurden. Neben dem „Gillä-Maa" stand Vadder Strohm in seinem langen grünen Schaffschurz, auf dem Kopf seine obligatorische braune „Datschkapp", im Mundwinkel einen seiner geliebten kalten „Villiger Stumpen", sie sprachen miteinander. Der „Gillä-Maa", später habe ich erfahren, dass er Kurt mit Vornamen hieß, lächelte mich freundlich an, er war mittelgroß und drahtig. Erst bei näherem Hinsehen sah ich, dass der „Gillä-Maa" nur einen Arm hatte, auf der linken Seite war sein Ärmel über dem Stumpf oben am Hemd befestigt.

Rechts der Vadder im Sonntagsstaat *(Reinhold Strohm)*
Nachdem er mit dem Auspumpen fertig war, zog er die einzelnen Rohre mit einem Haken vor unser Haus. Dann hievte er fast mühelos die schweren Rohrteile mit nur einem Arm nach oben auf das Gestell. Jedes einzelne Rohr hinterließ beim Ziehen und Tragen eine Fäkalienspur von der Grube bis vors Haus und es stank fürchterlich. Anschließend nahm er den Pferden die umgehängten Hafersäcke ab, setzte sich auf den Bock, löste die Migge (Bremse) und fuhr langsam mit dem tropfenden, stinkenden Gefährt die Uhlandstraße hinunter, um nachher die Brühe auf einem der Felder zu verteilen. **Links flexible Güllerohre.**

Die Pumpe blieb vor unserem Haus stehen, bis er sie später abholte. Noch tagelang danach roch es bei uns ums Haus rum nach Gülle. Ich habe den „Gillä-Maa", der in der Schützenstraße eine Landwirtschaft betrieb, später noch öfters beim Arbeiten und auf unseren Straßen gesehen und immer, wenn ich gewinkt habe, hat er mir freundlich zugelacht.

Das Straßenfest

Das Leben in der Uhlandstraße und besonders der Zusammenhalt und die Nachbarschaftshilfe der Menschen untereinander bestimmten große Teile unserer Kindheitserinnerungen. Nachdem das Katastrophenszenario an den Krieg, die Besatzung und die Hungerszeit langsam verblassten, gab es eigentlich in der unteren Uhlandstraße andauernd etwas zum Feiern. Die Hauptinitiatoren waren fast immer die Damen Ruth Bürk und Maria Fetzer. Hauptschauplatz war oftmals der große Garten hinter Bürks Haus, oder einfach die Straße. Da wurde nicht groß dazu eingeladen, sondern wer dazukam, gehörte dazu. Meistens war es so um die Kaffeezeit; wenn es das Wetter zuließ; standen da irgendwo plötzlich ein Tisch und Stühle oder Bänke. Jede Frau oder Mann brachten von zu Hause mit, was gerade da war, oder man erübrigen konnte. **Bild links, Maria Fetzer und Ruth Bürk.**

An einem sonnigen warmen Herbsttag sollte mal wieder so eine „Hockete" stattfinden, die Fetzerin hatte morgens ein großes Blech Zwetschgenkuchen gerichtet und zum Uhlandbeck gebracht. Mittags holte sie den noch warmen Kuchen beim „Beck" ab und stellte ihn zum Abkühlen auf ein Vordach hinter ihrem Küchenfenster im zweiten Stock. Frau Bürk, die immer für einen Streich gut war, mußte mitbekommen haben, wo der Kuchen stand. Daraufhin bekam ihr Sohn Herbert den Auftrag: „Hol den Kuchen vom Vordach runter und bring ihn zum Uhlandbeck zurück, ich lenke sie so lange ab." Der Beck hatte davor die Order bekommen, „rücke den Kuchen erst raus, wenn ihn die Frau Fetzer nochmals abholt". Als dann alle an der Kaffeetafel saßen, ging die Maria Fetzer hoch in ihre Wohnung, um ihren leckeren, inzwischen sicher abgekühlten Zwetschgenkuchen zu holen. Doch dann starrte sie voller Entsetzen auf den leeren Platz ihres Vordachs. Nach einigem Überlegen und hektischem Suchen ging sie wieder runter zu den erwartungsvollen Gästen und sagte: „S'giet koan Kuche, dr isch vum Vordach verschwundä." (Es gibt keinen Kuchen, er ist vom Vordach verschwunden). Alles lachte, die Paula Wöhrstein rief: „Maria, du willscht uns doch noo zum Narre halte, häsch deen Kuache sicher selber gesse, oder isch'er womögle noch bem Beck?" (Maria, du willst uns doch nur zum Narren halten, vielleicht hast du deinen Kuchen selber gegessen, oder ist er noch beim Bäcker).

Blech mit Zwetschgenkuchen

Worauf die Fetzerin voller Entrüstung erwiderte: „Vo wegge selber gesse, und bem Beck kaner au net see, dert hanen doch scho vor zwoa Stunde gholt!" (Von wegen selber gegessen, und beim Bäcker kann der Kuchen nicht sein, dort habe ich ihn doch schon vor zwei Stunden abgeholt). Nachdem alle glaubhaft versicherten, sie nicht mit einem Kuchen gesehen zu haben, und ihr rieten, doch beim Beck nachzusehen, wurde sie ganz durcheinander. Als auch noch s'Dorle Kaufmann sagte: „Ii glaub langsam, dee Gedächtnis isch au nemme s'bescht!" (Ich glaube langsam, dein Gedächtnis ist auch nicht mehr das Beste), da wackelte die Maria kopfschüttelnd nochmals zum Uhlandbeck, um dann mit einem belämmerten Gesicht, aber mit ihrem Blech duftenden Zwetschgenkuchens zurückzukommen. Obwohl alle ihren Kuchen überschwänglich gelobt hatten, kam sie immer noch nicht zur Ruhe, andauernd schüttelte sie den Kopf wegen ihres plötzlichen Gedächtnisverlustes. Endlich hatte die Frau Bürk Erbarmen und erzählte ihr den wahren Sachverhalt. Zuerst wollte die Fetzerin schimpfen, doch dann glitt ein Strahlen über ihr Gesicht und sie rief: „Jetzt bene aber froh, no isch am End me Gedächtnis besser wie eubers, dänn ihr hond des jo älle glaubt, no ich net!" (Jetzt bin ich aber froh, am Ende ist mein Gedächtnis doch besser als eures, denn ihr habt das ja alle geglaubt, nur ich nicht!) Die ganze Runde lachte über die wundersame Heilung eines Gedächtnisverlustes und alle waren zufrieden.

Bruddelsupp

Die Maria Fetzer lebte zusammen mit ihrer Familie, dem Engelbert, ihrem Mann, dem Sohn Hans und den Töchtern Maria und Elisabeth, im Bürk'schen Haus, und so kam es öfters vor, dass sie und die Ruth Bürk sich im Hausgang

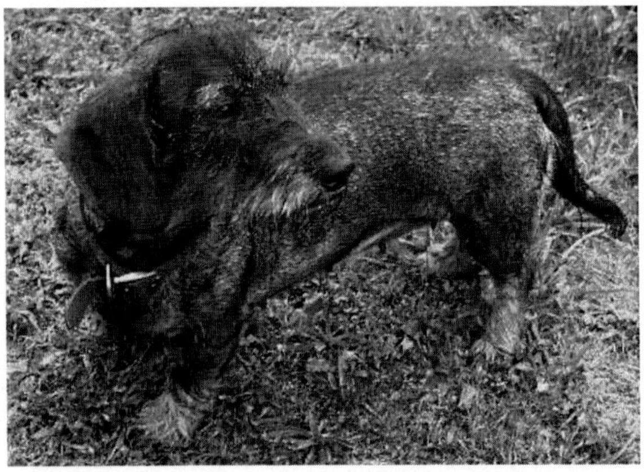

trafen. Die Bürks hatten einen Hund, einen Rauhaardackel namens „Zanker", und der war wie eine diebische Elster hinter allem Fressbaren her. So trafen sich die beiden Damen wieder mal im Treppenhaus, worauf die Fetzerin den offenen Topf mit ihrem frisch gekochten Gulasch eine Treppe höher abstellte. **Bild der verfressene Zanker.** *Das wiederum muss der „Zanker" gerochen haben und schlapperte den Topf leise leer. Die beiden Damen waren so in ihr Gespräch vertieft, dass keine etwas davon gemerkt hat. Als dann der Engelbert vom Schaffen heimkam und essen wollte, schnappte sich die Maria den Topf und ließ ihn aber vor Schreck gleich wieder fallen, denn der war ja leer. Anschließend gab es bei Fetzers Bruddelsupp statt Gulasch! Später bekam dann auch noch der verfressene Hund sein Fett ab.*

Beim „Heube", von der Heuernte bis zum Heustampfen

Die Ernte, überhaupt die Heuernte, war bei Bürks immer ein besonderes Ereignis. Aber auch mühevoll, weil das eingebrachte Heu für die sechs bis acht Pferde des Bürk'schen Rollfuhrunternehmens über den ganzen Winter reichen mußte. Das „Heube", die Heuernte, war aber nur bei schönem, trockenem Wetter möglich. An solchen Tagen, wenn es dann zum „Heube" ging, war jede Person, jeder Arm, jede Hand willkommen. Irgendwann hatte ich den Herbert Bürk gefragt, ob ich auch einmal helfen dürfte, denn für das Zusammenrechen wäre ich ja kräftig genug. Es war Mitte Juni und ein schöner Morgen, schon die ganze

Woche über war es trocken gewesen, also ideales Wetter, um die Heuernte unter Dach und Fach zu bringen.

Mähmaschine mit Messerbalken.

Vor drei bis vier Tagen waren, frühmorgens, einige Fuhrleute mit ihren noch von Pferden gezogenen Mähmaschinen zu allen Wiesen gefahren, die gemäht werden mussten Wie mir später der Fuhrmann Rief erklärte, hatten diese alten Mähmaschinen einen Messerbalken, der noch von Hand bedient werden musste, darum war auch das Mähen angeblich reine Männerar-beit. „Wie lief das dann eigentlich im Krieg, als alle Männer an der Front waren?“, fragte ich mich. Zwei Tage danach waren die Fuhrmänner dann mit den Heuwendern rausgefahren. Hier mussten sie wieder und wieder das Heu umdrehen, damit es trocken war, bevor es eingelagert werden konnte.

Links Gabelheuwender.

Heute, am Freitag, sollte das Heu eingebracht werden, also ii'd Schiier (Scheune) kommen, ab jetzt war Handarbeit gefragt. Ich saß mit einigen Frauen aus unserer Straße, auf einem, von Pferden gezogenen, leeren Heuwagen, der vom Fuhrmann Rief gelenkt wurde. Wir fuhren in Richtung Dürrheim zu den Hilbenwiesen. Dort lag das inzwischen trockene Heu noch über die ganze große Wiese verstreut.

Heu zusammenrechen

Unsere Arbeit war es, das Heu so in Reihen zusammenzurechen, dass es wie in Linien angehäuft war. Wenn dann ein leerer Wagen durch die Reihe fuhr, brauchten die begleitenden Männer nur in die Heuhaufen stechen und einen Fuder Heu mit der Gabel aufnehmen. Sodann musste der Fuder von dort bis über das seitliche Geländer des Wagens hochgehievt werden. Oben wurde er von einem Helfer oder einer Helferin entgegengenommen und über den Wagen verteilt.

Heu aufladen.

Inzwischen war es ganz schön heiß gewor-

den und mir rann der feuchte Schweiß aus allen Poren, dazu hatte ich Blasen an den Händen und die Arme taten mir weh. Gut, dass kurz darauf Vesperpause war. Frau Bürk hatte zusammen mit ihrer Tochter Anna auf einem schon abgeernteten Teil ein langes Tischtuch ausgebreitet, auf dem Körbe voll frischer Bauernbrote lagen, von denen sie für jeden entsprechende Scheiben runterschnitt. Zum Trinken gab es Most und Wasser aus grauen Steingutkrügen. Trotz meiner Blessuren schmeckte es mir. Nach einer halben Stunde ging es weiter,

Voller Heuwagen fährt Richtung Schiier (Scheune)
Der Stecherbauer, Ernst Benzing Schützenstr. 1

inzwischen waren schon etliche der voll beladenen Heuwagen zurück in Richtung Uhlandstraße gefahren. So gegen halb zwölf Uhr bemerkte die Rose Würthner, spätere Rose Bürk, dass meine Hände bluteten, und voller Blasen waren und ich musste dann aufhören und wurde mit dem nächsten vollen Heuwagen heimgeschickt. In der Uhlandstraße war die Hölle los, hier waren inzwischen die ganze untere, und auch Teile der oberen Uhlandstraße vollgestellt mit hochbeladenen Wagen, die ununterbrochen in der großen Bürk'schen Scheune verschwanden, wo sie mithilfe des Heuaufzugs entladen wurden. Die ganze Gegend duftete nach frischem Heu. Auf der Straße ging die An- und Abfahrt der Wagen im Augenblick nur unter lautem Fluchen und den gebrüllten Kommandos der Fuhrmänner an ihre Pferdegespanne vor sich. Dazu kam noch das laute Geklapper der mächtigen, eisenbeschlagenen Hufe auf dem Fahrweg. Mittlerweile war auf der Straße ein heilloses Durcheinander, weil die Pferde den Befehlen der Fuhrleute, „wischd! hott! und brr!“ (links, rechts und halt) nicht gleich gehorchten und dadurch die Wagen einander in die Quere kamen.

Leerer Heugreifer an der Laufkatze.

In der Schiier war der Herr über die Fernbedienung des Heuaufzugs meistens der Hugl (Hugo) Bürk, manchmal auch der Fetzer Hans. Heute war es der Willer (Wilhelm) Bürk. Der Aufzug bestand aus einem Greifer, der an einem Seilzug befestigt war und zu einer Laufkatze hochging. Diese Laufkatze lief oben an einer unter dem Dachfirst befestigten Schiene vor und zurück. Angetrieben wurde der Heuaufzug über eine elektrisch betriebene Winde am Ende der Schiene.

Vorne in der Scheune senkte sich der weit geöffnete Greifer in das Heu auf dem Wagen und schloss sich dann beim Hochziehen mit einer entsprechend großen Heumenge zwischen den Zan-gen. Sodann wurde der Heufuder über die Laufkatze nach hinten transportiert und an einem immer anderen Punkt entlang des oberen

Heubodens abgeladen. Die Männer, die den leeren Greifer auf dem vollen Wagen ins Heu drückten, waren meistens der Wilhelm Kohler oder der Johann Haberer. auf einem Wagen. Als Munni meine Hände sah, war sie zuerst erschrocken, dann nahm sie mich beim Arm und schleppte mich über die Straße zum Doktor Bürk.

Rechts ein Helfer drückt einen leeren Greifer in das Heu

Der grinste mich an und sagte: „Na, Jörg, wollteschd beweise, dass du en Mann bisch und au wie en Mann schaffe kanscht!“ Dann bekam ich eine kühlende Salbe auf meine Hände und anschließend verband er mich. Ich schämte mich ein wenig wegen des Verbands und fühlte mich wie ein Versager. Aber für einen „Versager“ hatte ich hart gearbeitet. Am nächsten Morgen kam Frau Bürk mit einem Viertel Bauernbrot und ein wenig Butter als Lohn für meine Arbeit vorbei, jetzt konnte ich doch wieder stolz auf mich sein.

Während des Heuabladens begann dann auch für uns Kinder eines unserer Zeit, das „Heustampfen“. Einerseits war es von den Bürks gerne gesehen, denn durch unsere Stampferei gab es mehr Platz auf dem Heuboden, andererseits hatten sie immer Angst, dass uns etwas passieren könnte. Es war ja auch manchmal gefährlich, denn wir stellten uns öfters unter den Greifer mit den fallenden Heuballen. Wenn dann das Bing der Glocke beim Auslösen ertönte, war uns klar, jetzt kommt Heu von oben. Ob viel oder wenig wusste man vorher nicht so genau. Es konnte auch geschehen, dass kurz hintereinander zwei bis drei riesige Fuder Heu immer an derselben Stelle abgeladen wurden!

Links ein halbvoller Heuboden mit Zugangsloch.

In diesem Fall war es, selbst für uns Größere, eine schwere und anstrengende Arbeit, unter diesen kolossalen Heumassen wieder hervorzukriechen. Ärger gab es, wenn eines der jüngeren Kinder verschüttet wurde und Angst bekam, dann mussten wir es ganz schnell aus dem Heuhaufen ausgraben. Nur gut, dass das Heu am Anfang noch locker und leicht war. Oft kam es auch vor, dass wir uns wegen des Heustaubs fast die Seele aus dem Leib keuchten und husteten, aber das war noch das Geringste. Wenn wir nach einem solchem Tag zufrieden und glücklich abends nach Hause kamen, mussten wir erst einmal in die große Zinkbadewanne. Dann wurden wir von Kopf bis Fuß abgeschrubbt, oder mussten uns unter Aufsicht selber waschen, denn der feine Heustaub saß überall in der Kleidung, den Haaren und am ganzen Körper. Der Bürk'sche Heustall hatte mehrere Ebenen und lag zum Teil über der Wohnung vom Willer. Manchmal, wenn wir uns mal wieder heimlich hochgeschlichen hatten und der Hannes Bürk davon Wind bekam, scheuchte er uns wieder nach unten. So musste ich auch einmal fluchtartig abhauen, als er hinter mir her war, dabei kam ich über ein paar lose Dielen, die zur Seite nachgaben, und ich fiel in ein schwarzes Loch. Der Fall war Gott sei Dank nicht tief, denn ich landete direkt vor einer Kloschüssel, im Bürk'schen Abort. Über mir hörte ich den Hannes noch rumsuchen, daher nahm ich allen Mut zusammen, machte die Tür auf und stand in der Wohnung vom „Willer". Leise schlich ich mich die Treppe runter und stand vor dem „Hannes", der beäugte mich misstrauisch und nahm mich am Arm und sagte: „Kerle, wa machscht du do im Huus?" Rumdrucksend erwiderte ich: „Ich sollte dem Wilhelm Bürk etwas vom Schreiner Strohm ausrichte", was natürlich gelogen war. Er ließ mich los und sagte: „S'näschd Mol schelleschd und schliischd net ii fremde Hiiser rum" (das nächste Mal klingelst du und schleichst nicht in fremden Häusern rum).

Der Hauseingang zur Bürk'schen Spedition

Gut dass er mich nicht gefragt hatte, was ich ausrichten sollte. Manchmal ging es ganz schön rau bei den Bürks zu. Der Fetzer Hans erzählte mir einmal, dass ihn der „Hugl" aus Versehen mit einer Heugabel in das Gesäß gestochen habe, als er die „Burschd" (Burschen) vom Heustall runterjagen wollte.

Die Kasseläner (Einwohner von Kassel)

In der Zeit nach dem Kriegsende lebte Katharina Strache, unsere Öhm, bei uns in Schwenningen. Sie hatte ja eine Aufenthaltsgenehmigung für die französische Zone, durfte sie aber nur wegen außergewöhnlicher Umstände oder zu ganz besonderen Anlässen, wie z. B. einem Todesfall, verlassen. Um in ihre Heimatstadt nach Kassel in die amerikanische Zone zu gelangen, hatte sie mehrere Ausreiseanträge bei der französischen Militärregierung gestellt. Es klappte jedoch nicht und ihre Anträge wurden, abgelehnt. Sie wollte aber trotzdem hinfahren, ich vermute, es waren persönlichen Gründe, vielleicht auch nur ganz banal, um ihre fünf Schwestern, die alle dort lebten und die sie nach Ende des Krieges 1945 noch nicht gesehen hatte, zu besuchen. Ihr Bruder Max war ja schon in den zwanziger Jahren nach Amerika, und kurz darauf ihre Schwester Frieda nach Südafrika ausgewandert. Von den beiden kamen seinerzeit die Liebesgaben oder Carepakete für die Familien ihrer Schwestern in Kassel und ich glaube auch das Paket an uns. So eine Reise war in jener Zeit sehr gefährlich, denn man musste von der französischen in die amerikanische Zone überwechseln, und bei den Franzosen wurde streng wegen den, ein- oder ausgeführten Waren kontrolliert.

Französische Grenzkontrolle.

Ebenso wurden Personen gesucht und verhaftet, die schwarz über die Grenze wechseln wollten. Das Mindeste war, dass man ins Gefängnis kam, die mitgeführten Wa-

ren wurden einfach nur konfisziert, also einbehalten. Möglicherweise nahm mich Öhm aus diesem Grunde mit, denn eine Frau mittleren Alters, zusammen mit einem Kind, war einfach unverfänglicher. Wir fuhren an dem Tag zuerst mit der Bahn von Schwenningen nach Villingen, dann mit dem nächsten Zug weiter in Richtung Karlsruhe, fast die ganze Zeit über mussten wir stehen. Irgendwo zwischen Rastatt und Karlsruhe, kurz vor Ende der französischen Zone, verließen wir den Zug. Dort fand Öhm nach einigem Suchen einen Lastwagenfahrer, der mit seinem LKW am Abend in die amerikanisch besetzte Zone fahren musste. Öhm wurde mit dem Fahrer schnell handelseinig, und ein paar Scheine wechselten den Besitzer.

Deutscher Vorkriegs Lastwagen

Aus Sicherheitsgründen mussten wir uns nach hinten auf die Pritsche des abgedeckten LKW zwischen einige Kisten zwängen, denn im Führerhaus wären wir ja bei einer Kontrolle sofort aufgefallen. Spätabends ging es los, irgendwann wurde der LKW angehalten, und in französischer und deutscher Sprache wurde der Fahrer aufgefordert, seinen Passierschein für das Überfahren der Zonengrenze zu zeigen. Wir erschraken, als dann irgendjemand mit einer Taschenlampe die Pritsche ableuchtete, doch wir hatten uns schon vorher auf den Boden gelegt, und um uns herum waren ja lauter Kisten. Wir wurden nicht bemerkt. Es gab noch einen kurzen Wortwechsel wegen irgendwelchen Vorschriften, anschließend durfte der LKW weiterfahren.

Nach einer größeren Strecke und um nicht irgendwelchen Beobachtern aufzufallen, wie er später sagte, holte uns der Fahrer ins Führerhaus. Hier konnten wir uns erst einmal wieder aufwärmen. Frühmorgens kamen wir in Heidelberg an. Ab hier ging es nochmals mit der Bahn weiter, über Frankfurt, Fulda, Bebra nach Kassel. Ich glaube, wir waren damals zwei Tage unterwegs und hatten viel Zeit zum Quatschen. Öhm erzählte mir von einer Begebenheit aus ihrer Jugend. Sie war damals als Kindermädchen bei einer reichen Familie in Norwegen angestellt. An einem Winternachmittag war eine Schlittenfahrt geplant und alle Familienmitglieder hatten sich auf drei große Schlitten verteilt, Öhm war mit den Kindern in der Mitte. Unerwartet kam Nebel auf. Nach einer langgezogenen Kurve konnten sie plötzlich eine Gestalt auf der Schlittenbahn erkennen, die heftig eine sehr helle Laterne schwenkte. Nachdem alle Schlitten anhalten konnten, liefen zwei Erwachsene zu der Person, die plötzlich im Nebel verschwunden war, alles Suchen blieb erfolglos. Die beiden Männer gingen dann eine Strecke auf der Schlittenbahn weiter, als auf einmal die Bahn verschwunden war. Ein Erdrutsch hatte den Weg unterbrochen und wir alle wären mit unseren Schlitten in der Tiefe verschwunden, so erzählte mir Öhm. Zufall oder Schicksal, wir diskutierten noch lange über solche und ähnliche Begebenheiten! In Kassel kamen wir bei der Hede (Hedwig) Bretscher, Öhms jüngster Schwester, im Kirchweg 7 unter, die dort mit ihren beiden Töchtern Karin und Gitti (Brigitte) wohnte, Öhm logierte sich bei ihrer alleine lebenden älteren Schwester Hanni ein, die in derselben Wohnung ein etwas größeres Zimmer hatte. Für mich war der Aufenthalt in Kassel richtig toll, denn alle Kinder ihrer Schwestern waren Vettern und Kusinen

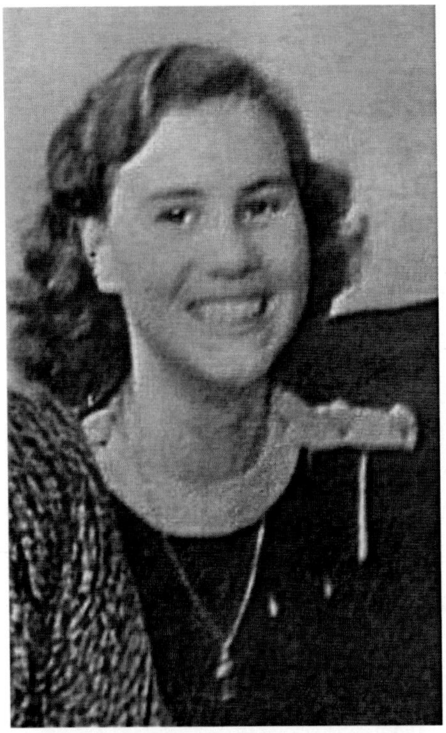

meiner Mutter, also eigentlich meine Onkel und Tanten. Da aber Gitti sogar ein wenig jünger als ich war, konnte ich sie leicht foppen, wenn ich Tante Brigitte zu ihr sagte, auch Tante Karin war nur gute drei Jahre älter als ich.

Links Tante Karin

Die ursprüngliche Heimatanschrift meiner Öhm und ihrer Geschwister war früher im „Grünen Weg" in der Nähe des Bahnhofs. Hier besaß Ferdinand Bucher, ihr Vater, eine mittelständische Spedition namens „Wilhelm- Degenhardt", die ursprünglich mit Pferden und später mit Lastwagen betrieben wurde Die Speditionsgebäude waren im Krieg halb zerstört und später nur minimal wieder aufgebaut worden. Das alte Grundstück mit den leicht heruntergekommenen Gebäuden war das erste, welches mir Öhm zeigte, dort besuchten wir ihre Schwester Hanni, die den Rest der Spedition leitete und später auch das Grundstück bestmöglich verkaufte. Auch Kassel hatte sehr unter dem Inferno der alliierten Bombardierung gelitten und war am 22. Oktober 1943 und dann später bei Angriffen 1944 und 45 bis zu 80 Prozent zerstört worden.

Rechts ein Festumzug mit einem Wagen der Spedition Degenhardt".

Auch jetzt sah man noch überall Trümmergrundstücke und Hausruinen. Damals war bei einem dieser Angriffe auch Tante Hedes Mann Henner ums Leben gekommen.
An einem der nächsten Tage fuhren wir nach Kassel- Bettenhausen.
Hier in einer Art Reihenhaus wohnte Öhms Schwester Irmgard Rockstroh mit ihren Töchtern Ursel und Ellen sowie Christa, einer Freundin der beiden. Dort bekam ich auch zum ersten Mal amerikanischen Maxwell-Kaffee zum Probieren, der in einer mit einem Plastikdeckel verschließbaren Blechdose gehandelt wurde. So einen Behälter hatte ich vorher noch nie gesehen.

Tante Irmgard mit ihren Töchtern Ursel und Ellen.

Dieser und die amerikanischen Zigaretten, welche alle hier rauchten, wurden von Christa beschafft, die damals in einem PX-Laden arbeitete. PX war eine Art amerikanisches Kaufhaus, in dem nur Militärs und ihre Angehörigen einkaufen konnten. Was mir seinerzeit bei den meisten von Öhms Schwestern auffiel, fast alle rauchten wie die Schlote, aber das war ja für jene Zeiten absolut normal. Hierzu weiß ich auch noch, dass in jedem Haushalt der Tanten überall kleine grüne Flaschen mit amerikanischem „Air Fresh" herumstanden, die nach Tannenduft rochen, und so den abgestandenen Rauchgestank in den Wohnungen ein wenig milderten.

Recht eine dunkelgrüne Flasche „Air Fresh"

Ich fühlte mich sehr wohl in Kassel, denn Tante Hede und ihre beiden Töchter kümmerten sich liebevoll um mich. Bei ihnen lernte ich auch den Kassler Kochkäse kennen einen aus Quark und Harzer-Käse sowie einer Prise Natron hergestellten, streichfähigen Brotaufstrich, den ich damals und auch noch heute sehr gerne esse.

Links Kochkäse mit Musik (Zwiebeln).

Einmal ging Gitti mit mir von ihrer Wohnung aus dem Kirchweg runter in Richtung der großen ovalen „August-Bebel-Platz Anlage". Vorbei an einer Straßenbahnhaltestelle, deren „Bing, Bing" beim An- und Abfahren mich frühmorgens immer weckte. Überall inmitten der inzwischen wieder mühsam bewohnbar gemachten Häuser waren noch vielen Ruinen der sinnlosen Bombardierung Kassels aus dem letzten Krieg zu sehen.

Leben zwischen den Ruinen.

Als wir unten um die Ecke kamen standen wir vor dem ehemals so schönen Platz, auch hier waren noch die Zerstörungen durch die Luftangriffe sichtbar. Wir liefen weiter durch die Friedrich-Ebert-Straße, dasselbe Bild wie vorher, bis wir vor der großen, Kasseler Stadthalle standen. Hier zeigte mir Gitti eine Ausnahme, denn dieses Gebäude war trotz des schrecklichen Bombardements ringsum nahezu unzerstört geblieben.

Links die im Krieg unzerstörte Kassler Stadthalle.

Wenn man damals mit der Straßenbahnlinie 4 vom Kirchweg aus einige Stationen weiter in Richtung Kirchditmold fuhr, kam man an die Haltestelle Zentgrafenstraße, dort befand sich die Fleischerei Rudolf, von Öhms Schwester Emmy, ihrem Mann Adolf und deren beiden Söhnen. Onkel Lothar war bei der Bahn angestellt, und Onkel Manfred arbeitete seit kurzem bei seinem Vater in der

Schlachterei. Die Metzgerei war später am „Entenanger". Ich war während unserer Kassler Zeit einige Male dort. Auch heute habe ich noch den herrlichen Geruch des Fleischerladens in der Nase und sehe Vater und Sohn in ihren hellen Hemden mit den hochgekrempelten Ärmeln, darüber den grauen Schürzen und in Gummistiefeln um mich herumwuseln, wenn ich im Weg stand Tante Emmy war im Laden und verkaufte ihren Kunden, je nach Markenzuteilung, Wurst oder Fleisch.

Rechts Dürre Runde.

Auch die Kassler Spezialitäten, „Ahle Worschd oder sogenannte Dürre Runde", wobei die beiden Würste im Prinzip das Gleiche waren, eine aus schlachtwarmem Schweinefleisch hergestellte, luftgetrocknete, aber innen noch weiche Rohwurst, erzählte mir Manfred. Hier kam ich mir vor wie im Paradies, denn bei uns, in der französischen Zone, waren ja die Läden immer noch leer, und selbst auf Marken konnte man nichts kaufen. Hinter dem Verkaufsraum gab es eine kleine Kaffeeküche und immer, wenn im Laden mal nichts los war, sagte Onkel Adolf zu mir: „Na, Jörgchen komm, jetzt gehen wir erstmal zur Tante Emmy in die Küche, dort gibt's nen Kaffee und was zu futtern", in den meisten Fällen war es Kassler Kochwurst, eine Art Brühwurst, die ich liebte. Zu meiner Öhm gewandt sagte er dann: „Käthe, Käthe, das Kind ist ja so spindeldürr, dass es einen geradezu erbarmt." Und dann stopften mich er und Tante Emmy so voll, dass ich nicht mehr papp sagen konnte.

Irgendwann an einem der nächsten Tage sagte Öhm zu mir: „So, heute fahren wir mal zur, Tante Lina sie ist auch eine meiner Schwestern, die du noch nicht kennst". **Links die Nr. 4 eine der Straßenbahnen mit der wir damals öfters durch Kassel fuhren.**

Die Munks, Tante Lina mit ihrem Mann Eugen und Sohn Walter, wohnten in einem größeren grauen Häuserblock in einem der oberen Stockwerke. Onkel Eugen war Ingenieur und kam aus dem württembergischen Aalen. Walter war irgendwo in der Verwaltungslaufbahn. Tante Lina hastete dauernd um uns herum, Kaffee und Kuchen standen auf dem Tisch. Onkel Eugen freute sich richtig, dass er mit einem, auch aus Württemberg stammenden Kind in seinem Dialekt schwätzen konnte. Er hatte im Hüttenwerk von Wasseralfingen gelernt und in Esslingen seinen Ingenieur gemacht,

Rechts Onkel Eugen, der Schwabe in der Verwandtschaft.

Später war er bei der großen Maschinen- und Fahrzeugbaufabrik Henschel & Sohn in Kassel gelandet und hier geblieben. Mitte der nächsten Woche gingen Öhm, Tante Hede und Karin mit mir in einen Schuhladen in einen, der nicht so

sehr zerstörten Kassler Außenbezirke. Ich hatte ja nur noch meine oftmals geflickten Schlappen an den Füßen und sollte hier ein Paar neue Schuhe bekommen. **Links meine eingetauschten gelben Schuhe.** *Die Auswahl war nicht sehr groß, doch ein amerikanischer Soldat, ein GI, hatte in diesem Laden seine neuen, zu kleinen Schuhe gegen ein Paar passende umgetauscht. Die zurückgelassenen Schuhe waren hellgelb, hatten Kreppsohlen, passten mir wie angegossen und ich bekam sie. Ich glaube, ich war selten so glücklich. Irgendwann an einem der folgenden Tage gingen Gitti, Karin Tante Hede, und ich an die Fulle (Fluss Fulda), dort wurde gerade eine kaputte Dampferanlegestelle umgebaut.*

Rechts die reparierte Kasseler Wilhelms Brücke über die Fulda.

Wir standen auf der notdürftig erneuerten Brücke, als unter uns ein kleines Schiff den Fluss herunterfuhr, hinten an Deck stand ein Kind mit einer roten Mütze und winkte zu uns hoch. Wenige Tage später war die schöne Zeit in Kassel zu Ende, wir mußten wieder zurück nach Schwenningen, unsere Rucksäcke waren voller Köstlichkeiten aus der Schlachterei Rudolf. Ein Fahrer der Spedition Degenhardt nahm uns in seinem LKW mit bis nach Darmstadt. Dort hatten wir Anschluss an eine Bahn, die uns über Heidelberg nach Karlsruhe brachte.

Links Gitti (Brigitte) Bretscher, meine fast gleichaltrige Tante die sich zusammen mit ihrer Schwester Karin und ihrer Mutter in Kassel herzlich um mich gekümmert hat.

Auch diesmal mußten wir fast die ganze Zeit stehen, unsere Rucksäcke hatten wir so gut wie möglich versteckt. Doch an diesem Tag wurden wir glücklicherweise nicht kontrolliert, vielleicht weil es ein Sonntag und schon sehr spät war. Anschließend ging es weiter nach Offenburg, hier kamen wir für den Rest der Nacht in der Bahnhofsmission unter. Am nächsten Tag fuhren wir dann über Villingen nach Schwenningen zurück. Ich war später noch einige Male in Kassel, bei einem meiner nächsten Besuche wohnten Tante Irmgard und unsere Öhm in einem hellen neuen Häuserblock in zwei Wohnungen direkt nebeneinander. Öhm war damals aus Berufsgründen wieder nach Kassel gezogen. Vielleicht hatte sie bei unserem ersten Aufenthalt hier schon die Fäden für ihre Rückkehr geknüpft, denn sie bekam nachher eine gute Stelle bei der „Deutschen- Eisenbahn- Reklame.“ Wahrscheinlich durch

Vermittlung ihres Verwandten Dr. Karl Branner, von ihr liebevoll „Karlemann" genannt, dem sehr beliebten langjährigen Oberbürgermeister von Kassel.

Rechts Dr. Karl Branner.

Öhms Schwestern hatten uns seinerzeit noch ein verschlossenes Päckchen mitgegeben, aber mit der Bitte, es erst daheim zu öffnen. Als Munni dann das Päckchen aufmachte war unsere Freude groß, denn für jeden von uns Buben war eine tolle Strickjacke darin. Munni ging dann mit uns zu dem Schwenninger Fotograf Jauch in die Karlstraße und jede der Tanten bekam anschließend von uns einen Brief mit einem Bild, in dem wir uns für die Jacken bedankten.

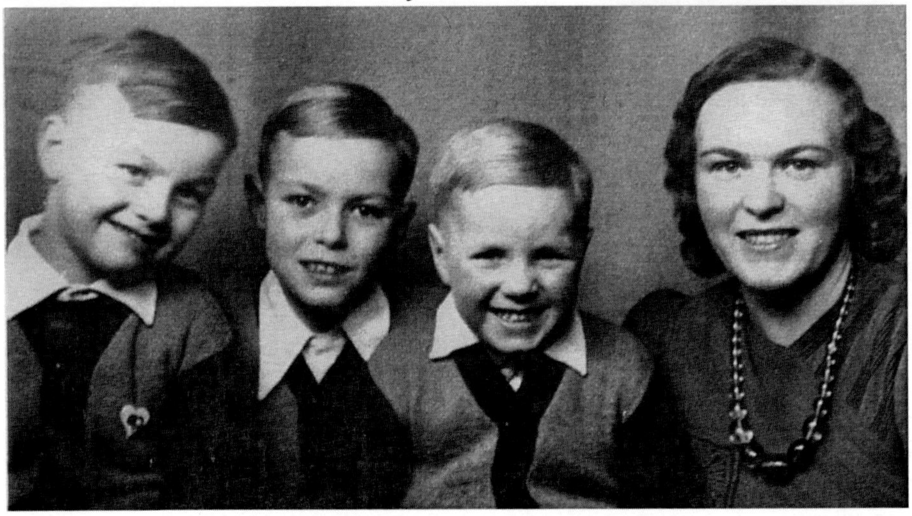

Bild oben wir drei und Munni in unseren neuen Strickjacken.

Der Datsch

Der „Datsch", der war ich und das kam so. Mein kleiner Bruder Bernd war als wir 1943 nach Schwenningen kamen gerade mal 6 bis 7 Monate alt und konnte seinerzeit natürlich noch nicht sprechen. Seine erste, einigermaßen verständliche Bezeichnung für mich war „Dati". Als dann 1944 die in Schwenningen aufgewachsene Irmgard (Alla) Strohm als Pflichtjahrmädchen zu uns kam, machte sie aus dem hochdeutschen Dati einen Schwenninger Datsch. Dieser Spitzname wurde natürlich von allen anderen, außer von meiner Mutti, gerne angenommen. Besonders, weil die wenigsten Einheimischen meinen Namen Jörg richtig aussprechen konnten, denn für die meisten Schwenninger hieß ich Jerg. Heute ist es so, dass nur noch uralte Freunde, einige Jahrgänger und dann natürlich die ewigen Frotzler den Namen Datsch kennen und noch benützen! Spitznamen im Allgemeinen waren damals in der Uhlandstraße gang und gebe, so gab es bei uns ja bekanntermaßen den Ottenfurz das Jokile, den Rambes und den Raffer, den Häberle, den Mampfer, den Doof, sowie die Zwillingsbrüder den Dicken und den Dünnen. Einen nannten wir sogar „Finger in der Büchse" und letztendlich gab es ja auch uns, die drei Brüder Pimpf, Bolle, und Datsch.

04 Berliner-Zigiener Urgroßmutter „Rosl Fischer", Freundschaften, Zuckerhas und Weckenmann, Die Zigarettenfabrik, 2 Schulen, die Währungsreform, der Heimkehrer, Onkel Hermann

Die „Fischer Rosl", ein sogenanntes „Hippä-wiib", die, als eine der letzten hiesigen Frau-en noch eine alte „Schwenninger Tracht", eine sogenannte „Hippe" trug, galt als eine derbe Frau. Sie war die Großmutter meines Vaters, dessen früh verstorbene Mutter Rosa eine geborene Fischer war. Als uns die „Rosl" zum ersten Mal besuchte, lebten wir schon in unserer größeren Wohnung über der Strohm'schen Werkstatt.

Sie trat einfach durch die Tür, ohne anzuklopfen, zu klingeln, oder um Einlass zu bitten. Schlurfte dann in ihrem langen, gefältelten schwarzen Hippenrock und dem dunkelgrauen Schurz darüber, dazu die roten Strümpfe in Samtschühchen, einfach an uns vorbei. Für uns Kinder sah sie urkomisch aus. Auf dem Kopf hatte sie eine Samtkappe und darüber ein Kopftuch, eine graue Haarsträhne sah darunter hervor. Ihre Jacke bestand aus einer Art kurzen Weste, einem sogenannten schwarzen „Tschopen".

Die Rosl im Sommer 1946 vor dem „Württemberger Hof.

Sie riss alle Schubladen und Schränke auf und sagte immer vor sich hin: „Ich will seä, ob des Maitsch ordele isch, ich will seä, ob des Maitsch ordele isch!" (Ich will sehen, ob das Mensch, also meine Mutter, ordentlich ist). Und das immer wieder. Als sie dann verschwand, sagte sie im Gehen zu meiner Mutter „Kaaschd deenere Burschd sage, dane ihre Urgroßmotter bee." (Du kannst deinen Buben sagen, dass ich ihre Urgroßmutter bin) und schlurfte hinaus ohne „Grüß Gott" oder „Ade". Bei einem der nächsten Zusammentreffen, es war an einem Wintertag, stand ich mit meinem Bruder Rolf vor der Buchhandlung Link in der Muslen.

Unten die Muslen im Winter

Da lief die Rosl vom Gasthaus

„Schwanen" kommend fast an uns vorbei, sah uns an und kniff die Augen zusammen, dann erkannte sie uns und kam auf uns zu. Sie gruschtelte (suchte) in ihrem großen Hippensack (Rocktasche), brachte dann nach einigem Suchen zwei uneingewickelte Zuckerle (Bonbons) zum Vorschein und sagte: „Doo honder ebbis zum Schlotze!" (Da habt ihr was zum Lutschen), gab sie meinem Bruder in die Hand und schlurfte weiter, die Muslen runter in Richtung „An- und Verkauf Rambold". Ich schaute meinen Bruder an und der mich, dann steckte er eines der Gutsle zaghaft in den Mund. Da ich keines wollte, hat er das andere daheim unserem Bruder Bernd gegeben. Als wir die Rosl dann wiedersahen, kam sie gerade aus dem Gasthaus „Württemberger Hof", uns schräg gegenüber. Der Wirt „Franz Keller" brachte sie die Treppe hinunter, als um die Ecke Kellers „Strolch", ein weißer Spitz, angeschossen kam und die Rosl anbellte. Sie hob ihren Stockschirm und wollte ihn wegjagen, doch der Hund verbiss sich in den Stecken, bis ihn der Wirt verscheuchte.

Links der Württemberger Hof

Im Weitergehen sagte sie dann noch zum Franz: „Duä des Dreckviech besser eesperre, suss schlanene snäschd Mol dot" (sperre das Vieh besser ein, sonst schlage ich es beim nächsten Mal tot). In dem Moment sah sie uns drei, meine Brüder und mich, schlurfte auf uns zu und sagte: „Wa isch ier Kerle, halteder Mulaffe feil, honder suss need z'doa?" (Was ist ihr Kerle, haltet ihr Maulaffen feil, habt ihr sonst nichts zu tun). Dann weiter: „Isch euber Modder dihoam, s'wär mer jezd nämle grad nocheme Schnaps?" (Ist eure Mutter zuhause, ich hätte jetzt gerne einen Schnaps?). Worauf wir ihr sagten, dass niemand daheim ist. Auf einmal stützte sie sich auf ihren Schirm und schüttelte sich ein wenig, kurz danach rann zwischen ihren Schuhen unter dem langen Rock ein Bächlein hervor. Wir drei schauten fasziniert hin, bis mein jüngster Bruder Bernd uns fragend anschaute und laut sagte: „Gucked ämol, eser Urgroßmotter lauft jo us!" (Schaut mal, unsere Urgroßmutter läuft ja aus). Als sie das hörte, hob sie ihren Schirm und sagte: „Ier Luusbubä, ier mond mir jo au ned bem Soache zuägucke. (Ihr Lausbuben, ihr müsst mir ja auch nicht beim Wasserlassen zuschauen).

Zwoa Schenkel amä Schnürle.

Sagte es und schlurfte um die Ecke, den Kirchenbuckel runter. Als ich mein Erlebnis mit der Rosl dem Herbert Bürk erzählte, grinste der und sagte mir, dass die „Hippewiiber" unter ihrem langen Rock keine richtige Unterhose anhätten, sondern nur „zwoa Schenkel amä Schnürle" (eine im Schritt freie Unterhose), daher können

sie überall pinkeln, wo sie wollten. Die Fischer Rosl war auch eine sehr respektlose Frau und legte sich mit „Hinz und Kunz“ an, so auch mit unseren „französischen Besatzern“. Eines Tages, sie war damals schon 87 Jahre alt, kam auf dem Gehweg vor der „Villa Bertsch“ in der Kronenstraße eine französische Patrouille auf sie zu. Die Soldaten forderten sie in französischer Sprache energisch auf, aus dem Weg zu gehen, doch die Rosl lief unbeirrt weiter. Als dann der Sergeant: „stopp, stopp!“ rief, sagte sie im Vorbeigehen zu ihm: „Wa mai'd ou ier Bettsoacher, gond hoam und schiissed eibere Modder is Fadekrättle!“ (Was wollt denn ihr Bettnässer, geht heim und scheißt eurer Mutter ins Nähkästle).

Die Rosl und mein Bruder Rolf 1948

Nur gut, dass die Franzosen kein Schwenningerisch verstanden. Irgendwann hörte ich dann, dass die Rosl im Altersheim ist. Gestorben ist sie 1952 im Alter von 94 Jahren im Krankenhaus, nachdem sie etwa eine Woche davor bei einer feuchtfröhlichen Beerdigung des „Alt-Sternenwirts“ zu Fall gekommen war und sich einen Arm gebrochen hatte.

Francois..... der französische Offizier

Der gefällige und freundliche französische Offizier Francois......) seinen Nachnamen weiß ich heute nicht mehr, der beim „Willer“, Wilhelm Bürk, einquartiert war, hielt eines Tages im Januar 1947 meine Mutter auf der Straße an. Dann erzählte er ihr etwas bedrückt, dass seine Einheit im Frühjahr nach „Indochina“, also nach Vietnam, geschickt werde. Jetzt brauche er für die Schiffsreise eine Übersee-Kiste und ob ihm der Schreiner Strohm so eine Kiste anfertigen würde. Daraufhin gingen die beiden direkt zum Vadder in die Werkstatt und Munni musste dolmetschen. Vadder war froh, dem Manne helfen zu können, der seine beiden Töchter Trude und Irmgard (Alla) vor einer Vergewaltigung durch die Marokkaner gerettet hatte.

Französische Kolonialarmee

Nachdem die Maße für die Kiste feststanden, erzählte der Offizier Munni die Hintergründe seiner plötzlichen Abreise; die es dann wieder dem Vadder übersetzte. Und zwar in etwa Folgendes: „Vietnam war vor der Besetzung durch die Japaner, im letzten Krieg, eine französische Kolonie.“ Diesen Zustand will nun die „Grande-Nation“ unter Einsatz ihres Militärs wiederherstellen. Deshalb werde er zusammen mit seinem Regiment dorthin verschifft, um für Frankreich gegen die „Việt Minh“ zu kämpfen. Inzwischen lebe er aber gerne hier in Süddeutschland, möchte jedoch sobald wie möglich wieder in die Heimat nach Frankreich zurück. Und ganz im Vertrauen, er will auch seine Soldaten nicht in eine neuerliche kriegerische

Auseinandersetzung mit ungewissem Ausgang führen. Vor der Bekämpfung des „Hitler-Regimes" wäre er als Ingenieur in einem größeren Betrieb beschäftigt gewesen, und jetzt hätte er eigentlich genug vom „Kriegspielen".
Vadder machte sich noch in derselben Woche an die Arbeit, doch dann verlief die Ausreise für „Monsieur Francois" ganz anders, als er sich gedacht hatte.
Ohne vorherige Benachrichtigung des Offiziers fuhr Ende Januar 1947 ein französischer Lastwagen bei der Firma Bürk in der Uhlandstraße 23 vor, und die ganzen Habseligkeiten des Franzosen wurden aufgeladen. Nur seine Kiste nicht, denn die war noch beim Maler Benzing zum Beschriften.

Die „Việt Minh", wurden damals aus französischer Sicht als eine Art Bauern Armee eingestuft.

Er selber musste dann ebenfalls „Hals über Kopf" abreisen. Wir haben von dem netten Offizier nie wieder etwas gehört. Im Frühling 1954, in der Schlacht von „Dien Bien Phu", erlitt die französische Kolonialarmee eine vernichtende Niederlage. Daraufhin wurden Friedensverhandlungen mit den kommunistischen „Việt-Minh" eröffnet und die Franzosen mussten Vietnam verlassen.
Der Traum einer neuen (alten) französischen Kolonie war ausgeträumt.
Die bemalte, stabile Holzkiste, mit dem doppelten Boden, wurde mir vom Vadder vererbt und war noch bis 1998 in meinem Besitz.

Beim Dentisten

Irgendwann, an einem Sonntagmorgen im Frühjahr 47, bekam ich rasende Zahnschmerzen. Munni versuchte es zuerst mit einem kalten Waschlappen, aber das hielt nicht lange an. Selbst Mudder, die wir nach einem Schmerzmittel fragten, wusste keinen Rat, Nelkenöl würde vielleicht helfen, meinte sie. Doch woher nehmen am Sonntag? Letztendlich, sagte Mudder, bleibt nur ein Zahnarzt als Rettung. Da hatte Munni einen Geistesblitz, in der Karlstraße, ganz in der Nähe unserer letzten Wohnung, gab es einen Zahnarzt Vollmer, vielleicht könnte mir der helfen. Der Himmel war bewölkt und es nieselte leicht, als Munni mit mir in die Karlstraße lief, ich hielt immer noch den inzwischen warmen Lappen an meine Backe. An der Hauswand war ein kleines Schild, „Dentist Vollmer", angebracht, ich fragte Munni: „Was ist ein Dentist", worauf sie mir antwortete: „Na ja, so eine Art Zahnarzt." Als wir klingelten, fragte eine Frauenstimme hinter der Tür, wer wir wären, was wir wollen, und es sei doch Sonntag! Worauf Munni erklärte, dass ich arge Zahnschmerzen hätte und Hilfe brauche!

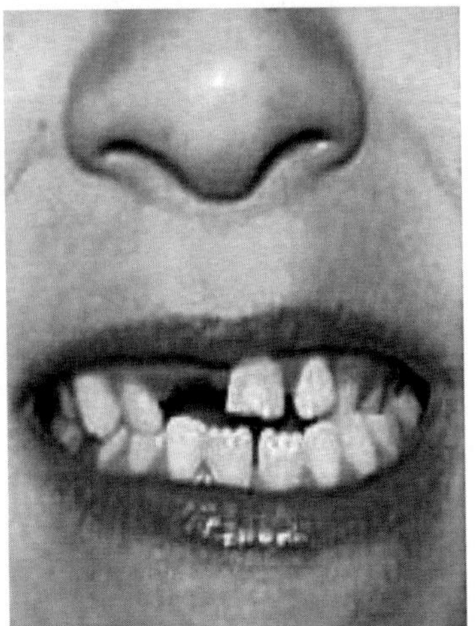

Beim Dentisten (Zahnarzt)

Kurz darauf ging die Tür auf, und der Dentist Vollmer, holte uns in sein Behandlungszimmer. Ich musste mich auf eine Art Lehnstuhl setzen, daneben war ein Gestänge mit Rädern und Übertragungsriemen. Anschließend musste ich meinen Mund öffnen, und er untersuchte mich, als er den kaputten Zahn berührte, zuckte ich zusammen und stieß einen Schrei aus. „Aha, des isch also der Übeltäter", sagte er und berührte den Zahn einmal mit derselben Wirkung. „Der ischt bis an die Wurzel zerstört und muss raus", war sein Kommentar. „Also, junger Mann, jetzt wird's kurz wehtun" sagte er noch und fuhr mit einer Zange blitzschnell in meinen geöffneten Mund. Es knackte einige Male fürchterlich, dann hatte er den Zahn draußen. Ich brüllte und kreischte gleichermaßen vor Schmerz und wäre dabei fast vom Stuhl gefallen, wenn mich Munni nicht gehalten hätte. Anschließend betupfte er die Wunde mit einer stark riechenden Substanz, die ein wenig den Schmerz betäubte. Für den Heimweg bekam ich noch ein Fläschchen von der Substanz, wahrscheinlich ein schmerzstillendes Nelkenöl, sowie zwei Schmerztabletten mit. Es war anscheinend ein Milchzahn, denn die Lücke schloss sich später von selber.

Freundschaften und Kinderspiele

Wir hatten den Krieg verloren! Zugegeben, doch besonders während der französischen Besatzung war unsere Jugend in der Uhlandstraße eine sehr abenteuerliche und interessante. Natürlich darf man die Ängste und Entbehrungen nicht einrechnen, die wir erlitten hatten, aber gerade wegen der besonderen Umstände in der Nachkriegszeit genossen wir unsere Selbständigkeit. Die meisten Erwachsenen waren ja damals überwiegend mit der Beschaffung von Nahrung und anderen Problemen ausgelastet, sodass sie wenig Zeit für uns, ihre Sprösslinge, hatten.

Baumfällaktion in der oberen Uhlandstraße, links im Vordergrund der Herbert Bürk.

Aus diesem Grund besaßen wir eine Eigenständigkeit, die ich auch späteren Kindergenerationen gewünscht hätte. Die Straße war sommers wie winters unser Spielplatz, und der war ja unendlich groß. In der Uhlandstraße und der umliegenden Gegend gab es in jener Zeit viele Kinder und Jugendliche, daher waren draußen vor den Häusern und Gassen immer Freunde oder Kameraden unterwegs.

Bild rechts der Hans Jauch (Jockile) ich, der Helmut Storck und mein Bruder Rolf, alles Kameraden von damals.

Ich hatte mich damals hauptsächlich mit dem Hans Bleher aus der Jakob-Kienzle-Straße angefreundet und unsere ganze Leidenschaft galt dem Nachspielen von Karl Mays „Old Shatterhand" und seinem indianischen Partner „Winnetou". Weil ich ein paar Zentimeter größer war, durfte ich den Old Shatterhand spielen, Freund Hans war der Winnetou. Unsere Bewaffnung waren der „Bärentöter", die „Silberbüchse" und später auch noch der

„Henrystutzen“. Alles waren Gewehre der beiden „Wildwesthelden“, die wir uns mühsam aus Holzlatten aussägten, schnitzten, verzierten und bemalten. Dazu hatten wir natürlich auch stielechte Bogen, Pfeile und Köcher, Tomahawks und Schilde. Wir haben seinerzeit oft tagelang an unseren Waffen rumgebastelt. Wenn wir mal nicht mehr weiterkamen, war der Vadder immer unsere letzte Rettung, manchmal brummelte er ein wenig, aber geholfen hat er uns immer. Er war ein echter Künstler an der Bandsäge, einmal hat er uns, ohne Aufforderung, eine ganze Wikinger-Ausrüstung mit Schwertern, Beilen und Schilden ausgesägt. Im Anschluss waren wir dann für eine Weile Wikinger.

Kameraden, von links Lothar Müller, ich, Jürgen Ziegler, mein Bruder Rolf, Ingo Müller, Ulli Ziegler, unten mein Bruder Bernd.

Da ich eine Leseratte war, wusste ich bald, dass man im Schwesternhaus der katholischen Kirche Bücher ausleihen konnte. Irgendwann bekam ich das Buch „Die drei Musketiere“ in die Hände, von diesem Moment an, waren wir dann für einige Zeit diese französischen Abenteurer. In unserer Wohnung über der Werkstatt gab es ein dunkles Zimmer, also einen Raum ohne Fenster, den ich zum Spielen nutzen durfte. Hier waren meine ganzen „Schätze“ gelagert, die Waffen der Indianer, der Wikinger und der drei Musketiere, dazu auch alle anderen Spielsachen und viele Bücher.

Spielzeug Soldaten

So hatte ich nach dem Krieg eine ganze Kompanie deutscher Wehrmachtssoldaten aus „Elastolin“, einem, damals noch bröckeligen Kunststoff, ergattert, mit denen ich gerne hinter unserem Haus spielte. Ich baute alles: Schützengräben und Unterstände, sogar ganze Landschaften, in denen ich viele Stunden „Soldätles“ mit meinen Figuren spielte. Da Munni ja gut zeichnen und malen konnte, hatte ich eines Tages die großartige Idee, sie sollte mir auch Cowboys und Indianer auf Sperrholz zeichnen, die ich dann ausgesägt und bemalt habe. So kam ich zu noch mehr Spielfiguren.

Ein Alpha Metallbaukasten

Früher, an der Ecke der oberen Uhlandstraße zur Muslen, gab es die Firma „Max Andres“. Herr Andres war ein alter Freund unseres Vatis und stellte Metallbaukästen her, ähnlich wie die der Firma Märklin. Ich hatte viel Glück, weil er mich mochte, und so kam ich zu den Grundbaukästen „Alpha I und II"- mit denen konnte ich Maschinen, Geräte, Eisenbahnen und sogar Antriebe bauen. Ich hatte also immer viel zu tun, zu basteln oder zu konstruieren. Irgendwann kamen Hans und ich auf die tolle Idee, Kasperletheater zu spielen. Ein paar Figuren hatte ich schon, den Rest fertigten wir uns aus Zeitungspapier und Kleister an. Um so einen Pappmache-Kopf herzustellen, brauchten wir zuerst einen runden Holzstab, etwa gut 2 cm dicken, unten mit einem Querloch. Darin war ein Draht, um den Stab später herauszuziehen. Dann mussten wir Zeitungspapier in dünne Streifen zerreißen und durch warmen Kleister ziehen. Die Streifen wurden dann kreuz und quer über den zwei fingerdicken Holzstab gelegt, so etwa 8 bis 12 Lagen, die wir immer wieder mit Kleister befeuchteten. Anschließend formten wir einen rohen Kopf aus der Masse und entfernten dann den Stab, um den Schädel an der Luft trocknen zu lassen.

Kasperle Figuren

Bevor er jedoch ganz trocken war, haben wir aus zerrissenem Zeitungspapier, heißem Wasser und Kleister einen Brei gemacht und daraus Einzelteile; wie Nase und Ohren, Augen und dicke Brauen sowie einen Mund gebildet. Die mussten wir dann nur noch an den feuchten Kopf kleben. Nach dem Trocknen musste der Kopf mit Schleifpapier bearbeitet und angemalt werden. So hatten wir uns etwa zehn Köpfe hergestellt Kasperle, Hexe, Gretel, Tod und Teufel, Seppel und Räuber und noch einige andere. Munni und Trude Strohm nähten uns auf Öhms alter Singer-Nähmaschine einfache Kleider aus Lumpen für die Puppen. Ich zimmerte aus Holzlatten ein hohes rechteckiges Gestell etwa 1.6 m hoch. An die Längshölzer nagelte ich oben, in der Mitte und unten je eine Holzlatte an. Den unteren Teil verkleidete ich mit einem bemalten Karton. Für die Seitenteile bekam ich vom Vadder 4 Scharniere und zwei dünne Sperrholzplatten. Aus dickem Karton malte mir Munni tolle Kulissen, die sich hinten einhängen ließen.

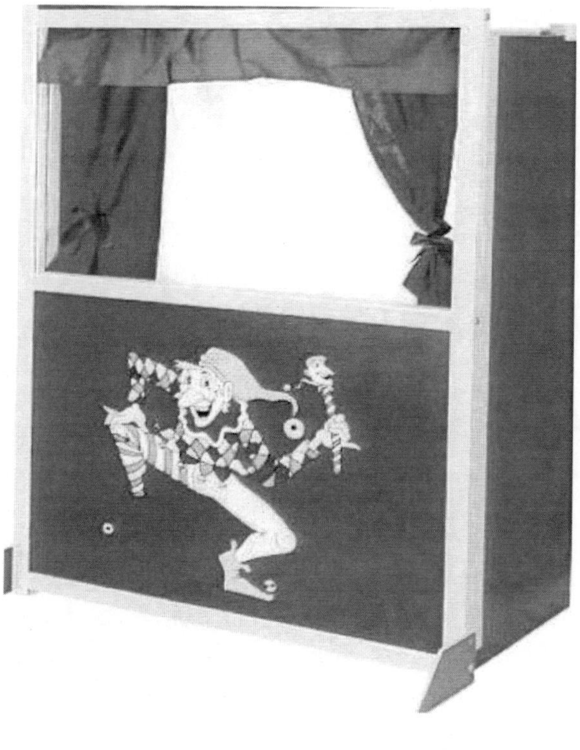

Links Kasperle-Theater.

Unten in unserem Hausgang bauten wir unser Theater auf, und auf der Treppe nach oben konnten unsere Zuschauer sitzen. Wir verlangten 10 Pfennig von jedem Kind für die Vorstellung und hatten immer ein volles Haus, oft über acht Kinder. Hans und ich hatten bald ein großes Repertoire mit verschiedenen Stücken, und falls es mal klemmte, improvisierten wir einfach. Wenn dann der Kasper zu-

sammen mit dem Seppel „Tod und Teufel, Hexe und Räuber“ so richtig vertrimmt hatte, jubelte unser Publikum.

Links mein Freund Hans.

Nach einer Weile kamen unsere Zuschauer aus der ganzen Umgebung. Einmal kam ein Bub, der Horst Jauch, zu unserer Vorstellung. Der hatte eine Dose Kondensmilch bei sich, in die hatte er ein kleines Loch geschlagen, um sie auszutrinken. Nachdem die Dose fast leer war, steckte er einen Finger in das Loch, um den Rest rauszuholen. Der Finger ging wohl hinein, aber nicht wieder heraus, und je mehr er zerrte, umso mehr steckte sein Finger in dem Loch fest. Nachdem ihm inzwischen der Finger wehtat, lief er weinend nach Hause. Von dem Tag an hieß er bei uns nur noch „Finger in der Büchse“. Von dem, bei unseren Vorführungen eingenommenen Geld kauften wir uns im „Ständle“ in der oberen Uhlandstraße, Süßigkeiten, meistens Friedel Brause aus dem Tütle, oder Sportbildle, also „Radrennfahrer“, „Leichtathleten“, „Springreiter“, und „Motorradrennfahrer“. So war der Motorradrennfahrer Wilhelm Herz, damals Weltmeister auf seiner 350er-NSU ein sehr begehrtes Tauschobjekt. Diese „Bildle“ gab es in einer Tüte für 10 Pfennige. Ich glaube, in jeder Tüte waren damals drei Bilder.

Das „Angste-Ständle“ Ecke Muslen und obere Uhlandstraße.

Irgendwann interessierte uns das Kasperlespiel nicht mehr, wir hatten etwas Neues entdeckt. Von diesem Zeitpunkt an bauten wir „Seifenkisten-Renner“, um damit die Uhlandstraße oder den Kirchenbuckel runterzusausen. Für das Grundgestell bekam ich vom Vadder ein dickes längliches Brett, auf das ich unten für die Achsen zwei etwa sechs cm hohe Querleisten nagelte. Vier Holzscheibenräder mit Blechbereifung besorgte mir Munni, und die zwei Achsen bekam ich vom Schlosser Martin Seeger in der Arndtstraße, wobei ich die vordere Achse zum Lenken mit Seilen mittig am vorderen Stollen festschraubte. Die Seitenhalterung und eine Kiste für die Beine baute ich mir dann aus Abfallbrettern zusammen.

Seifenkistenrennen.

Mein Freund Hans hatte auch Glück, er bekam alte Kinderwagenräder mit Achsen, die er dann genau wie ich auf einem Brett befestigte. Neben ihrem Haus in der Jakob-Kienzle-Straße gab es auch eine Schreinerei, dort bekam er die restlichen Bretter und Holzteile. Und dann ging's los. Wenn die Straßen frei waren, fuhren wir sogar nebeneinander, wobei meine Blechbereifung einen Höllenlärm machte. Aber

wie bremsen, ich wäre beinahe einmal unter ein Bürk'sches Fuhrwerk gerutscht, bis ich meine Beine zum Bremsen aus der Kiste hatte. Hinterher schraubte ich seitlich eine lange Latte an, die sich, wenn ich sie anzog, in den Straßenbelag drückte und so die Kiste zum Stehen brachte. Jetzt waren wir die Könige auf der Straße und dem Trottoir, also dem Bürgersteig, auf Schwenningerisch dem Drodwar. Gute Freunde ließ ich auch manchmal mit meiner Kiste fahren.
Da ja das Trottoir praktisch leer war, konnten wir toll „Drodwar saue" oder eine „Schnitzeljagd" veranstalten. Ebenso wie „Lebberle" oder „Kaiser wie viel Schritte gibst du mir", „Bäumchen wechsel' dich" oder „Stadt-Land" spielen. Autoverkehr gab es in jener Zeit selten, also waren die Straßen frei. Dadurch veranstalteten wir die meisten unserer Spiele ohne Gefahr auf der Straße. Wir hatten nur ein Problem, und zwar ein böses. Erwischte die alte Frau Ketterer von gegenüber einen unserer wertvollen Bälle (es gab ja damals noch keine neuen zum Kaufen) zerschnitt sie diese mit einem Messer. Und das nur aus Angst, wir könnten beim Kicken ihr Schaufenster treffen.
Wir spielten „Glickerle" mit bunten Glasmurmeln an den Hauswänden, meistens um den Einsatz unserer eigenen Murmeln. Wenn der Boden feucht war, spächtelten wir mit Holz- oder Eisenstäben vom „Iise (Eisen)- Speck" aus der Muslen. An manchen Tagen hatten wir Lust, in den nahe gelegenen Wäldern zu spielen.

Der 790 m hoheTürnleberg

Da rund um unsere Gemarkung alle landschaftlichen Formationen, „Felder", „Wiesen", „Wasser", „Wälder" und „Berge", sehr nahe beieinanderlagen, war der 790 m hohe „Türnleberg", Schwenningens Hausberg, auch oft unser Ziel. In einer Gruppe von vier bis sechs Jugendlichen, mit Pfeil und Bogen, ausgerüstet wie Indianer, oder wie Musketiere mit unseren nachgebauten Degen, durchstreiften wir jeden Weg und Steg des großen weitläufigen Waldes. Zwischendurch suchten wir nach dem Ort, an dem hier früher nach der Sage eine „Ritterburg" gestanden haben soll, und forschten nach einem unterirdischen Fluchtweg. Wir tranken Wasser vom „Setzebrünnele", wenn wir Durst hatten", stiegen über die nahen Hügelgräber und wanderten bis zur Muselquelle auf Dürrheimer Gemarkung. Oben auf dem Bergkamm des „Türnle" entdeckten wir, ohne es zu wissen, den Ringwall einer ehemaligen Keltenburg.

Links das Setzebrünnele,

Richtung Mühlhausen fanden wir einmal einen, mit einer Falltüre abgedeckten, völlig intakten Unterstand, er war leider außer zwei Holzbänken und einem alten Eimer leer. Möglicherweise war er während der Fliegerangriffe auf Schwenningen ein Unterschlupf irgendwelcher Stadtbewohner. Wir fanden auch eine kleine Lichtung, tief versteckt im Tannendickicht, deren äußere Begrenzung aus Felsblöcken, vielleicht einem alten Steinbruch, bestand. Einmal haben wir dort ein Pärchen beim Liebesakt beobachtet. Es war für uns alle ein erregendes Schauspiel, denn außer bei Tieren sahen wir *zum ersten Mal einen richtigen Beischlaf zwischen Mann und Frau. Damals wurden wir uns alle zum ersten Mal unserer Sexualität bewusst und haben den Ort immer wieder aufgesucht. Aber unsere Neugier blieb ungestillt, kein Mensch hat sich dort noch einmal gezeigt. Aufgeklärt im heutigen Sinne wurden wir von niemand, außer vom Leben. Wir durchstreiften alle Schwenninger Stadtteile von der „Hammerstadt" bis zum „Sauren Wasen".*

Rechts der Wasserturm Sauerwasen, abgebrochen in den 70er Jahren.

Von der „Steingen" bis zur „Reute". Im „Dickenhardt" schauten wir uns die Reste der „Hölzlekönigin" an, einer etwa 400 Jahre alten Tanne, die, 50 m hoch, später an Altersschwäche zusammengebrochen war. Im „Fässlesgrund" suchten wir nach der „Walterhöhle", deren Eingang vermutlich nur eine Auswaschung des dort vorhandenen Muschelkalks war denn danach ging es nur etwa einen guten Meter weiter. Um diese Höhle rankten sich viele abenteuerliche Geschichten, sie soll einer Sage nach der Ausgang des Fluchtweges von der Burg auf dem Türnleberg gewesen sein, und war möglicherweise eine sogenannte „Doline", von denen es früher in der Gegend von Schwenningen einige gab, so wie das Hexenloch beim späteren neuen Krankenhaus, das irgendwann eingeebnet wurde. Wir streiften durch Wald und Flur, holten vom Moos „Kanonenputzer", aßen Sauerklee und alle Arten von Waldbeeren.

Links das inzwischen eingeebnete Hexenloch.

Unsere Friedenspfeife stellten wir aus Holunderrohr und einem aufgebohrten Holzstumpen her, und geraucht haben wir Rosenblätter. Im Winter waren wir mit Skiern an der „Mühlhausemer Halde", im „Welle-Täle" oder am „Amibuckel". Wenn wir abends fast erfroren nach Hause kamen, hingen Eiszapfen an unseren Mützen und Jacken, auch die Hosen waren bis unter die Knie vereist.

Rechts Blick über Schwenningen Richtung Sauerwasen

Unsere Schlittschuhe waren sogenannte Absatzreißer, die wir mit einem „Dribbel" (Schlüssel)

an Sohle und Schuhabsatz festschraubten. Wenn die Schuhe jedoch nicht stabil genug waren, konnte die Sohle oder der Absatz abreißen, dann war das Fahrvergnügen nur von kurzer Dauer, und daheim gab es mächtigen Ärger. Gut dass es in der Erzbergerstraße den Schuhmacher „Madlener" gab, der flickte uns immer wieder unsere „alten Schlappen" zusammen. Einmal setzten wir den ganzen großen Hof hinter der Karlschule unter Wasser, um eine geeignete Schlittschuhbahn zu haben.

Oben Schlittschuhe (Absatzreißer).

Rechts Dribbel.

Dasselbe machten wir auch mit dem Kirchenbuckel, aber da bekamen wir Ärger, weil kein Auto mehr den Berg hochkam. Im Stadtteil „Neckar", zwischen der Firma „Johann Jäckle" und der „Möglingshöhe", gab es noch viele große, mit Wassergefüllte Bombentrichter. Hier fanden wir Molche und Salamander. Eine Zeitlang hatte fast jeder von uns so ein Tier zum Beobachten in Einweckgläsern zu Hause. Wir tauschten und handelten damit. Ich hatte zwei Feuersalamander, schwarze mit gelben Tupfen, die aussahen wie später der „Lurchi" in der „Salamander Schuh"-Reklame.

Ein Feuersalamander

Ein gewisses Risiko war es jedoch immer für uns, das Stadtviertel am Neckar zu betreten, denn die „Necklemer" Jugendlichen waren unsere Gegner, da konnte man ganz schnell und ohne Grund „De Ranze voll", also eine Tracht Prügel beziehen. Im Moosweiher, dem heutigen „Neckarursprung", gab es noch einige Zeit nach dem Krieg, Gewehre, Pistolen und große Mengen an Patronen.

Rechts alte Patronen aus einem Moos.

Wenn wir diese aufstöberten, entfernten wir vorsichtig das Geschoss und sammelten das Schießpulver in Blechbüchsen. Hatten wir genügend zusammen, machten wir mit einem Teil eine etwa zwei bis drei m lange Straße und füllten den Rest in eine kleine Grube am Ende. Beim Anzünden kam dann immer aus der Grube eine tolle Stichflamme. In einem Wald an der Grenze zu Dauchingen fanden wir braune, etwa 15 cm lange Röhrchen, so groß und dick wie kurze Makkaroni. Wenn wir die an einem Ende anbrannten, schossen die Dinger unter Fauchen davon. Es gab dort auch etwa 1 cm hohe Sterne, die nach dem Anbrennen wie verrückt nach oben davon surrten. Später hieß es, das wären alles Zünder gewesen, aber für welche Munition?

Wir fühlten uns frei und glaubten, die Welt gehöre uns.

„Zuckerhas" und „Weckenmann"

Der „Zuckerhas" stand in unserer Kinderzeit für Ostern. Es gab zweierlei Arten, die etwas billigeren roten und die aus Karamellzucker hergestellten braunen Oster- Zuckerhasen. Später gab es auch noch braune „Krokanteier". „Ostereier bicken" war damals eines unserer Hauptvergnügen, dazu brauchten wir möglichst sehr harte Eier. Jeder, der glaubte, ein hartes Ei zu besitzen, konnte es bei einem Gegner ausprobieren, in dem Fall mussten die beiden Eier mit der Spitze voran kurz gegeneinander geschlagen werden. Bekam eines der Eier eine Delle, oder zerbrach, gehörte es dem Gegner.

Der Zuckerhas.

Gefärbte Ostereier.

Gemogelt wurde natürlich auch, so versuchte es der Herbert Bürk mit einem gefärbten „Unterlege- Ei" für die Hühner, und hatte damit schon einige Eier gewonnen, bis der Betrug herauskam. An Ostern zogen wir auch unsere kurzen Hosen an, egal welches Wetter draußen war. Munni bekam von uns zum Feiertag immer einen großen „Schlüsselblumen-Strauß", es waren die ersten Blumen, die es auf den Wiesen gab.

Der „Weckenmann" *(Weckemaa)*

Den „Weckenmann" bekamen wir zum „Klaustag", am Morgen des 6. Dezember. Hierbei handelte es sich um einen gebackenen Teigmann, aus hellem Mehl und mit Rosinen für Nase, Mund und Augen. Munni musste schon lange vorher Brot und Zuckermarken sammeln, damit jeder von uns zum „Nikolaus" seinen eigenen Weckemaa bekam. Meistens wurden die Weckenmänner von den Bäckern der Umgebung gebacken, da in den wenigsten Häuser so große Backöfen waren. Der Weckemaa wurde dann am Klaustag ins Fenster gestellt. Doch jedes Jahr hatte „Bürks Annile" den größten Weckenmann im Bürofenster der Spedition stehen.

Weckemaa vom Nuddlebeck Jakob Rapp.

Die Bäckerei Rapp wurde in den 70er Jahren abgerissen, danach stand hier das Herrenhaus Harr.

Im ersten Jahr in der Uhlandstraße kam Strohms Irmgart also „Alla", als Nikolaus am Abend des 6.Dezember zu uns, doch das klappte nicht so richtig, weil sie über unseren Gesang lachen musste. Mein Bruder Rolf und ich haben sie dann erkannt. Im nächsten Jahr war Vadder der Nikolaus, er konnte so gut seine Stimme verstellen, dass meine beiden jüngeren Brüder immer ganz schön Angst bekamen, wenn er ihre kleinen Schandtaten aufzählte. **Ein Klaus mit Rute und Schelle**

Jahre später, wenn es hieß „Der Klaus rennt", hatte sich die Szene auf die Straße verlagert. Jetzt rannten mehr oder weniger dunkel vermummte wilde Gestalten mit geräuschvollem Glockengeläut oder Kettengerassel laut, „Huhu, huhu" rufend und Ruten schwingend am Abend in den Schwenninger Straßen umher. Sie waren auf der Jagd nach aufsässigen größeren Jugendlichen, die, wenn sie von den „Kläusen" gefasst wurden, den einen oder anderen heftigen Schlag mit der Rute abbekamen. Schon allein die dunkle Winternacht, das Geläut, und das klirrende Gerassel dazu die lauten Rufe sowie die Angst, erwischt zu werden, erzeugten bei uns eine erregende gruselige Atmosphäre.

Mein Ballonreifen Fahrrad

Eines Tages, im Frühsommer 1947 brachte Munni von einer ihrer Hamsterfahrten ein altes Fahrrad mit. Einige meiner Kameraden hatte auch schon Räder, die sie jedoch meistens mit ihren Eltern teilen mussten. Oft waren es uralte klapprige Geppel, denn die neueren Räder waren ja meistens von den Franzosen geklaut worden. **Rechts ein Ballonrad.**

Mein Fahrrad war soweit in Ordnung, es hatte nur einen großen Nachteil, denn statt der normalen schmalen Reifen hatte es Ballonreifen, was bedeutete, die Reifen mussten dauernd sehr prall aufgepumpt sein, sonst streiften sie an der Gabel. Da die Luftventile meistens auch nicht dicht waren, musste ich immer eine Luftpumpe dabei haben, um nachzupumpen, wenn die Reifen Luft verloren.

Durch unsere Fahrräder bekamen wir, meine Kumpel und ich, endlich auch mehr Möglichkeiten, einmal schnell eine weite Entfernung zu bewältigen. So war an einem warmen Sommertag der Kirnbergsee unser Ziel. Schon früh am Morgen machten wir uns auf den Weg, über Dürrheim, Donaueschingen, Bräunlingen-Unterbränd zum dortigen Stausee. Es waren ungefähr 30 Kilometer und ich kam mit meinem schwerfälligen Fahrrad ganz schön ins Schwitzen, umso erfrischender war danach das Bad im kühlen See. **Links der Strand am vorderen Kirnbergsee-Teil.**

Später, nachdem wir uns bei einem mitgebrachten Vesper gestärkt hatten, und noch ein wenig faul in der Sonne herumlagen, – fiel mir aus irgendeinem Grunde mein Fahrrad ein und ich schaute danach. Und als wenn ich es geahnt hätte, mein vorderer Reifen war platt, ohje, hoffentlich ließ sich dieser Ärger beheben. Ich fing an zu pumpen, aber irgendwie hielt die Luft nicht. Das Ventil war in Ordnung, darum musste ich zum Überprüfen das Vorderrad ausbauen. Im Mantel steckte kein Nagel, also den Mantel runter und den Schlauch untersuchen. Es war eine mühsame Arbeit, denn der dicke Mantel ließ sich nur schlecht von der Felge entfernen, so musste mir ein älterer Bekannter, den ich zufällig am See traf, dabei helfen.

Ein Freund beim Fahrrad flicken.

Doch dann sah ich die Bescherung, ein kleiner Riss war im Schlauch. Hoffentlich hatte ich genug Flickzeug dabei? Bis jetzt musste ich erst einmal den Fahrradschlauch reparieren, dabei hatte mir der Halder Anton geholfen. An dem Tag war mir in unserer Straße die Kette vom Zahnrad gesprungen und der Hinterreifen hatte blockiert. Ich bin dann vom Rad gefallen und mein Tretesel knallte mit dem Vorderreifen gegen den Bordstein. Der Anton, genannt „Donne“ kam gerade aus der Schule und half mir beim Aufstehen. Ich blutete zwar ein wenig, aber was schlimmer war, mein Vorderreifen war platt. Als ich ihn fragte, ob er mir beim Flicken des Schlauches helfen könnte, ich hätte noch nie so etwas gemacht, sagt er: „Ja, nach dem Mittagessen“.

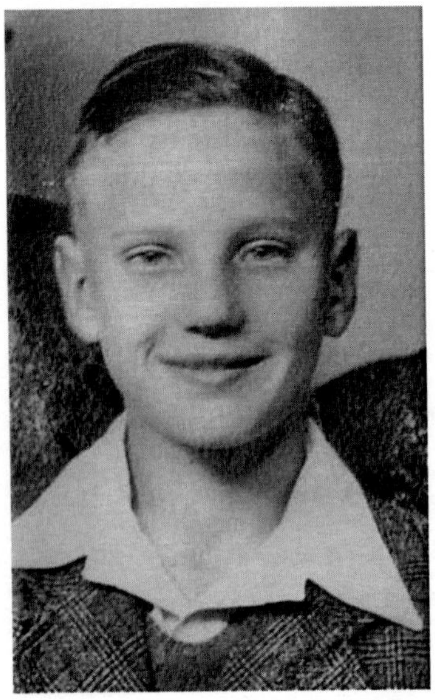

Links der Anton Halder, genannt „Donne“.

Als er kam, ich hatte in der Zwischenzeit vom Fahrrad Hupfer Flickzeug besorgt, bockten wir das Rad im Gässle neben der Schreinerei auf. Aus dem Fenster schauten uns die Gehilfen vom Vadder, der Schreiner Benzing und der Lehrbub Ludwig zu. Nachdem wir mit zwei Schraubenziehern den dicken Mantel nicht von der Felge brachten, kam der Benzing dazu und mit vereinten Kräften gelang es uns dann, den Mantel zur Seite zu schieben und den Schlauch heraus zu ziehen. Das Reparieren, also den Schlauch mit Schmirgelpapier aufrauen, Gummilösung auftragen, warten bis sie trocken ist, den Flicken draufpressen und die Haftung abwarten, war nachher das Einfachste.

Vadders Werkstatt, Ein Lehrling und drei Gesellen, rechts der Schreiner Erwin Benzing.

Zurück an den Kirnbergsee auch hier gab es ein Problem, die Gummierung haftete nicht richtig, also runter mit dem Flicken, hoffentlich hatte einer meiner Kumpel noch einen Ersatzflicken dabei. Der nächste hielt dann besser, nur richtig dicht war mein Reifen trotzdem noch nicht, und so musste ich auf dem Heimweg immer wieder Luft nachpumpen. Eine größere Tour habe ich danach mit diesem Drahtesel nicht mehr unternommen.

„Die blonde Johanna", oder Munnis Zigarettenfabrik

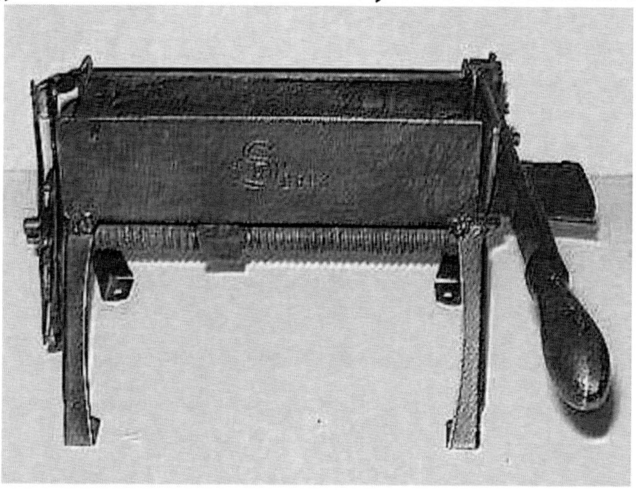

Um uns über Wasser zu halten, betrieb Munni ab Mitte 1947 bei uns zuhause eine gut florierende „Zigaretten-Fabrikation". Zwei Frauen namens Müller und Zastrow halfen ihr dabei. Munni brachte grob geschnittenen, fermentierten hellen Tabak aus der Ortenau.

Links eine Maschine mit der grober Tabak von Hand zu Feinschnitt verarbeitet wurde.

Der wurde bei uns mit einer alten Maschine von Hand zu Feinschnitt verarbeitet. Anschließend musste der Tabak mit einer Vorrichtung in Papierhülsen der Firma Efka aus Trossingen gestopft werden.

Rechts Feinschnitt,

Hinterher wurden dann immer 200 fertige Zigaretten in eine weiße Pappschachtel gepackt, die uns die Firma „Kartonagen Jauch" anfertigte. Auf ihren „Hamsterfahrten" war es dann für Munni ein Leichtes, ihre Zigaretten an die Frau oder den Mann zu bringen, also zu verhökern, denn damals rauchten ja noch die meisten Erwachsenen.

Links eine Zigaretten Stopfmaschine.

In diese weiße Pappschachtel von der Firma „Kartonagen Jauch" konnten immer 200 fertige Zigaretten gepackt werden.

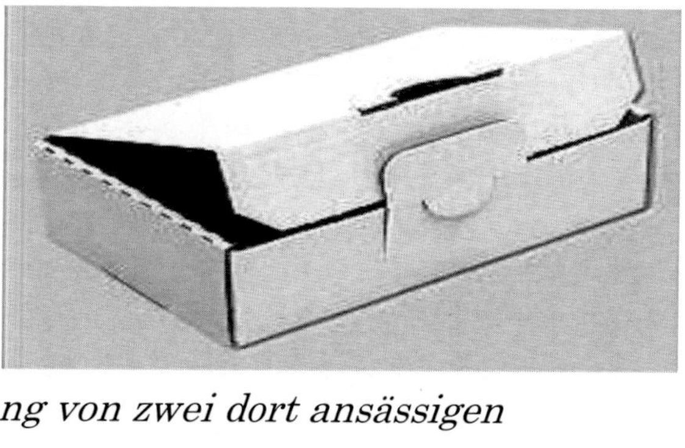

Bei einer dieser Fahrten durfte ich auch mit, wir fuhren nach Seebronn bei Rottenburg am Neckar. Die Bahnfahrt über Rottweil, Horb, Tübingen nach Rottenburg dauerte etwa drei Stunden, dazu kamen anschließend noch gut eineinhalb Stunden Fußmarsch nach Seebronn. Wir hatten etliche der Schachteln in unseren Rucksäcken mit dabei, die wir auf Bestellung von zwei dort ansässigen

Landwirten, mitführten. Munni wurde mit den beiden Bauern schnell handelseinig, und unsere leeren Rucksäcke füllten sich bald wieder, diesmal mit Lebensmitteln. Anschließend wurden wir auf einem der Höfe, der schräg zur Hauptstrasse lag, zu einem verspäteten Vesper eingeladen. Dazu gab es reichlich mit Wasser verdünnten, sauren Most. Weil an diesem Tag keine Bahn mehr zurück nach Schwenningen ging, durften wir bei der Familie übernachten.

Links der Ort Seebronn bei Rottenburg.

Am nächsten Morgen fuhr uns der freundliche Hofbesitzer in aller Herrgottsfrühe mit seinem Pferdegespann an den Bahnhof nach Rottenburg. So gegen 11Uhr kamen wir mit dem Zug in Schwenningen an. Da es schon sehr spät war, brauchte ich an diesem Morgen nicht mehr in die, Schule zu gehen. Munni schrieb mir dann eine „Entschuldigung"! Unsere Zigarettenmarke hieß übrigens „Blonde Johanna", die Vornamen meiner Mutter waren Johanna, Dorothea, Elisabeth, und sie war blond wie ihre Zigaretten.

AKS, die Augsburger Kammgarn-Spinnerei

Munni lernte auf ihren Hamsterfahrten natürlich viele verschiedene, öfters auch nicht alltägliche Menschen kennen. Manche von denen besuchten uns dann auch immer Mal bei uns zuhause in Schwenningen, wobei ich aus heutiger Sicht sagen kann, es waren schon einige urige Typen darunter. So denke ich noch oft an die Elsa-Edeltraut, oder die blonde Hilde vom „Lehmann'schen Butter- und Eier-Großhandel", aus Berlin. Oder den Erwin Fingerle aus Esslingen der schon frühmorgens, wenn er hier mit der Bahn ankam, nach Schnaps roch. Er hatte gute Verbindungen zur hiesigen Uhrenindustrie und zum SABA -Apparatebau nach Villingen, davon profitierte natürlich auch Munni. Selbst Vadder Strohm ließ sich damals das Eine oder Andere vom Erwin besorgen, ebenso wie der Rudi Thiesen aus unserem Haus, der die Beziehungen des Herrn Fingerle für seine Geschäfte als Radiomonteur nutzte. Der Beinamputierte Erwin Fingerle trank nach getaner Arbeit immer gerne Einen, manchmal mit dem Vadder oder dem Rudi Thiesen, hier und da auch mal mit unserer Öhm, nur Munni trank grundsätzlich nie etwas. Da konnte es dann schon mal passieren, dass er seine hinderliche Prothese abschnallte und in eine Ecke stellte. Wir Kinder kicherten immer wenn seine „Trompete", so nannten wir das Ding, mal wieder im Weg rumstand. Ein anderer Bekannter von gemeinsamen Hamsterfahrten war damals der einarmige, blonde Hans Tanner, der auch ein Spezialist im Organisieren war. Beim Verhandeln oder Verkaufen bildete er zusammen mit dem Erwin eine unschlagbare Partnerschaft. Eines Tages hatte Hans eine Idee: „Wir fahren nach Augsburg in die Kammgarnspinnerei und versuchen dort Kleiderstoffe zu beschaffen, ich habe da noch so meine Beziehungen". An einem der nächsten Tage fuhren wir Vier; Hans, Erwin, Munni und ich mit der Bahn nach Augsburg, der Erwin hatte eine pralle alte fleckige Tasche dabei, die er nicht aus den Augen ließ.

Mich hatten sie wegen möglicher Kontrollen als Alibi mitgenommen, da wir ja von der französischen in die amerikanische Zone wechselten.

Rechts der Augsburger Hauptbahnhof.

Ein braves 11 jähriges Kind erweckte da meistens bei den kontrollierenden Beamten wenig Argwohn und galt oft auch als eine Art Rechtfertigung für die Reise. Hans hatte von Schwenningen aus einige Telegramme an verschiedene Augsburger Adressaten abgesandt, und so wurden wir bei unserer Ankunft einen Tag später, am dortigen Bahnhof von einem dunkelhaarigen Mann in einem uralten, klapprigen DKW abgeholt.

Links ein alter DKW

Wir landeten in einer bunt tapezierten großen Parterre-Wohnung, die an der Fensterseite eine Holztäferung hatte. Durch eine, genau dem Holztäfer angepasste Wand mit einer kaum sichtbaren Tür war die Wohnung unterteilt. Nachdem wir durch die kleine Tür traten, verschlug es mir, das heißt uns den Atem, denn hier gab es alles was das Herz begehrte. Von der Fahrradglocke bis zum Malerpinsel, von der Glühbirne bis zu Nägeln und Beschlägen, hier war alles in Hülle und Fülle vorhanden, dazu große Regale voller Lebensmittel. Wir wurden in eine Art Küche an einen länglichen Tisch geführt, dort gab es zuerst einmal eine zünftige Brotzeit, wobei wir vier kräftig zulangten, denn wir hatten alle mächtigen Hunger. Während ich ein Buch in die Hand gedrückt bekam, besprachen die Erwachsenen ihre nächsten Schritte.

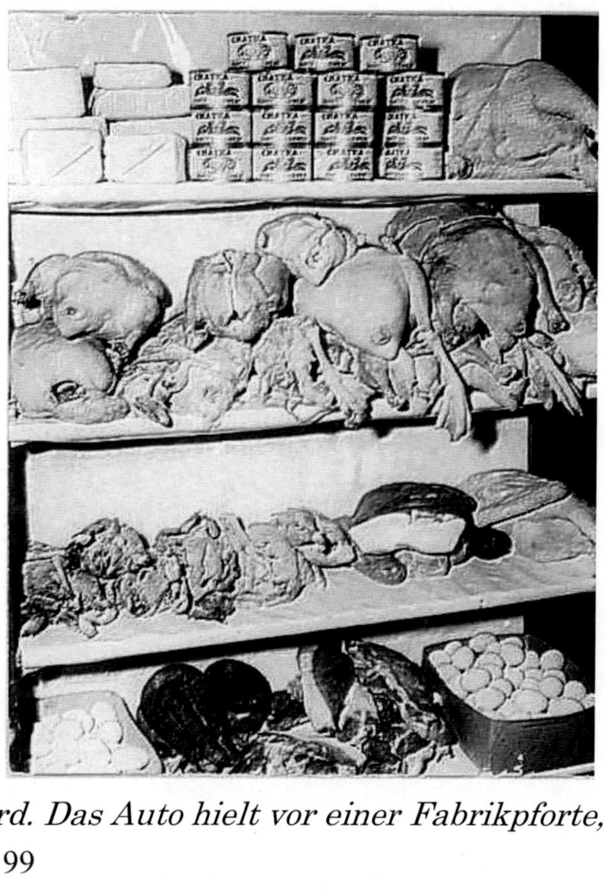

Rechts ein Regal mit gehorteten Lebensmitteln.

Dann wurde endlos telefoniert. Etwa zwei Stunden später, es war um die Mittagszeit, erschien ein anderer Mann in einem dunkelblauen Ford. Wir fuhren los, ich saß zusammen mit Munni, Hans und Erwin in dem Ford. Das Auto hielt vor einer Fabrikpforte,

AKS Augsburger-Kammgarn-Spinnerei konnte ich dort lesen. **Die Augsburger Kammgarn-Spinnerei.** (damals größten deutsche Spinnerei, 2004 Schließung)

Hans, Munni, der Fordfahrer, der sich als Martin vorgestellt hatte und Erwin, der seine alte Tasche trug, gingen zusammen zur Pforte. Kurz darauf kam ein grauhaariger Mann in einem dunklen Anzug aus dem Gebäude und die fünf verschwanden dann zusammen in einer Fabrikhalle. Nach einer guten Stunde kamen alle wieder aus der Halle, auf einem Rollwagen, den Martin schob, lagen drei oder vier längliche Papierrollen, die sie anschließend im Ford verstauten. In der Wohnung angekommen wurden die Rollen geöffnet. Darin befanden sich verschiedenfarbige Kleider- und dunkle- Anzugstoffe. All das musste jetzt in handlichen alten Pappkartons untergebracht werden, damit es transportierbar war und niemand damit auffiel. Auch unsere Rucksäcke wurden vollgestopft. Nachdem wir die Nacht auf Notbetten in der Wohnung verbracht hatten, fuhren wir noch bei Dunkelheit in dem Ford in Richtung französische Zone. Hier kannte Martin einen Grenzübergang in einem Ort direkt an der Bahnlinie, der wenig kontrolliert wurde. Nachdem die Männer die Lage gepeilt hatten, stiegen wir schnell aus und liefen Richtung Bahnhof der schon offen war. Hier verdrückten wir uns, jeder für sich, möglichst unauffällig in verschiedene Bereiche. Als gegen 8 Uhr ein Zug kam, stieg jeder für sich ein, ich setzte mich später neben Munni, wir beide hatten furchtbare Angst kontrolliert zu werden!

Der Zug Nachhause

Überprüft wurde jedoch nur der Erwin, sogar seine Prothese wurde untersucht, doch sie fanden nichts, die inzwischen fast leere Tasche hatte er ja beim Abschied dem Martin unserem Fahrer geschenkt. Irgendwann am späten Nachmittag waren wir dann in Rottweil und bekamen auch noch den Anschlusszug nach Schwenningen. Fast alle ihrer Stoffballen hatte Munni später in Lebensmittel und neue Tauschwaren umgesetzt.

Die Währungsreform 1948,

teilweiser Wikipedia-Auszug

Die Währungsreform erfolgte am 20. Juni 1948 in den drei westlichen Besatzungszonen Deutschlands. Ab dem 21. Juni war die neue „Deutsche Mark" alleiniges gesetzliches Zahlungsmittel.

Links Zigaretten Schwarzhandel.

Die unmittelbare Folge der Währungsreform war ein sprunghafter Anstieg des Angebotes an allen Konsumgütern, die bis zu diesem Zeitpunkt, überall in Warenlagern gehortet wurden. Durch die Reform hatte das

Geld wieder einen stabilen Wert erlangt, denn vorher waren „Zigaretten“ eines der wichtigsten Tauschgüter. Es gab damals sogar die sogenannte „Zigarettenwährung“, bei der eine Zigarette 1946 einen Geldwert von 10 Reichsmark hatte. Die Währungsumstellung zur „Deutschen Mark“ war nötig, um die Inflation zu stoppen. Das Geld wurde in Amerika gedruckt, nach Deutschland gebracht und von den Banken unter zweitägiger Vorankündigung an die Bevölkerung verteilt. Die Durchführung war mühselig, die Menschen mußten Stunden Schlange stehen, um ihren Anteil von 40 DM „Kopfgeld“ zu bekommen. Die „Reichsmark“ verlor dadurch schlagartig ihren Wert. Für den Wirtschaftsaufschwung sorgte „Ludwig Erhard“, unter seiner Regie entwickelte sich ab 1949 die BRD zur zweitgrößten Handelsnation der Welt, er schaffte den Übergang von der Zwangswirtschaft zur sozialen Marktwirtschaft.

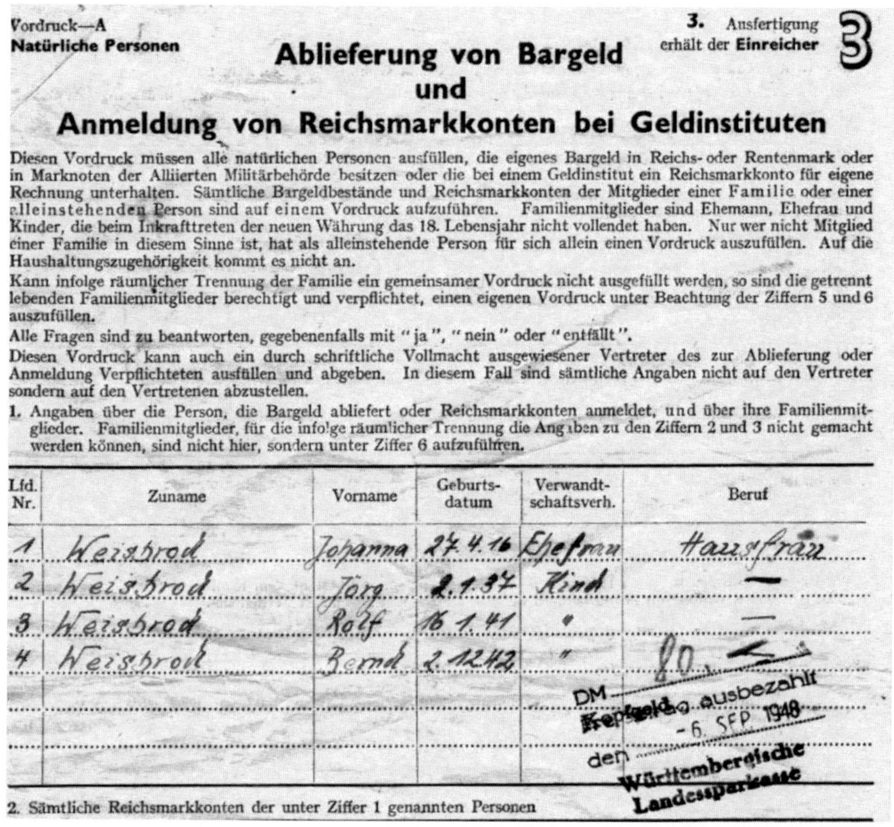

Vordruck—A
Natürliche Personen

3. Ausfertigung erhält der Einreicher 3

Ablieferung von Bargeld und Anmeldung von Reichsmarkkonten bei Geldinstituten

Diesen Vordruck müssen alle natürlichen Personen ausfüllen, die eigenes Bargeld in Reichs- oder Rentenmark oder in Marknoten der Alliierten Militärbehörde besitzen oder die bei einem Geldinstitut ein Reichsmarkkonto für eigene Rechnung unterhalten. Sämtliche Bargeldbestände und Reichsmarkkonten der Mitglieder einer Familie oder einer alleinstehenden Person sind auf einem Vordruck aufzuführen. Familienmitglieder sind Ehemann, Ehefrau und Kinder, die beim Inkrafttreten der neuen Währung das 18. Lebensjahr nicht vollendet haben. Nur wer nicht Mitglied einer Familie in diesem Sinne ist, hat als alleinstehende Person für sich allein einen Vordruck auszufüllen. Auf die Haushaltungszugehörigkeit kommt es nicht an.

Kann infolge räumlicher Trennung der Familie ein gemeinsamer Vordruck nicht ausgefüllt werden, so sind die getrennt lebenden Familienmitglieder berechtigt und verpflichtet, einen eigenen Vordruck unter Beachtung der Ziffern 5 und 6 auszufüllen.

Alle Fragen sind zu beantworten, gegebenenfalls mit "ja", "nein" oder "entfällt".

Diesen Vordruck kann auch ein durch schriftliche Vollmacht ausgewiesener Vertreter des zur Ablieferung oder Anmeldung Verpflichteten ausfüllen und abgeben. In diesem Fall sind sämtliche Angaben nicht auf den Vertreter sondern auf den Vertretenen abzustellen.

1. Angaben über die Person, die Bargeld abliefert oder Reichsmarkkonten anmeldet, und über ihre Familienmitglieder. Familienmitglieder, für die infolge räumlicher Trennung die Angaben zu den Ziffern 2 und 3 nicht gemacht werden können, sind nicht hier, sondern unter Ziffer 6 aufzuführen.

Lfd. Nr.	Zuname	Vorname	Geburts-datum	Verwandt-schaftsverh.	Beruf
1	Weisbrod	Johanna	27.4.16	Ehefrau	Hausfrau
2	Weisbrod	Jörg	2.1.37	Kind	—
3	Weisbrod	Rolf	16.1.41	"	—
4	Weisbrod	Bernd	2.12.42	"	

80,— DM Kopfgeld ausbezahlt den -6. SEP 1948 Württembergische Landessparkasse

2. Sämtliche Reichsmarkkonten der unter Ziffer 1 genannten Personen

Am 6. Sept. 1948 bekam Munni 80,-- Deutsche Mark „Kopfgeld“ für uns 4 Personen. Vati war damals noch in jugoslawischer Kriegsgefangenschaft

Beim HNO-Arzt

Im Grunde genommen war ich in meiner Jugend öfters krank. Nachdem mich dieses Mal wieder so schlimme Halsschmerzen plagten, dass ich nur noch wimmern und nicht mehr sprechen konnte, ging Munni mit mir auf Anraten von Dr. Bürk zum „Doktor Rall“ einem HNO Arzt. Der hatte sich hier nach dem Krieg in den ehemaligen „Russen-Baracken“ beim alten Krankenhaus niedergelassen.

Links ähnliche Baracke

Die Baracken hießen so, weil hier während des Krieges russische Fremdarbeiterinnen und ihre männlichen Leidensgenossen interniert waren. Ich war schon einmal bei Dr. Rall gewesen, doch nachdem er mich diesmal eingehend untersucht hatte, sagte er zur Munni: „Die Mandeln müssen raus, und am besten auch gleich die Polypen, das geht dann in einem Aufwasch. Heute ist Montag, am Mittwoch operiere ich immer, also machen wir gleich einen Termin für Mittwoch, 10 Uhr." Am Mittwoch um halbzehn Uhr morgens saß ich, ein wenig ängstlich, zusammen mit Munni im Wartezimmer der Praxis, auf einem Gang in der Baracke. Neben an in einem Raum klapperten Geräte. Eine Frau kam aus einem der Räume und sagte mir, dass ich jetzt drankomme, Munni nahm mich noch mal schnell in den Arm, denn sie merkte dass ich Schiss hatte. Dann ging ich mit der Frau in das Zimmer

Der Zug von Villingen nach Rottweil

Die Baracke lag ganz in der Nähe des Bahngrabens, als ich aus dem Fenster sah fuhr gerade laut schnaufend der Dampfzug von Villingen nach Rottweil vorbei. Eine Schwester sortierte das Operationsbesteck, während ich von Dr. Rall noch ein Mal untersucht wurde, bevor er mir dann eine Spritze gab.

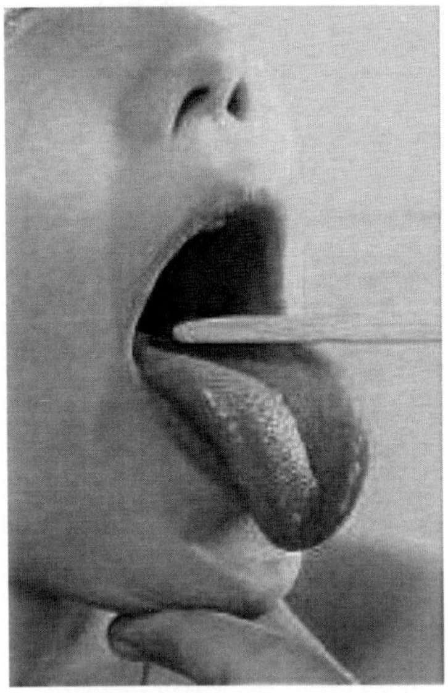

Letzte Untersuchung vor der Operation

Anschließend musste ich mich in eine Art Lehnstuhl setzen. Mir wurde es ganz schwummrig, nach einer Weile drückte mir der Doktor eine emaillierte Nierenschüssel in die Hände, die sollte ich vor mich hinhalten, sagte er. Nachdem die Helferin meinen Kopf von hinten in beide Hände nahm, musste ich meinen Mund weit aufsperren, dann fuhr der Doktor mit irgendeinem Gerät in meinen Mund, und mir wurde schlecht. „Lass deinen Mund auf", kommandierte er, und dann ging es ratsch ratsch, in meinem Hals knirschte es, und noch mal ratsch ratsch. Irgendetwas legte er in die Nierenschale, ich traute mich aber nicht hinzusehen. Gleich darauf tat es in meiner Nase sehr weh, und ich wollte meinen Kopf wegdrehen, doch ich konnte nicht, denn die Helferin hielt ihn ja fest. Mir rannen Tränen aus den Augen und ich ließ vor Schmerz die Nierenschale fallen, worauf der Arzt mich anschnauzte und mir die Schüssel samt Inhalt wieder in die Hände drückte.

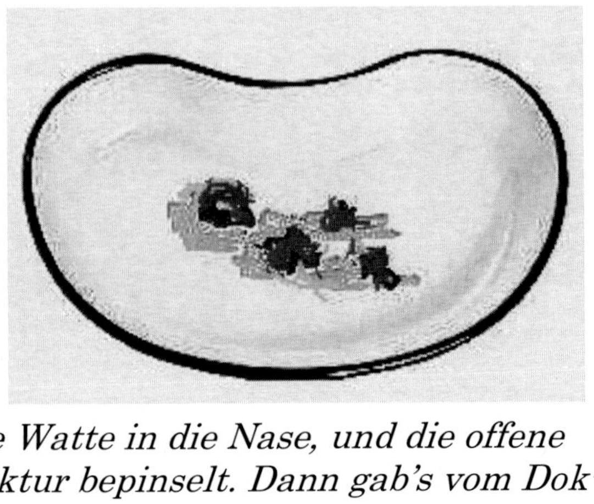

Rechts Nierenschale mit Inhalt.

Kurz danach spürte ich nochmals einen stechenden Schmerz in der Nase, dabei muss ich fast vom Stuhl gerutscht sein, wie die Helferin später meiner Munni sagte. Anschließend bekam ich noch feuchte Watte in die Nase, und die offene Wunde im Hals wurde mit einer gelben Tinktur bepinselt. Dann gab's vom Doktor einen aufmunternden Klaps auf die Schulter, und wir konnten gehen.
Zur Nachbehandlung musste ich noch einige Male in die Praxis, seit dieser Zeit habe ich aber auch keine vereiterten Mandeln mehr.

Experiment Oberschule

Es war im Frühjahr im 1948 und ich war in der 4. Grundschul-Klasse. In einem Vierteljahr ging mein zweites Schuljahr beim Lehrer Heinrich Wild im Gebäude der Mädchenschule zu Ende. Doch jetzt stellte sich für mich die Frage, soll ich in eine weiterführende Schule gehen oder bleibe ich in der Volksschule. Nachdem Herr Wild in einer Elternsprechstunde meine Mutter darauf hingewiesen hatte, dass meine Chancen in der sogenannten „Höheren Schule" recht gut wären, meldete sie mich dort an. Nach den großen Ferien, im September 1948, betrat ich dann zum ersten Mal das Gebäude der Oberschule als Schüler.

Nach einer Begrüßungsansprache durch Oberstudiendirektor Riegel, den „Schulleiter" der neuen Schule, war mein Platz neben dem Schüler Manfred Baum am Ende der mittleren Bankreihe. Anschließend wurden unsere Lehrer vorgestellt sowie die verschiedenen Fächer, in denen sie uns unterrichten werden.

Oberstudiendirektor Riegel und die damaligen Mitschüler/innen meiner Oberschulklasse im Jahr 1948. *In Mathematik hatten wir Herrn Dr. Frommer, Frau Dr. Haas war unsere Deutsch-Lehrerin, StR. Maurer, von uns „Lätsch", wegen seiner dicken Unterlippe genannt, unterrichtete in Biologie, Zeichnen gab es beim StR. Wurster, und Reallehrer Bezner war für Musik zuständig. Dazu gab es eine Oberschullehrerin namens Maier, bei der wir Französisch hatten.*

Im Gegensatz zur Volksschule, in der uns ein einziger Lehrer, außer in Turnen und Musik, in allen Fächern unterrichtete, gab es in der Oberschule für jedes Fach einen anderen Lehrer. Dementsprechend war unser Unterricht viel straffer und gedrängter. Für mich ergaben sich dadurch leider sehr schnell größere Probleme! „Mathe" war für mich ein Graus, weil ich viele Zusammenhänge und

Rechenvorgänge einfach nicht verstand. Hatte ich im ersten Halbjahr noch eine 4, ein Ausreichend im Zeugnis, so war es im zweiten Halbjahr nur noch eine 5, also Mangelhaft. Wenn ich mal wieder eine Arbeit vergeigt hatte, gab es als „Belohnung“ die Spezialität unseres Mathelehrers, ein schmerzhaftes Ziehen an den kurzen Haaren über den Ohren. Deutsch lag mir eigentlich mehr. Während es jedoch mit der Orthographie eher haperte, liebte ich Aufsätze.

Links der Eingang in die Oberschule.

Zu diesem Thema fällt mir besonders die Arbeit eines Mitschülers ein. Die Vorgabe damals lautete, einen Aufsatz über „Unsere Haustiere“ zu schreiben. Mein Mitschüler Manfred W. brachte es allerdings fertig, eine zwei Seiten lange Arbeit über „Unsere Huusdier“, das ist auf Schwenningerisch die Haustür, zu schreiben. Als uns der Lehrer die Abhandlung meines Kameraden Manfred W. über „Eine Haustür, die man ölen muss, damit sie nicht mehr quietscht“ vorlas, da johlte die ganze Klasse. Zeichnen bei Herrn Wurster und Musik bei Herrn Bezner liebte ich, und auch Biologie machte mir Spaß. Geturnt wurde in der „Bürkturnhalle“ bei StR. Horny, der auch später als Tennisspieler in Schwenningen eine große Nummer war

Mein absolutes Problemfach war jedoch Französisch. Ich glaube, die Lehrerin mochte mich nicht, und meine Abneigung für sie konnte ich leider auch nur schlecht verbergen. Sie war eine große magere Person und trug ihre blonden Haare als „Dutt“. Ich glaube, dass sie unverheiratet war, denn wir mussten sie mit „Fräulein Maier“ anreden. Die verschiedenen französischen Verben waren mein Hauptproblem, irgendwie lag mir damals diese Sprache einfach nicht.

So rutschte ich dann im zweiten Halbjahreszeugnis von einer 4,5, noch ausreichend auf eine 6, ungenügend. Ein Ungenügend und ein Mangelhaft haben natürlich nicht zur Versetzung gereicht, und so wurde mir von der Schulleitung nahegelegt, das Schuljahr nochmals zu wiederholen, oder die Oberschule zum Ende des Sommerhalbjahres, im Juli 1949, zu verlassen. Ich heulte, als ich mein Zeugnis in den Händen hielt.

Die Gartenschule, in die ich ab Ende August 1949 musste, unten das Feuerwehrhaus Richtung Marktplatz.

Das „Experiment“ war gescheitert, doch ich hatte keine Lust, ein Jahr lang „nachzusitzen“, denn etwas anderes war die Klassen- Wiederholung in meinen Augen nicht. Die Konsequenz daraus hieß: zurück in die Volksschule. Obwohl Munni sehr gut Französisch sprach, habe ich leider nicht von ihren Kenntnissen profitiert.

Onkel Herrmann, unser Christbaum, als Schwimmlehrer

Irgendwann im Sommer 1947 kehrte der Stähle Herrmann, aus französischer Gefangenschaft zurück. Er war der Mann von Vatis Schwester Herta, also unser angeheirateter Onkel. Da er Kinder sehr mochte und sie keine wollte, ließen sich die beiden scheiden. Deshalb kümmerte er sich auch öfters um uns. So fragte er mich kurz vor Weihnachten, ob wir denn schon einen Christbaum hätten, und als ich verneinte, meinte er: „Dann holen wir uns einfach morgenfrüh zwei im Wald, ich brauche nämlich auch noch einen".

Rechts Tannenschonung im Winter.

So gegen 9 Uhr am nächsten Morgen, es war noch dunkel, trafen wir uns im Kindletal. Nicht weit weg von hier lagen die ersten Tannenschonungen. Es war ein kalter klarer Wintermorgen, der leichte Schnee knirschte unter unseren Schuhen und unser Atem hing wie kleine Rauchwolken in der Luft. Onkel Herrmann hatte einen alten Sack dabei und als ich ihn nach dem Inhalt frage, zeigte er mir eine kurze Baumsäge. Nach einer viertel Stunde waren wir mitten in einer Schonung und hatten uns zwei schöne Bäumchen ausgesucht. Onkel Herrmann fing gerade an zu sägen, da hörten wir, nicht weit entfernt von uns ein lautes Knacken. Wir erschraken und duckten uns tief hinter den Bäumen in eine Mulde, als nicht weit entfernt, eine große dunkle Gestalt durch die Schonung schlich. Ob man uns gehört hatte? Mein Herz klopfte bis zum Hals und ich hatte richtig Angst. Vorsichtig linste ich zu meinem Onkel, doch der war auch in Deckung gegangen. Nach einer, wie mir schien endlos langen Zeit, hörten wir nichts mehr, der Förster oder wer immer es war, blieb verschwunden. Vorsichtig standen wir auf und entfernten uns dann recht schnell vom Tatort, natürlich ohne die Bäume. Mein Onkel grinste als ich sagte: „Also gibt's halt dieses Jahr bei uns keinen Christbaum?" Doch das stimmte nicht, zwei Tage später stand ein schönes kleines Bäumchen in unserem Hausgang. Onkel Herrmann hatte uns am Ende doch noch zu einem stimmungsvollen Weihnachtsfest verholfen.

Links Onkel Herrmann, er baute für sich und seine Familie ein Haus mit großem Garten im Gunnental.

Manchmal erzählte er uns auch einiges aus seiner Zeit als französischer Gefangener. So musste er anfangs, zusammen mit vielen anderen deutschen Kriegsgefangenen „Unter Tage" in einer Lothringischen Kohlengrube schuften. Eines Tages blockierte die Kippvorrichtung einer Lore mit der die abgebaute

Kohle befördert wurde. Als er die Vorrichtung lösen wollte, quetschte ihm der Auslösehebel an der Sperre die Finger. Da er jetzt für eine Weile als Arbeitskraft ausfiel, konnte man ihn im Untertagebau nicht mehr gebrauchen und er kam zu einem Bauern. Das war meine schönste Zeit, sagte er immer. Der Mußjö (Monsieur) war meistens sehr freundlich zu ihm, außer, wenn er mal zuviel getrunken hatte, dann mußte der Stähle ihm aus dem Weg gehen. Und die Madam, (Madame) die Madam verwöhnte ihn und steckte ihm so viel Essen zu, dass er später völlig gemästet aus der Gefangenschaft heimkam. Die Madam war aber auch eine richtige „Drecks..", wie er sagte, denn kaum war der Mußjö mal aus dem Haus, da hob sie schnell den Rock in die Höhe, und nahm sein Ding in die Hand, was immer das bedeutete.

Rechts das Schwenninger Freibad

Eines Tages, Anfang der großen Ferien, im Sommer 1948 fragte er mich, ob ich denn schon schwimmen könne und als ich verneinte sagte er: „Dann bringe ich es dir bei". Von dem Tag an trafen wir uns in jeder freien Minute im Freibad, ich mußte mich im flachen Teil auf seine Arme legen und Schwimmbewegungen machen. Wenn er die Arme unter mir wegzog, gelangten mir dann oft zwei oder drei Schwimmzüge. Irgendwann waren es mehr, dann noch mehr und auf einmal konnte ich richtig schwimmen. Mann war das toll, ich war überglücklich und wollte ihm um den Hals fallen. Doch er grinste nur und sagte: „S'näscht mol lerschs oafach vu alloa"! (Das nächste Mal lernst du es einfach von alleine). Onkel Herrmann wohnte anfangs mit seiner zweiten Frau Elfriede und ihren beiden Kindern Peter und Hannele in einer kleinen Mietwohnung in der Wanne am Neckar. Jeden Herbst sammelte er Schlehen und setzte diese dann mit Schnaps, meistens mit Korn an. Zur Lagerung kam die Mischung dann auf das Fensterbrett. Nach einer gewissen Reifezeit ergab das einen herrlichen Schlehenlikör.

Links Tante Elfriede und Onkel Herrmann.

In den Spätherbstmonaten besuchten wir ihn dann immer mal wieder und wenn es so richtig gemütlich war, durfte ich auch mal an einem Glas nippen, aber viel gab es nicht für mich! Nachdem Onkel Herrmann ja später für sich und seine Familie im Gunnental bei den Kleingärtnern ein Haus gebaut hatte, besuchten wir ihn dann öfters dort.

Der Heimkehrer

Es war am 3. Dezember 1948, drei Tage vor Nikolaus und ein Tag nach Bernds Geburtstag, als ein braungebrannter Mann in einer hellen Uniformjacke an unserer Haustür in der Uhlandstraße 18 in Schwenningen klingelte. Munni hatte erst vor wenigen Tagen eine Karte vom „Roten Kreuz" erhalten, in der stand, daß unser Vati unterwegs ist und in wenigen Tagen heimkommen werde. Und nun stand er vor der Tür. Munni ging ihm mit zitternden Knien und vor Freude schluchzend entgegen, und er nahm sie lächelnd in seine Arme. Nach neun Jahren Krieg und Gefangenschaft kam unser Vati endlich wieder zu seiner Familie in die Heimat zurück. Nun würde alles gut werden, und unsere Not hatte sicher bald ein Ende. Auch unsere Munni wäre dann endlich ein wenig entlastet, denn über die ganzen Jahre in Krieg und Frieden hatte sie ja die ganze Verantwortung für uns Drei gehabt. Und sie hatte uns gut durch diese harten Zeiten gebracht. Doch jetzt waren wir wieder eine komplette Familie.

Am nächsten Morgen weckte mich, wie sonst an jedem Tag, das Klappern der mit Hufeisen beschlagenen Bürk'schen Pferde, die aus ihrem Stall heraus durch die enge Gasse zwischen dem Halder'schen und dem Bürk'schen Haus über das Kopfsteinpflaster bis zu Straße geführt wurden. Es hatte sich nichts verändert, oder doch? Vati war wieder zu Hause!

Erinnerungsfoto meiner Eltern aus Berlin, als Vati 1939 zur Wehrmacht eingezogen wurde. Über neun Jahre war er weg, davon mehr als vier Jahre in jugoslawischer Gefangenschaft.

Neben dem Baum, zwischen dem Halder'schen und dem Bürk'schen Haus, war die enge Gasse, durch die morgens die Bürk'schen Pferde zum Arbeiten geführt wurden. Als Kind wurde ich oftmals durch das Klappern der Hufe auf dem Kopfsteinpflaster in der Gasse geweckt. Später haben mir diese Geräusche gefehlt.

Mein Lehrer, Erich Bilger (Onkel Erich)

Es war im September 1949, seinerzeit hatte Schwenningen noch keine „Knabenmittelschule". Nachdem ich die Oberschule ja wegen ungenügender Leistungen wieder verlassen musste, gab es nur die eine Alternative, zurück in die Volksschule.

Links Rektor Linsenmaier.

Mein neuer Lehrer hieß Erich Bilger, war ein „Urschwenninger" und mir gleich sympathisch. Kennengelernt hatte ich ihn beim Rektor Linsenmaier in der Gartenschule, denn dort mußte ich mich als neuer/ alter Schüler für das Winterhalbjahr 49/ 50 anmelden. Als Herr Linsenmaier mich nach den Gründen fragte zeigte ich ihm mein Zwischenzeugnis, Lehrer Bilger der auch im Raum war und gerade seine Brille, putzte, musterte mich lächelnd und sagte: „Dann darfsch in mei Klass. Ich glaub, mir kommet sicher gut mitnander aus, dann am Montag um 7.45 Uhr ganz oben, nach der letzte Trepp, links". Am Montag um 7.30 Uhr stand ich schon vor dem Klassenzimmer, die Tür stand offen und ein paar Schüler waren schon drin. Zwei kannte ich von früher aus der Klasse Lange und Wild, einer fragte mich: „So, koosch widder zu ees z'ruck, wiil de durchgflogge bisch." (So, kommst du wieder zu uns zurück, weil du durchgeflogen bist). Ich schämte mich ein bisschen und sagte nur: „S' hät mer halt net glangt, un jetzt isch es ebbe so!" (Es hat mir halt nicht gereicht und jetzt ist es eben so). Der Empfang der übrigen Schüler war ähnlich, manche freuten sich auch, dass ich wieder dabei war

Die Klasse Bilger im Februar / März 1949, ich kam erst im September dazu.

Nachdem ja ein neues Schuljahr begann, waren außer mir viele neue Schüler da. Als Herr Bilger kam, gab er allen neuen Schülern die Hand, stellte uns kurz der Klasse vor und zeigte jedem seinen Platz. Ich bekam einen der hinteren Plätze in der mittleren Reihe. Mein Nebenmann hieß Werner Weyler, wir haben uns gleich auf Anhieb gut verstanden. Vor uns saßen der Ulli Liebler und der Kühnel Fritz. Mein neuer Lehrer war eigentlich nicht streng und wenn es dann wirklich mal eine sogenannte „Tatze" (Schlag mit einem Stock) auf die Finger gab, war es sel ten sehr schlimm. Irgendwie hatte ich immer das Gefühl, dass er hin und wieder

innerlich dabei lachte und das, obwohl er bei solchen Aktionen meistens ein sehr ernstes Gesicht machte. Ganz vorne links saß der Martin Bürk, der holte sich eine ganze Zeit lang schon morgens, bevor der Unterricht begann, freiwillig eine „Datz" ab. Seine Begründung war: „Griegd hätt ii se jo onewäg." (Bekommen hätte ich sie ja sowieso). Er war oft sehr aufsässig und vorlaut und so hatte alles seine Richtigkeit.

Unser Lehrer Erich Bilger

Herr Bilger, wir nannten ihn heimlich Onkel Erich, war ein sehr anständiger und gerechter Mensch, natürlich hatte auch er seine Lieblinge, dennoch wurde keiner bevorzugt behandelt. Die Fächer, in denen er gerne unterrichtete, waren Rechnen und Raumlehre sowie Rechtschreiben. Singen und Musikpflege hatten wir beim Lehrer Schneck. Den Religionsunterricht, wir waren alle evangelisch, hielt ein Pfarrer P. Dieser arme Mann tat mir oft sehr leid, er war linkisch und kein großer Redner. Wenn er zum Unterricht kam, hatte er immer einen breitrandigen Hut auf. Einmal musste er noch mal wegen eines Besuchers vor die Tür und legte seinen Hut auf einen Stuhl. Einige meiner Klassenkameraden ergriffen die Gelegenheit und setzten sich auf seinen Hut, als Pfarrer P. wieder hereinkam, warfen sie gerade den Hut durch das Klassenzimmer. Herr P. verließ daraufhin mit Tränen in den Augen den Raum. Als Lehrer Bilger in der nächsten Stunde in unser Klassenzimmer trat, hatte ich ihn noch nie so wütend gesehen, und diejenigen, die an dem Streich beteiligt waren, bekamen ordentlich was ab. Da gab es aber auch kein Murren oder Aufbegehren, und jeder legte sich fast freiwillig über die Bank, um sich seine „Hosespannes" abzuholen.

Ehemalige Foxmille (Vogtsmühle) in der Rottweiler Straße in den 70 er Jahren abgerissen

Eines Morgens streckte einer meiner Mitschüler aus der Gegend um die untere Rottweiler Straße, – zwischen dem Milleloch (Mühleloch), und der Foxmille (Vogtsmühle) einer Gegend, in der die ärmeren Leute der Gemeinde untergebracht waren,– einige Male und sagte: „Herr Lehrer, ich mue ganz arg bampä,", woraufhin ihn Lehrer Bilger etwas genervt anherrschte: „Kerle, des heißt net bampä, sondern, ich muss auf de Klo." Im Übrigen, die groß Paus isch doch grad erscht rum, worum häscht denn net dert gmachd", worauf der verhältnismäßig kleine Schüler antwortete: „Die Große hommer ällewiel Dür zueghebt." (Die Großen haben mir immer die Türe zugehalten). Darauf fragte ihn Lehrer Bilger: „Wer war des?" Die Antwort des Schülers, der inzwischen ganz bleich geworden war, lautete: „Sell woaßi net, sie wared usere andere Glass, aber jetzt mune ganz arg."(Das weiß ich nicht, sie waren aus einer anderen Klasse, doch jetzt pressiert es mir sehr). Woraufhin ihm Herr Bilger den Schlüssel für die Toilette gab und mein Mitschüler

kreidebleich und mit einem etwas komischen Gang zur Türe hinaus verschwand. Ob es ihm noch auf die Toilette gereicht hat, weiß ich nicht, er kam an diesem Morgen auch nicht mehr in die Klasse zurück.

Und Herr Bilger? Unser Lehrer hat ihn am nächsten Morgen nicht mehr wegen des Schulschwänzens oder nach seinem „Malheur" gefragt Übrigens haben wir noch einige Zeit in unserer Klasse vom „Bampä" gesprochen, wenn einer auf den Abort musste. **Die Türen zur 1909 erbauten Gartenschul-Toilette. Links war der Eingang für Knaben und rechts für die Mädchen.**

Später erzählte man sich in der Schule, unser Hausmeister, der „Mämpf", hätte etwas von einer „Riesensauerei" im unteren Treppenhaus rumgeschimpft. Anscheinend hat er aber einen der jüngeren Schüler verdächtigt, ihm das Treppenhaus versaut zu haben. Das Klosett, der Abort, Abtritt oder die Toilette war damals in der Gartenschule ein stinkendes, übelriechendes Gebäude, gegenüber dem Schulhaus. Dank eines überdachten Säulenganges konnte man diesen Ort auch bei Regen trockenen Fußes erreichen. Das Innere der Toilette bestand rechterhand aus einigen abgetrennten, mannshohen Abortkabinen. Das Pissoir war eine quer durch den Raum verlaufende, dick mit Bitumen bestrichene niedrige Steinmauer.

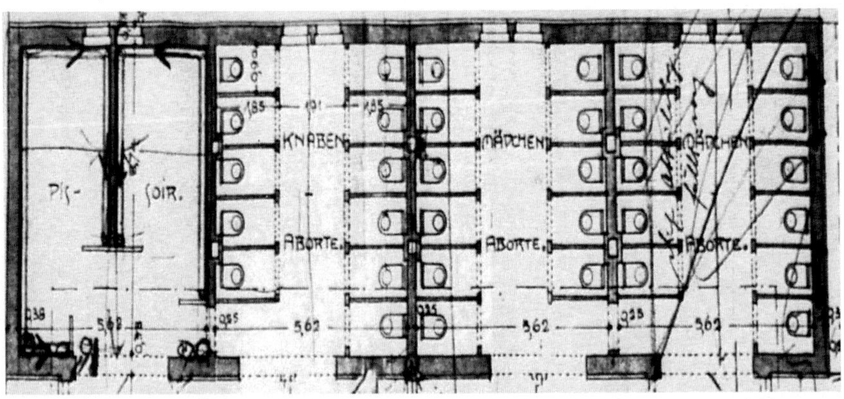

Grundriss der damaligen Toilettenanlagen, das Pissoir mit der Pinkelwand ist links

Auf jeder Seite dieser Mauer war im Boden eine Abflussrinne. Für ältere, größere Schüler, war es meistens eine Leichtigkeit, ihren Urinstrahl so über die Wand zu lenken, dass Schüler auf der anderen Seite nassgespritzt, also angepinkelt wurden. Wenn es jedoch gegenüber den Falschen traf, konnte der „Spritzer" schon mal ein blaues Auge bekommen.

Rechts ein modernes Pissoir mit Blechabdeckung.

Eines unserer Spiele, die wir auf dem weitläufigen Schulhof trieben, hieß: „Räuber und Bombole" (Räuber und Gendarm). Wobei immer ein Schüler über den Hof lief und Mitspieler einsammelte. Anschließend versuchten die„ Bombole" mit Geschrei die Räuber zu fangen.

Ein Steckenpferd von Erich Bilger war das Lernen und Aufsagen von Gedichten. So bekam jeder Schüler im Lauf des Jahres die Aufgabe, ein etwas längeres Gedicht auswendig zu lernen und vorzutragen, was bei den meisten auch einigermaßen funktionierte. Ich hatte mir damals „Schillers Glocke" ausgesucht, natürlich nicht das ganze Gedicht, sondern bis zum Absatzende „Die schöne Zeit der jungen Liebe". Bei solchen endlosen Gedichten war es durchaus üblich, den Text in mehrere Absätze zu unterteilen, da er sonst für den Einzelnen zu lang war. Ein Mitschüler, der Manfred Bauer, hat trotzdem das Kunststück fertiggebracht, das ganze Gedicht „Der Taucher" von Friedrich Schiller in einem Rutsch aufzusagen. Ein anderer meiner Schulkameraden sollte ein kurzes Gedicht. „Die Stiere", auswendig lernen. Nachdem er es nach zwei Wochen immer noch nicht aufsagen konnte, da verlor selbst unser sonst so ruhiger Lehrer Bilger die Geduld, und ihm rutschte die Hand aus. Leibesübungen, also Turnen oder Ballspiele, gab es damals nur sehr unregelmäßig, daher machten wir hin und wieder eine Wanderung durch unsere nähere Umgebung. Oft verbunden mit „Erd- und Heimatkunde-Unterricht", zu dem unser „Onkel Erich" öfter seine Frau mitnahm. Das war immer interessant, denn die beiden verstanden es, mit großer Begeisterung vielen von uns wichtige Zusammenhänge über die Tier- und Pflanzenwelt unserer Heimat zu erklären und einzuprägen.

Oben unsere Klasse bei einer Wanderung in der Umgebung von Schwenningen mit dem Ehepaar Bilger.

Ein ganz besonderes Erlebnis in unserer damals immer noch entbehrungsreichen Zeit war als eines Tages unser Lehrer verkündete: „Bube, unser ganze Klass darf nächste Woch mit dem Omnibus Müller aus der alte Poststraß zum Bade an de Bodesee fahre". Wir konnten es kaum erwarten, bis der große Tag da war.

Bild rechts der Holzbau des Ludwigshafener Bades.

Frühmorgens ging es los, unser Ziel war das Strandbad in Ludwigshafen. Es war ein warmer sonniger Tag, gleich nach den großen Ferien. Jeder von uns hatte in irgendeinem Behältnis ein großes Vesper und etwas zum Trinken für den langen Tag mit dabei. Auf der kurzweiligen Fahrt informierte uns unser Lehrer über viele Daten und Fakten des sogenannten „Schwäbischen Meeres". Seine Abmessungen, die Vegetation, die vielen alten Städte rund um den See und im Speziellen über die Pfahlbauten in Unteruhldingen, die er uns später einmal zeigen wollte. Am Ziel, in Luwigshafen angekommen, liefen wir über einen Schotterweg hinter dem Bahndamm zum Strandbad, das Gebäude war ein älterer Holzbau der nach Teer roch.

Strand des Bades von Ludwigshafen am Bodensee

Nach der Fahrt im heißen Bus machte es uns riesigen Spaß einige Zeit im Wasser herum zu tollen und uns gegenseitig nass zu spritzen. Anschließend teilte uns Herr Bilger in Nichtschwimmer- und Schwimmer ein. Da ich ja inzwischen, dank meinem Onkel Herrmann, leidlich schwimmen konnte, gehörte ich zu den Schwimmern, und durfte darum zusammen mit unserem Lehrer und einigen Kameraden raus zum 5 m Turm schwimmen. Nachdem einige Mitschüler und ich vom Turm runter gesprungen waren, gings wieder zurück in Richtung Ufer. Auf einmal, ganz aus heiterem Himmel, bekam ich einen Krampf im linken Bein und konnte kaum mehr weiter schwimmen. Es tat so weh, dass ich Panik bekam, laut schrie, wild mit den Armen ruderte und dabei einiges an Seewasser schluckte. Gut, dass unser Lehrer ganz in meiner Nähe kraulte. Er beruhigte mich erst einmal, dann schnappte er mich von hinten unter den Armen und schwamm so mit mir im Schlepptau zum Ufer zurück. Langsam ließ auch der Krampf in meinem Bein nach, doch ich war heilfroh, als ich wieder festen Boden unter den Füßen hatte. Nachdem ich dann mit Hilfe meines Lehrers zur Liegewiese gehumpelt war, fragte er mich dort wie es mir jetzt gehe, und dann sagte er: „Haben deine Schmerzen nachgelassen, oder müssen wir noch einen Sanitäter holen?" Als ich verneinte, klopfte er mir auf die Schulter und sagte: „Kerle, jetzt häsch mer aber en kherige Schrecke engjagt". (Kerl jetzt hast du mir aber einen gehörigen Schrecken eingejagt). Der restliche Tag verging wie im Flug und wir alle waren traurig als es wieder zurück nach Hause ging.
Die Schmerzen meines Wadenkrampfes spürte ich noch einige Tage lang.

Schulspeisung, „der Stähle Mämpf" *(Manfred Stähle)*

In der englischen „Besatzungszone" fanden seit März 1946 „Schulspeisungen" aus Armeebeständen statt. Danach gab es seit Mitte April 1947 auch in der amerikanischen Zone die ersten „Hoover-Schulspeisungen". Endlich, aber im Grunde genommen viel zu spät, sah sich dann im Mai 1949 auch die französische Militärregierung gedrängt, in ihrer Zone eine „Schulspeisung" einzuführen. Jedoch erst, nachdem ihnen die „Amerikaner" die benötigten Lebensmittel kostenlos zur Verfügung stellten und die französisch besetzten Länder „Rheinland-Pfalz", „Württemberg- Hohenzollern" und „Baden" die Transportkosten für die Schulspeisung übernahmen. Das Ganze war eigentlich nur noch eine Farce, denn die Zeit des „großen Hungers" war ja auch bei uns schon seit einiger Zeit vorüber.

Die Essensausgabe für die Gartenschule fand unten in den ausgedehnten Kellerräumen statt, hierzu waren extra lange Tisch-und Bankreihen von unserem Hausmeister aufgestellt worden.

Rechts Schulspeisung in einer Schule.

So marschierten genau nach Zeitplan Klasse für Klasse, zusammen mit den jeweiligen Lehrern, hinunter in den Keller. Unten standen große Behälter, aus denen die warm gehaltenen Speisen in Blechnäpfe geschöpft und an uns ausgegeben wurden. Chef über die Schöpfkolonne war unser Hausmeister „Stähle", sein Gehilfe ein kleiner magerer Mann den einige „Schüssel- Sepp" nannten, weil er die leeren Blechschüsseln ausputzte. Dazu kam noch eine Frau „Irslinger" und eine „Friedel Hummel", die abwechselnd die Speisen aus den Behältern herausschöpften. Auf dem Speiseplan standen damals „Kakao mit Rosinenwecken", „Grießbrei", „Haferflockenbrei", verschiedene „Hülsenfrucht-Eintöpfe mit Fleischeinlage" und als Krönung „Dampfnudeln mit Milch". **Links der Plan für die Schulspeisung in den Schulen der französisch besetzten Pfalz.**

Art der Mahlzeit ab Juni 49,

Milchnudeln mit Rosinen
Mehlmus mit Rosinen
Dampfnudeln mit Milch
Grießbrei
Hülsenfrüchte mit Fleisch
Kakao mit Brötchen
Reis mit Zucker und Zimt
Nudeln mit Fleisch
Grieß mit Obstkonserven
Haferflocken mit Rosinen
Rosinenbrötchen

Im Dezember 1949 gab es übrigens eine „Weihnachts-Sonderzuteilung" für Kinder eine Tafel Schokolade zu 100 g

Da die Dampfnudeln öfters auf dem Blech eingebrannt waren, mussten sie mit einem Spachtel gelöst werden. Wer Pech hatte und dessen Nudelboden auf dem Blech hängen blieb, der bekam dann halt nur eine dreiviertel Dampfnudel. Zu Weihnachten 1949 wurden alle Kinder mit einer kleinen Tafel Schokolade der Firma „Storz" aus Tuttlingen beschenkt. Natürlich ging unsere Esserei nicht lautlos ab, und das Geklapper der Bestecke in den Blechnäpfen war manchmal ohrenbetäubend, aber unsere Lehrer sorgten immer wieder für Ruhe und Ordnung. Nach der Mahlzeit ging es dann durch das andere Treppenhaus hoch bis in unser Klassenzimmer. In den Klassenzimmern gab es zu jener Zeit noch die alten Schulbänke, Sitz und Tisch in einem Stück. Oben auf der Tischplatte waren zwei versenkte fest installierte Tintenfässern, und eine Rinne für die Griffel, Bleistifte oder Federhalter.

Rechts unsere Schulbänke.

Die Tinte musste damals noch angerührt werden, und das war die Arbeit des Hausmeisters. Sobald also mal

wieder die große Tintenkanne leer war, rief die Frau „Stähle" laut durch das ganze Haus: „Mämpf, komm abe, musch'd Dinte amache", dann gab es Arbeit für ihn. Offiziell nannte ihn ja nur seine Frau „Mämpf", aber heimlich auch alle anderen Personen aus seinem Umfeld, nur hören durfte er es nicht. Da die Schule sehr groß war, hatte das Hausmeister Ehepaar immer viel zu tun, schon in aller Frühe musste als Erstes das Gebäude aufgeschlossen werden. Die langen Hausflure sowie die Klassenzimmer waren immer sauber geputzt und in Ordnung. Auch die Reinigung des großen Hofs, sowie das, der Schule gegenüber liegende Pissoir, gehörten mit zu ihren Aufgaben. Unser Hausmeister war auch Mitglied der Schwenninger- Freiwilligen Feuerwehr. Manchmal, wenn der Manfred Stähle direkt von einer Übung kam, trug er auch in der Schule stolz, seine Uniform.

In solcher Feuerwehruniform war der „Stähle Mämpf" öfters in der Gartenschule unterwegs.

Kennengelernt hatte ich den „Mämpf" eigentlich viel früher, damals war so ein richtiges Maikäfer Jahr und so wurden alle Schulen beauftragt, ihre Schüler zum Maikäfer sammeln auszusenden. Uns den Buben aus der Uhlandstraße machte das Einsammeln immer richtig Spaß. Damals kannte jeder von uns auch noch die Begriffe und die verschiedenen Kennzeichnungen der Maikäfer und wusste wie ein Müller, ein Bäcker oder ein Schornsteinfeger aussah. Kurzum, wir hatten viele Schachteln voll gesammelt und die mußten wir zur Gartenschule bringen.

Fünf Maikäfer auf einem Blatt.

Dort, mitten im Hof loderten zwei Feuer auf denen große, dampfende Kessel standen, es stank bestialisch. Mittendrin stand der Mämpf mit einem riesigen Holzlöffel und rührte in den Kesseln, während von überall her Kinder mit großen oder kleinen Behältern kamen und den Inhalt, ihre Maikäfer in die Kessel versenkten. Anschließend landeten auch unsere Käfer in den Kesseln. Nix mehr mit Maikäfer flieg, die waren jetzt alle hier im Kessel zu ihrem letzten großen Flug versammelt.

Taschengeld

Eines Tages sagte Vati zu mir: „He Langer, (das war sein Name für mich) willst du dir ein paar Mark Taschengeld verdienen, bei uns ist ein Kegelaufsteller ausgefallen und wir brauchen schnell einen Ersatz!"

Vati kegelte ein Jahr, nachdem er aus der Gefangenschaft zurückgekehrt war, im Hotel Rössle bei den „Alten Stechern", einem 1906 gegründeten Kegelclub, in dem auch sein Vater Jakob Mitglied war. Ich hatte noch nie Kegel aufgestellt doch Dieter, der andere Kegeljunge zeigte es mir. Dann ging es rums, rums, die Alten Stecher heizten uns mächtig ein und wir hatten in den zwei Stunden von acht bis zehn Uhr ganz schön zu rennen. Nachher bekam jeder von uns 2 Mark Aufstellgeld in die Hände gedrückt, ich war froh über das Zusatzeinkommen, denn damals gab es ja noch kein Taschengeld. Solange bis der alte Aufsteller wieder einsatzbereit war, half ich gerne als Kegelbue aus.

05 Berliner-Zigiener
Unsere Fasnet, beim Zelten, Maienstecken, die Müllers, Lehrer Karl Otto Kadau, Herzklopfen, meine Konfirmation.

Fasnet, Fasching und mehr

Die „Fasnet" war in der Uhlandstraße immer etwas Besonderes. Das bedeutete endlich mal wieder eine Gelegenheit, sich mit Freunden, Nachbarn und Bekannten zu treffen, um ein paar vergnügte Stunden zu verbringen. Man traf sich ja sonst nie! Wenn nicht irgendwo ein privater Hausball angesagt war, ging es in den Württemberger Hof zum Keller Franz, denn die dortigen Veranstaltungen waren legendär.

Fasnachtsveranstaltung 1948 im Hof

So wurde noch lange darüber gesprochen, wie an einem „Schmotzigen Donschtig" der Fetzer Hans mit seinem Vater, dem Engelbert, auf dem Rücken als Ross und Reiter in den Hof galoppiert kamen, um dort ihren Schabernack zu treiben. Damals gab es im Württemberger Hof noch jede Woche vor der Fasnet einen Hausball. Der Musiker im „Hof", so war damals der geläufige Name des Lokals, war zu jener Zeit immer der Müller Hans aus der oberen Uhlandstraße, der dort, zusammen mit seinem Vater Karl, einen Musikalienhandel betrieb. Der Hans war ein Künstler auf seiner Ziehorgel, (Akkordeon) egal ob er virtuos zum Tanz oder in später Stunde zu Schunkelrunden aufspielte. In den Pausen wurde meist kräftig dem Alkohol, ob Bier, Wein oder Schnaps, zugesprochen, weil die Menschen seinerzeit, wegen den langen Jahren der Entbehrung, nach all diesen Genüssen lechzten. Als Verkleidung diente den Besuchern einfach ein alter Hut oder eine rot angemalte Nase, denn natürlich gab es zu jener Zeit noch keine Fasnachtskostüme in den Läden zu kaufen. Wer sich kostümieren wollte, der musste sich selber etwas nähen.

Munni rechts, im Hof an der Fasnet.

Doch einen alten Hut, eine Brille ohne Gläser, dazu irgendeinen zu kleinen

Anzug oder ein altes Kleid hatte fast jeder oder jede im Schrank. Auch für uns Jugendliche war eigentlich immer irgendetwas vorhanden, ein altes Tuch oder ein Hut auf dem Kopf, eine rote Lippenstift-Nase, oder Streifen im Gesicht, sowie ein Reisigbesen, ein Stock mit einer Schweinsblase, bei uns Suubloder genannt, oder eine sogenannte Käpsile-Pischtol, manchmal auch Pfeil und Bogen und schon war man eine Hexe, ein Clown, ein Cowboy oder ein Indianer.

Unten Kinderumzug an der Fasnet in Schwenningen.

So kostümiert ging man „uf'd Gass" und traf sich dort mit den ebenfalls verkleideten Freunden, anschließend suchten wir alle Lebensmittelläden der näheren Umgebung auf, um mit „Giezigrufen" ein paar „Zuckerle", das waren Bonbons, oder Weckle zu erbetteln. Die Sprüchle gingen so: „Giezig, giezig, giezig isch dr Bux (Lebensmittelhändler) und wenn dr Bux net giezig wär, no gäb er au ä paar Zuckerle her." Beim Beck (Bäcker) hieß es dann: „Giezig isch der Beck und wenn der Beck net giezig wär, no gäb er au ä Weckle her." Wenn wir einfach nur auf den Straßen herumzogen, riefen wir im Chor: „Borschdig, borschdig, borschdig isch diä Suu und wenn diä Suu net borschdig wär, no gäb es koane Würschde mehr", oder „Hoorig, hoorig, hoorig, isch diä Katz, und wenn diä Katz net hoorig wär, dann fängt sie koane Mäuse mehr" oder ein anderes: „Hau dr Katz de Schwanz ab, hau'en doch net ganz ab, lass au no en Stumbe stau, dass se ka ufd Fasnet gau." Manche Verse waren auch ein wenig derber und gingen so: „S'guckt en Arsch zum Fenschder rus, mer moant es isch en Weck, es isch koan Weck, es isch koan Weck, es isch der Arsch vom (z. B. Uhland) Beck." Solche und noch so manch andere „Lumpenliedle" riefen oder sangen alle Kinder an der Schwenninger Fasnet auf den Straßen, oder vor den Läden und hatten immer viel Spaß dabei.

Am Wildenstein

Wenn man hinter dem Dorf Dauchingen in Richtung Längental läuft und davor einen der Wege nach rechts abbiegt, kommt man zur Ruine Wildenstein, oberhalb des Eschachtales. **Unser Weg zum Wildenstein führte durch den Ort Dauchingen rechts** *Eines Tages hatten wir, ein paar Buben aus der Uhlandstraße, einen Plan. Wir wollten über Dauchingen zu dieser Ruine wandern und dann dort im alten Burgzugang übernachten. Nachdem Munni nichts dagegen hatte und es auch die anderen Eltern gestatteten, konnte unser Ausflug losgehen. Es*

war an einem frühen Vormittag in den Sommerferien, als wir uns zum Wildenstein aufmachten. Der Mauche Manne, dazu ein Freund aus der Schlegelstraße der Dieter Wolper, der Hans Bleher und ich. Um uns dort bei unserer Ankunft ein Nachtessen zubereiten zu können, hatten wir etliche Packungen Erbswurst, einen Esbitkocher zum Auf-klappen und einen alte Aluminiumtopf dabei.
Für ein eventuelles Frühstück hatte jeder genügend Brot mitgenommen. Der Mauche Manne war schon mehrmals dort gewesen, da seine Mutter aus Dauchingen stammte. Während wir den Ort durchquerten, wurde es uns ganz schön warm, denn inzwischen brannte die Sonne vom Himmel. Gut dass wir vorher noch einmal an einem Dorfbrunnen unsere Feldflaschen aufgefüllt hatten.
Der Manne kannte sich hier normalerweise gut aus, aber auf einmal zögerte er:

„Au, jetzt mune aber überlege, ob mer do scho abbiege mond, oder erscht am näschde Weag?“

Links Weg hinter Dauchingen.

Wir bogen dann auch erst am nächsten Weg ab. Inzwischen waren schon gut zweieinhalb Stunden vergangen und uns überkam langsam ein mächtiges Hungergefühl, also setzten wir uns auf ein paar Baumstämme an einem Waldrand entlang des Weges und verzehrten unsere Vesperbrote. Nachdem wir wieder aufgebrochen waren, phantasierten wir ein Weilchen darüber, ob es in der Ruine wohl ein Burggespenst gäbe. Und wenn ja, was tun? Wir hatten dabei gruselige, aber auch lustige Ideen, was es wohl mit uns machen würde und wie wir uns dagegen wehren könnten. Irgendwann danach kamen wir an zwei Bauernhäuser, ich glaube die gehörten schon zum Wildenstein. Im Garten des einen standen einige Stachelbeersträucher, die Beeren waren noch nicht ganz reif, aber ich liebte schon immer grüne Stachel-beeren.

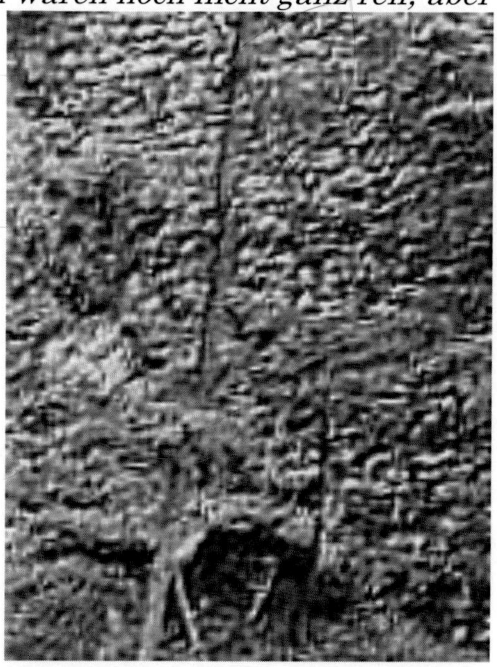

Nachdem ich mich vergewis-sert hatte, dass mir niemand zusah, machte ich mich über die Beeren her. Anschließend stopfte ich mir noch etliche in die Tasche und rannte dann den Kammeraden hinterher. Kurz darauf hatten wir die Ruine erreicht. Alles war so, wie es uns der Manne geschil-dert hatte, selbst der alte Burgeingang war vorhanden.

Die alte Ruine Wildenstein im Eschachtal, unten war der Eingang.

Aber zu unserem Schrecken mussten wir feststellen, dass in seinem Inneren die Rückwand abgerutscht war, sodass die Höhle, der sogenannte Burgeingang, jetzt aus einer schrägen Ebene bestand. Zu schräg, als dass man sich darauf hinlegen konnte. Aber wo werden wir dann diese Nacht pennen, fragten wir uns? Doch jetzt ging es erstmal ans Abendessen. Da es hier oben kein Wasser gab, mussten wir runter an die Eschach, einen Zufluss des Neckars, um dort Wasser zu holen. Oben hatten unsere beiden

Kumpel schon den Esbitkocher angeheizt, als wir mit dem Wasser zurückkamen. Wir stellten den Topf drauf, brockten unsere Erbswürste ins Wasser und rührten, bis daraus eine dicke Suppe entstanden war. Mann, hatten wir einen Hunger

Der Esbitkocher brennt und die Suppe kocht.

Nachdem alles ratzeputz vertilgt war, reinigten wir den Topf mit Sand und rieben ihn mit trockenem Gras sauber. Dann beschauten wir uns noch mal unsere Unterkunft, hier ließ sich nicht gut ruhen, die Rampe war viel zu steil! Irgendwann sagte der Manne: „Do kamer net schlofe, ich glaub, ich lauf widder hoam.“ Auch der Hans und wir anderen beiden hatten wenig Lust, hier in Gottes freier Natur, ohne ein schützendes Dach überm Kopf, dafür unter einem sicher grandiosen Sternenhimmel zu schlafen. Also packten wir unsere Klamotten zusammen, verstauten sie in unseren Rucksäcken und marschierten los. Spät in der Nacht, es war schon weit nach 24 Uhr, waren wir dann, müde und abgekämpft wieder zu Hause.

Mein Freund Hans fragte mich damals eines Tages, ob wir daheim noch übrige Brotmarken hätten, bei der Toni Steimle im Cafe „Colibri“ am „Hocken“ gäbe es Schlagsahne auf Brotmarken. Also fragte ich Munni, ob ich auch eine Brotmarke erhalten könne. Zusammen mit mehreren Buben aus unserer Straße gingen wir dann zur Toni und schlemmten so richtig: Kurz darauf gab es die gleiche Aktion im Cafe „Schlenker“ in der Herdstraße, und natürlich genossen wir auch dort unsere Schlagsahne auf Brotmarken.

Oben das Cafe Schlenker in der Herdstraße.

Der Kurzlebuur

Der Ernst Kurz, im Ort nur „Kurzlebuur“ genannt, wohnte in einem stattlichen größeren Haus auf dem „Alten Angel 17“, einem der ältesten bäuerlichen Viertel Schwenningens. Handwerklich nicht unbegabt, werkelte er nach dem Krieg Tag und Nacht an einem alten Traktor herum, den er aber immer nur sporadisch zum Laufen brachte. Sein besonderes Ziel war es immer, den in der Nähe seines Hauses liegenden Buckel (Berg), an der katholischen Kirche hochzufahren. Der Kurzlebuur war ein wenig jähzornig und hatte einen leichten Sprachfehler. Wenn er mal wieder unterwegs war und sein Vehikel kurz vor Ende der Bergkuppe am „Württemberger Hof“ zum Stehen kam, konnte er fuchsteufelswild werden. Er nahm die Kurbel, mit der er vorher sein Gefährt mittels kräftigen

Drehens zum Laufen gebracht hatte, und schlug damit wild auf den Bulldog ein.

Das Kurzle Huus auf dem alten Angel 17 , davor ein Bulldog mit Hänger auf der Stadtwaage.

Kam ihm einmal oben an der Kreuzung eines der Bürk'schen Fuhrwerke in die Quere, fluchte er lästerlich, weil er ja seinen Traktor abbremsen musste, und da er ihn meist nicht mehr zum Laufen brachte, konnte er nur rückwärts, also ohne Antrieb, den Kirchenbuckel wieder runterfahren. Liefen Fußgänger über die Straße, rief er schon von weitem: „Wieterlaufe, wieterlaufe, donschd dot er." (Weiterlaufen, weiterlaufen, sonst steht er). Zu einem Bekannten hat er einmal über seinen Bulldog gesagt: „Bima Maschee, äll Dag ische gloffe, z'mool lauft se nemme, woas net wa fählt"? (Prima Maschine, jeden Tag ist sie gelaufen, jetzt läuft sie nicht mehr, weiß nicht was ihr fehlt). Irgendwann kam er nicht mehr vorbei, ich glaube, er musste in-zwischen sein Gefährt endgültig verschrottet haben. Das große Haus auf dem „Alten Angel" wurde eines Tages unbewohnbar, ist verfallen und musste abgerissen werden.

Maienstecken

Die Nacht vom 30. April zum 1. Mai wurde oder wird in vielen Landstrichen Deutschlands über Jahrhunderte hinweg als Walpurgisnacht begangen. Auch ein anderer Brauch ist sogar noch heutzutage mit dem „Tanz in den Mai" weiterhin lebendig. So wird ja auch noch in vielen Orten zum 1. Mai ein bunt geschmückter Maibaum aufgestellt. Hierbei ging-- oder geht es meistens darum, welche der umliegenden Gemeinden dann den größten oder schönsten Maibaum hatte.

Maibaum in Bayern. *Auch für uns Kinder war der Abend vor dem 1. Mai immer etwas besonderes, denn dabei ging es ums „Maienstecken", einen alten Brauch, bei welchem vor allem mürrische und grantige Zeitgenossen geneckt wurden.*

Rechts eine vollgestellte Straße am 1 Mai.

Einer der noch normalen Denkzettel gegen solche Mitbürger war das „Schelleputze", bei dem wir so lange auf die „Schelle", also die Hausklingel drückten, bis der oder die Gefoppte wutentbrannt aus der Tür geschossen kam, um den oder die Übeltäter zu bestrafen. Natürlich war dann keiner von uns mehr da.

So waren ausgehängte Gartentüren, die später zwei oder drei Straßen weiter auf irgendeiner Mischte (Dunglege) gefunden wurden, versteckte Gartenbänkle, die auf einem Vordach lagen, geöffnete Tierställe oder ausgekippte Regenwassertonnen, fast normal. Wobei mir dazu noch einfällt, wie eines Tages Strohms Irmgard also Alla, den Rolf Schrenk aus der Jakob-Kienzle- Straße aus einer halbgefüllten Wassertonne herausholte, in der er kopfüber hing, um seinen verlorengegangenen Molch rauszufischen. Lustig war auch, wenn wir mit einem Reißnagel einen langen Bindfaden an dem hölzernen Rahmen eines Fensters befestigten und dann daran zupften, das erzeugte im Raum dahinter brummende grausige Töne, sodass alle im Zimmer erschraken.

Links ein Maibaum.

Aber unsere kleinen Streiche waren ja eigentlich nur Bagatellen. So erzählte man sich, dass vor Jahren ältere Uhlandsträßler Kerle dem Schälmle Chrischtel aus der Muslen einen kompletten Leiterwagen aufs Dach gesetzt hätten. Am Gasthaus Zum Schwanen in derselben Straße hatten ebenfalls Unbekannte die Wirtshaustür und den Hinterausgang zum Klo zugemauert. Beides, ohne dass die Besitzer etwas davon merkten. Das Angste-Ständle Ecke Muslen- obere Uhlandstraße, wurde immer besonders geschmückt. Obligatorisch standen jedes Jahr nach dem Maienstecken ein, zwei Leiterwagen oder Gartenbänke auf dem Dach des Baues.

Rechts eine zugemauerte Tür.

Wir Kinder hatten an diesen Abenden viel Spaß und manchmal auch ein wenig Herzklopfen, obwohl, etwas richtig Böses haben wir ja nie angestellt.

Zelten am Klausenhorn bei Dingelsdorf

Unser Vati war ja erst kurz vor dem Nikolaustag 1948 aus jugoslawischer Kriegsgefangenschaft heimgekehrt. Nach einer schnellen Eingewöhnungszeit hatte er sich auch wieder ganz gut in der alten Heimat eingelebt. Um nun auch etwas für den Lebensunterhalt seiner Familie mit beizutragen, arbeitete er anfangs als Vertreter im Außendienst für die Firma „Rolf Mollenkopf", die er von früher kannte. Irgendwann in den Sommerferien sagte er zu uns: „He ihr drei, wir machen ein paar Tage Urlaub am Bodensee." Gab das ein Geschrei, wir freuten uns unbändig, denn wir waren eigentlich noch nie zusammen weg gewesen. Von irgendwo her hatte sich Vati ein altes Wehrmachtszelt besorgt, das Auto für die Fahrt, einen schwarzen Opel, hatte ihm sein Geschäftspartner Rolf geliehen. Und dann ging's los, waren wir aufgeregt, unsere Köpfe hingen buchstäblich an den Autofenstern, und wir bombardierten unseren Vati laufend mit Fragen über jeden Ort, an dem wir vorbei- oder durchfuhren. Bis zur alten Engener Steige kannte ich die Gegend ja noch ein wenig. Doch danach ging es durch mir völlig unbekannte Dörfer und Städtchen, weiter in Richtung Stockach. Kurz

davor in Nenzingen bogen wir über Wahlwies nach Stahringen ab, wo es ein Stückentlang der Bahnlinie ging. **Links Dampfzug neben der Straße nach Stahringen**

Von dort fuhren wir weiter über Wallhausen, um dann anschließend bei Dingelsdorf den Zeltplatz Klausenhorn, unser Ziel zu erreichen. Es war schon später Nachmittag, als wir auf einer Wiese, nahe am See, unser Zelt aufschlagen wollten, etliche andere standen schon dort. Es war ein mühsames Unterfangen, weil noch niemand von uns so ein Zelt aufgerichtet hatte. Gut daß zwei nette Nachbarn genug Ahnung vom Zeltaufbau hatten und uns dabei halfen, mit vereinten Kräften klappte es dann doch noch. Es war auch sehr kompliziert, weil die einzelnen Seitenwände miteinander verschnürt werden mussten. Der Fußboden bestand aus einer Ölhaut, auf die wir unsere Decken legten. Nachts wachten wir durch ein vereinzeltes Klopfen auf unser Zeltdach auf, das dann schnell in ein dauerhaftes Rauschen überging.

Rechts Zelte im Gewitter.

Nicht genug, dass unsere Füße kurz darauf im Wasser standen, auch vom Zeltdach runter tropfte es unaufhörlich, weil die Zelte damals ja noch nicht gegen Regen imprägniert waren. Für uns Kinder war es ein Spaß, denn der kurze Sommerregen war ja warm.

Am nächsten Morgen hingen überall nasse Klamotten und Decken zwischen den Bäumen, und einige der Zeltbewohner machten vorsichtshalber einen Regen-Ablaufgraben um ihr Zelt. Die restlichen Tage war jedoch tolles Wetter und die Sonne brannte vom Himmel, sodass wir fünf innerhalb kürzester Zeit eine leicht gebräunte Haut hatten. Wir Kinder waren fast die ganze Zeit am oder im Wasser, von überall her kamen andere Kinder, die mit uns zusammen im Wasser und am Ufer des Sees herumtobten. Manche hatten alte, bald hundertfach geflickte Lastwagenreifen, an die wir uns mit dranhingen. Ich konnte ja dank meinem Onkel Hermann mittlerweile schon schwimmen und tauchen und wagte mich mit ein paar älteren Buben auch weiter raus.

Links Dingelsdorf Klausenhorn.

Leider waren die paar Tage viel zu kurz, doch Vati hatte uns für die Rückfahrt noch etwas Besonderes versprochen. Schon auf dem Hinweg

waren uns die Hegauberge aufgefallen, jetzt fuhren wir direkt darauf zu. Singen am Hohentwiel, schon wie das klang. Nachdem wir die interessante Stadt passiert hatten, fuhren wir unter einer Eisenbahnbrücke durch, die steile Straße hoch zum Hofgut des Hohentwiels, dort gab es einen Parkplatz für Autos.
Ab jetzt ging es zu Fuß weiter, denn über die stark ansteigende Straße hoch zur Burgruine mussten wir ja laufen. Welch grandiosen Anblick boten die vielen, vor fast 200 Jahren von den Franzosen gesprengten, weitläufigen Gebäude.

Die Ruine Hohentwiel bei Singen.

Das Ganze war ein Gewirr von ober- und unterirdischen Gängen. Wir fanden Kasematten, also unterirdische Gewölbe, viele hochstehende Gebäude mit mehreren Stockwerken, von denen nur noch wie im Krieg die Fassaden standen, und sogar einen Turm zum Begehen. All das lud uns zum Spielen ein, und hier durften wir es auch noch mal gründlich tun. Als wir gegen Abend, müde vom Herumtollen, heimfuhren, hatten wir zusammen einige wunderschöne und erlebnisreiche Tage verbracht.

Der mittlere Balmberg in der Schweiz.

Nachdem Vati sich mit Vertretungen für Uhrenbestandteile selbstständig gemacht hatte, besuchte er öfters seine Lieferanten in der Westschweiz. Irgendwann in den Schulferien sagte er zu uns: „Ich habe beim Besuch meiner Geschäftsfreunde in der Schweiz einen schönen Landgasthof gefunden, dort werden wir ein paar Tage Urlaub machen." Uns verschlug es die Sprache, doch anschließend jubelten wir über die frohe Nachricht umso lauter. Urlaub in der Schweiz, uns erwarteten sicher tolle Tage! Die Fahrt ging über Zürich, Olten nach Solothurn und von dort aus noch wenige Kilometer weiter zum Gasthaus „Mittlerer Balmberg".

Das Restaurant Pension Mittlerer Balmberg.

Es war ein großes, einsam gelegenes, freundliches Haus an einer Landstraße. Die Wirtin, wir durften Hilda zu ihr sagen, begrüßte uns alle sehr herzlich. „Dann wollen wir euch erst einmal richtig aufpäppeln", sagte sie, und so war es auch. Die deftige Schweizer Kost wirkte Wunder, schon morgens gab es Ovomaltine, Kakao oder Milchkaffee, aus großen Häfen (Tassen) mit wenig Kaffee und viel Milch. Und so ging es dann den ganzen Tag weiter. Der Dialekt der Schweizer wirkte auf uns Kinder komisch, langsam und behäbig, und wenn uns niemand hörte, versuchten wir ihn immer unter Gelächter nachzumachen. Vati kannte sich hier in der Gegend gut aus, und so machten wir mit unseren Eltern einige kleine Wanderungen und Fahrten in die nächste Umgebung. An einem der

Tage fuhren wir nach Bern, in die Landeshauptstadt. Ich kam mir vor wie im Märchen, Straßenbahnen, die sich mit Gebimmel ihren Weg durch den Verkehr bahnten, dazu die vielen Autos, Gerüche nach Benzin und Diesel, mein Bewusstsein konnte die neuen Eindrücke gar nicht richtig speichern. Im Zentrum besuchten wir den Bärenzwinger. Der Zwinger ist ein tiefer Graben, in dem halbgezähmte Bären frei herumliefen.

Der Bärenzwinger in Bern.

Wir hatten noch nie vorher Bären gesehen und konnten uns von diesen Biestern, die mit ihren Pranken um Futter bettelten oder auf den niederen Baumstämmen ihre Kunststücke machten, gar nicht losreißen.

In einem kleinen Laden in der Nähe kaufte uns Vati drei rot-weiß farbige Käpple ähnlich einem Schweizer „Sennechäppli", einer Kopfbedeckung von Schweizer Hirten. Der Laden lag unter Arkaden, solche Bauten hatte ich vorher noch nicht gesehen. Die Läden links und rechts entlang der Straße waren um eine Gehwegbreite zurückversetzt und die Häuser darüber zur Straße hin meistens mit Rundbögen abgestützt.

Links unser Schweizer Käpple sahen ähnlich aus, waren aber in rot-weiße Dreiecke unterteilt.

Beim Flanieren unter den „Lauben", so nannten die Schweizer die Arkaden, war man im Sommer vor der Sonne und im Winter vor Schnee und Regen geschützt. In der Nähe vom Kornhausplatz fanden wir dann den „Kindlifresserbrunnen". Unser Berndle bekam richtig Angst, als ihm Vati erklärte, dass der Riese auf dem Brunnen kleine Kinder frisst, wenn sie nicht artig waren!

Links Haus in Bern mit Lauben (Arkaden), daneben der Kindlifresserbrunnen.

Danach besichtigten wir auch noch den „Zytglogge", den Zeitglockenturm. „Der Zytglogge beherbergt eine der ältesten Turmuhren der Schweiz. Das Uhrwerk besteht aus fünf kombinierten Werken die in einem gemeinsamen Gehäuse untergebracht sind und zwar das Gehwerk, zwei Schlagwerke und zwei Werke für die Figurenspiele. Von der

Stundenachse des Gehwerks aus werden die Zeiger über den beiden großen oberen 12-Stunden-Zifferblättern und die Astrolabiumsuhr angetrieben". Das alles konnten wir unten auf einem Schild lesen, als wir das Figurenspiel anschauten.

Links der Berner Zytglogge Turm mit dem Ursusbrunnen. Rechts oben das astronomische Zifferblatt mit dem Glocken- und Figuren-Spiel der Berner Uhr.

In den nächsten Tagen fuhren wir dann nach Solothurn, ebenfalls einer schönen alten Stadt mit mächtigen Türmen, Toren, Kirchen und vielen Brunnen.
Auch die Solothurner hatten einen Zeitglockenturm mit einem Brunnen davor.
Nachmittags gings dann nach Biel, der zweitgrößten Stadt des Kantons Bern und der größten zweisprachigen Kommune der Schweiz. Alle Straßenschilder waren hier deutsch und französisch. Biel hatte auch eine sehr schöne Altstadt. Nach einem kleinen Rundgang kamen wir an den dortigen See.

Dampfer auf dem Bielersee bei Twann.

Da gerade ein Schaufelrad-Dampfschiff im Hafen lag, bot sich eine kleine Rundfahrt an, und wir gingen an Bord.
Die Fahrt nach Twann, einem kleinen Winzerdorf gegenüber von Biel, dauerte etwa eine halbe Stunde, dort hatten wir zwei Stunden Aufenthalt zum Bummeln.

In Twann sah ich dann auch meinen ersten mit Weinreben bepflanzten Hang, davor hatte ich noch nie einen Weinberg gesehen.

Links der Blick auf den Bielersee von Twann aus. Hier sah ich meine ersten Weinberge.

Biel ist, zusammen mit den

drei Städten Le Locle, La Chaux-de-Fonds und Grenchen, das größte Zentrum der Uhrenindustrie in der Schweiz und wird dort als Uhrenweltmetropole bezeichnet, erzählte uns Vati ein wenig spöttisch lächelnd auf der Heimfahrt. Vielleicht hatte er dabei an unsere Heimatstadt Schwenningen, die damals sogenannte „Größte Uhrenstadt der Welt" gedacht. Doch wie auch immer, er hatte hier in dem ganzen Gebiet der Schweiz Lieferanten und gute Geschäftsbeziehungen und die musste er wahrnehmen. Es waren wunderschöne Tage für uns hier in dieser schönen Umgebung, alles in dem Land kam uns so sauber und aufgeräumt vor, dass wir uns gar nicht satt genug sehen konnten.
Als wir uns von der Hilda verabschiedeten, waren wir richtig traurig und versprachen bald wieder zu kommen, doch dazu kam es dann leider nicht.

Die Müllers

Eines Tages, im Spätsommer 1948 waren sie da, wie aus dem Nichts tauchten sie auf. Fünf fremd aussehende Kerle mit runden dunkelblauen Strickmützen auf den Köpfen und dazu den kurzgeschnittenen Haaren. Irgendwie kamen sie uns seltsam vor. Aufgereiht, wie die Orgelpfeifen, so standen sie vor dem kleinen

Haus der Marie Maier in der Uhlandstraße 27. Ursprünglich als „Heimatvertriebene" aus Gleiwitz in Oberschlesien auf die Insel Borkum verschlagen, waren sie vor ein paar Tagen, zusammen mit ihrer Mutter Anna; hier in Schwenningen in der Uhlandstraße gelandet. **Links der Heiner Müller vor dem Bürk'schen Lastwagen der zu einem Bus umgebaut werden konnte.** *Wobei der Älteste, Heiner, 14, und der Jüngste, Hansi, gerade mal zwei oder drei Jahre alt war. Ein Jahr danach kam auch ihr Vater dazu, und wiederum ein Jahr später wurde dann noch ein Mädchen, die Gerda geboren. Anfangs wurden die Jungs doch sehr misstrauisch beobachtet, ob sie denn etwas anstellen oder womöglich sogar klauen könnten. Sie sprachen mit einem rauen, komischen Dialekt, dazu einem rollenden „R", oder verdrehten die Buchstaben, so sagten sie zum Beispiel zu meinem Bruder Rolf, den schon damals manche „Bolle" nannten, immer nur „Bulla". Komischerweise lernten sie schneller Schimpfwörter als alles andere.* **Rechts der Lothar Müller und ich an der Fasnet.**

So war ihre Hauptantwort auf alles, was sie nicht verstanden: „Halt die Gusche", auf Schwenningerisch: „Halt dee Gosch", also halt den Mund. Bis wir uns gegenseitig

wirklich genau verstanden, dauerte es einige Zeit, aber die Burschen wurden so richtig gute Kumpels. Heiner, der Älteste, fing nach der Schule seinerzeit bei der Firma Bürk zu arbeiten an, er war geschickt, erfasste schnell und konnte überall eingesetzt werden. Mit dem Lothar, der in meinem Alter war, erlebte ich eigentlich die erste richtige Fasnet. Wir zogen zusammen in allen möglichen Lokalen rum, um etwas zu erleben, aber wenn ich heute so drüber nachdenke, was wir eigentlich erleben wollten, das wusten wir damals auch noch nicht so genau, ich denke, es hatte irgendetwas mit Frauen zu tun! Später wurden wir dann zusammen konfirmiert und waren noch eine ganze Zeit lang befreundet.

Sauerkraut, Surkruut

Ich glaube, wie so viele späte Kriegsheimkehrer hatte unser Vati einen großen Appetit auf alle Speisen, die er noch von früher, also vor seiner Wehrmachtszeit her kannte. Und so sollte Munni viel deftiges Essen auf den Tisch bringen. Am liebsten aß er Saures, also auf Schwenningerisch sure Leber, sure Erdepfelrädle (dünne saure Kartoffelscheiben), sure Bohne und am allerliebsten Surkruut also Sauerkraut. So hatte er eines Tages die gute Idee, wir machen unser eigenes Sauerkraut.

Links die Krutstande.

Eine sogenannte Krutstande,(Krautstande) ein hohes Steingutgefäß, in welches das eingesalzene, gehobelte Weißkraut in Lagen geschichtet wurde lieh sich Vati vom, Vadder Strohm. Den Kruthobbel (Krauthobel) bekam er vom Großvater Jakob. Die Krautköpfe und das Salz holten wir dann im Leiterwagen vom Lebensmittelhändler Bux. dann ging es ans Hobeln, sachkundig hatte sich auch Vadder eingefunden, der den Hobel festhielt. **Rechts der Kruthobbel**

Immer eine dicke Schicht Kraut, dann kam eine Handvoll Salz darüber und ich glaube auch einige Lorbeerblätter, Wacholderbeeren und Nelken. So ging es weiter, bis die Stande voll war. Dazwischen wurde das noch lose Kraut immer mal wieder mit einem Stampfer zusammengedrückt. Oben

kam dann ein grobes Tuch darüber, das mit zwei halbkreisförmigen, etwa 1,5 cm dicken Brettchen und zwei schweren Steinen abgedeckt wurde.

Der Krutstampfer.

Da es in unserer jetzigen Wohnung über der Werkstatt keinen Keller gab, musste unsere Krutstande unter der Treppe abgestellt werden. In der Folge-zeit stank unser Hausgang über ein gutes halbes Jahr nach Sauerkraut, aber geschmeckt hat es wunderbar, und auch im nächsten Jahr gab es wieder eigenes Sauerkraut.

Unsere Hasen

Weil es seinerzeit bei uns immer noch an Fleisch fehlte, sagte Vati eines Tages: „Wir schaffen uns Hasen an.“ Wir Kinder waren nicht sehr begeistert von dieser Idee, denn die Hasen sollten ja später auch geschlachtet und gegessen werden.

Rechts Hasenstall, ähnlich wie unserer damals.

Aber Vati ließ sich von seinen Plänen nicht abbringen. Vorher musste aber erst einmal eine ordentliche Behausung für unsere kommenden Mitbewohner gebaut werden. Unter fachkundiger Beratung vom Vadder ging es an die Arbeit. Ein richtig komfortabler Stall wurde gebaut, etwa 1,6 m hoch und fast zwei Meter breit mit zusammen 9 einzelnen Ställen. Das Ganze stand auf 10 Beinen. Wir Kinder hatten ab jetzt die Aufgabe, die kurz darauf eintreffenden, noch kleinen Häschen zu füttern. Dazu mussten wir jeden Tag Löwenzahn, also „Soachbloame“, oder sonstiges Grünzeug sammeln, dann die Ställe ausmisten und unsere kleinen Hausgenossen betreuen. Wir liebten sie und gaben ihnen Namen, und so etwas Hübsches sollte man dann später essen? Eines dieser Tiere war uns besonders ans Herz gewachsen. Er oder sie hieß Ruh, hatte komischerweise ein graues Angorafell und ging auf jeden Besucher los, wenn wir ihn vor dem Stall laufen ließen. Nur wir durften ihn streicheln, alle andere Personen knurrte er an, und wenn ihn ein Fremder anfassen wollte, biss er ihn. Doch eines Tages sollte auch er geschlachtet werden, wir drei Kinder und Munni waren entsetzt.

Links Häsin und ihre Jungen.

Aber Vati war unerbittlich, als dann der duftende Hasenbraten auf dem Tisch stand, liefen wir alle weinend davon. Von dem Zeitpunkt an, gab es bei uns keine Hasen, folglich auch keinen Hasenbraten mehr.

Am Marbacher Steinbruch

Irgendeiner aus unserer großen Clique kam eines Tages auf die tolle Idee, wir könnten doch einmal zum Marbacher Steinbruch laufen und dort nach Versteinerungen suchen. Wir waren etwa fünf bis sechs Buben aus der Uhlandstraße, darunter mein Bruder Rolf. Kurz nach dem Essen machten wir uns auf den Weg. Niemand von uns war bis jetzt dort am Steinbruch gewesen, wir wussten also nicht, was uns dort erwartete. Als wir dann an den wenigen Häusern des Weilers Zollhäusle vorbeikamen, war es nicht mehr weit. Kurz darauf überholte uns links, auf der anderen Straßenseite zum Steinbruch, schnaufend das Zügle von Dürrheim nach Marbach, ein paar Wagen hinter sich herziehend. Wenig später hatten wir den alten Steinbruch erreicht, er war für unser Verständnis riesig und die Steinwände im Hintergrund sehr hoch. **Wie das Zügle von Dürrheim nach Marbach.**

Nur wenige Arbeiter waren hier und niemand bemerkte uns. Anfangs versuchten wir noch durch Steineklopfen, Versteinerungen aus dem Gestein zu lösen, das hier überall herumlag, bis uns dann auffiel, dass die hier gefundene Gesteinsart gar keine Versteinerungen enthielt. Darauf schauten wir uns ein wenig um, überall lagen, größere und kleinere, für Bautätigkeiten vorbereitete Steinhaufen, ein uralter Raupenschlepper rumpelte über das Gelände. Ein Arbeiter kam auf uns zu und fragte barsch: „Was sucht ihr hier, habt ihr die Absperrung nicht bemerkt". Als wir verneinten, ging er mit uns zum Ausgang, und siehe da, eine Absperrung war nicht vorhanden. Doch dann zeigte er uns ein Schild, auf dem stand: „Betreten verboten". Schade, aber dann mussten wir den Steinbruch wohl oder übel wieder verlassen. Einer von uns fragte dann noch, ob hier im Steinbruch auch gesprengt würde, doch der Arbeiter sagte uns, daß die Franzosen eine Sprengung momentan noch nicht genehmigten. **Rechts der verlassene Marbacher Steinbruch.**

Auf dem Heimweg diskutierten wir noch einige Zeit, warum wir hier keine Versteinerungen gefunden hatten. Als mein Bruder Rolf und ich heimkamen, bemerkten wir als Erstes unseren Riesenhunger. Munni war nicht zuhause, und so machten wir uns auf die Suche nach etwas Essbarem und fanden ein frisches Brot, das unsere Mutter für den kommenden Tag gekauft hatte Als Munni nach Hause kam, war sie völlig entgeistert, als sie entdeckte, dass wir beide das ganze Brot bis auf einen winzigen Rest aufgegessen hatten. Daraufhin schickte sie meinen Bruder noch schnell zum Uhlandbeck, um ein neues Brot zu holen.

Der Uhlandsträßler Ausflug

Wie zum letzten Mal vor dem Krieg, im Jahr 1938, entschlossen sich die Bewohner der unteren Uhlandstraße, wieder mal einen gemeinsamen Ausflug zu machen. Inzwischen ging es den Menschen ja auch um einiges besser, und damit war auch die Lust an einem gemeinschaftlichen Unternehmen gestiegen. Die Busse der „Schwenninger Straßenbahn" würden dazu auch kostenlos, wie schon früher, von den Bürks gestellt. Davor gab es jedoch dieses Jahr etwas ganz Besonderes, und zwar eine unentgeltliche Zeitung, die „Neueste Nachrichten aus der Uhlandstraße", die an alle Haushalte in der unteren und einige der oberen Uhlandstraße verteilt wurde.

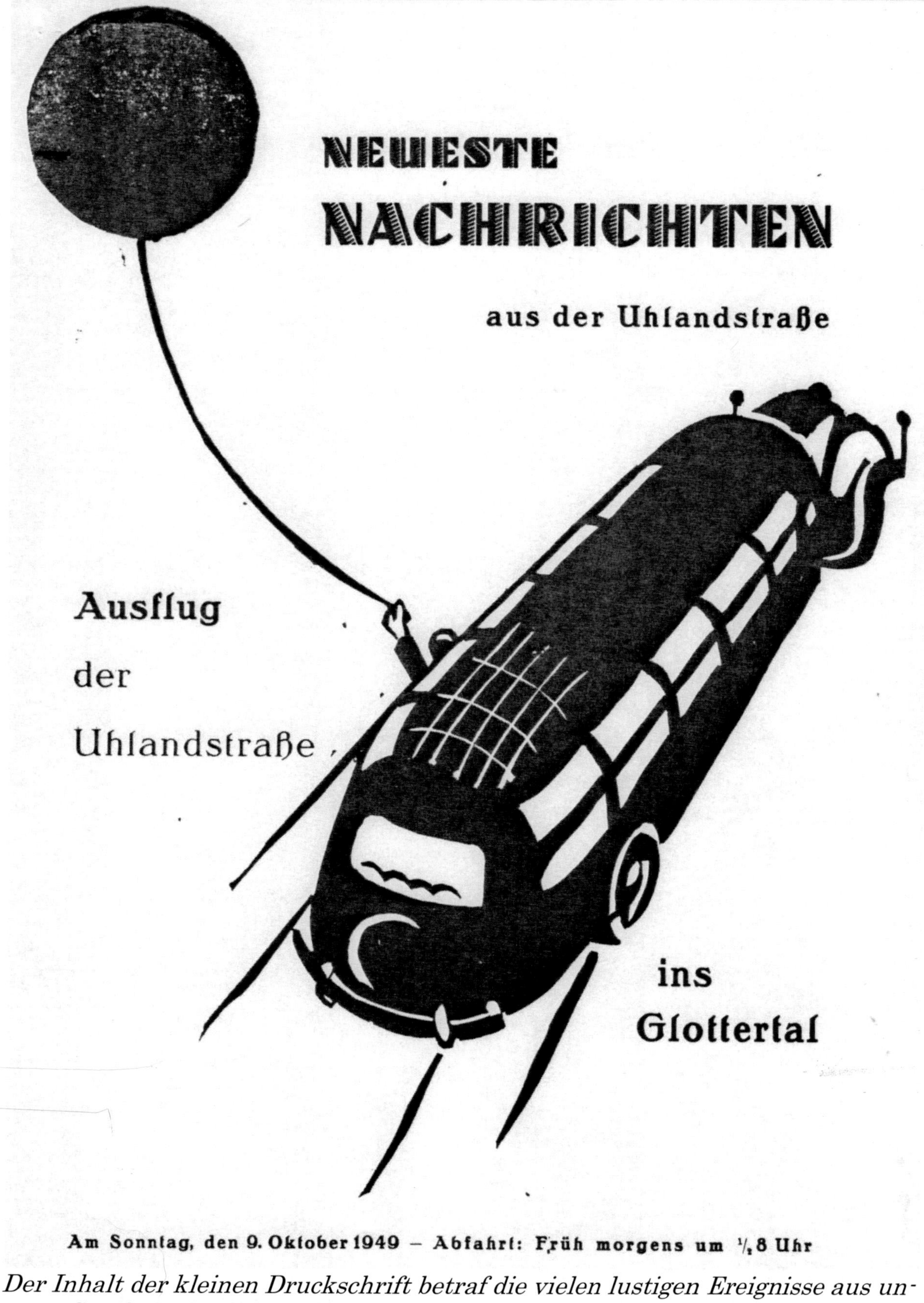

Der Inhalt der kleinen Druckschrift betraf die vielen lustigen Ereignisse aus unserer Straße in der letzten Zeit. Alles war überspitzt glossiert und genauestens beschrieben, sodass jeder, der irgendetwas angestellt (ausgefressen) hatte oder

durch ein Vorkommnis aufgefallen war, in diesem Blättchen sein Fett abbekam.

Unten kleine Begebenheiten aus der Ausflugszeitung.

Gebe gratis
oder gegen lieben Blick (harmlos)
frischgekühltes **BIER** ab.
Bärenpeter.

Vermißt
wird seit Samstagfrüh ein saftiger
Sonntagsbraten
(noch im Rohzustand)
auf den sich eine brave Familie gefreut hatte. – Aufbewahrungsort: Küchenveranda. Der ehrliche Finder wird gebeten, denselben
bei Frau Fetzer
(z. Zt. im Glottertal) abzugeben.
Oder hat ihn die Katz gefressen?

Wer raucht hier
die dickste Zigarre?
Dös bin i!
PAULA.

Suche dringend
Schach-Unterricht
Gebe dafür
einige Bretter
im Tausch.
Strohms Reinhold.

Schlankheitsmittel
von sämtl. Damen der Uhlandstraße **dringendst gesucht.**
Stadträtin a. D.

Bringe jeden Hund,

selbst den zahmsten, zur **Verzweiflung**
Bei mir bellt alles!
Herbertle.

Rezept

Allen lieben mitleidenden Nachbarn teile ich bereitwilligst mit, wie ich in ganz kurzer Zeit von meinem chronischen Leiden – bitter-saure Miene – geheilt wurde durch Genuß von richtiger Dosis bayrischem Gebirgshonig.

Dauererfolg
für süss-heitere Miene
garantiert!
Sprechstunden bis 22.00 Uhr
Frau **Martha Seiz**
unt. Uhlandstr. 11, 2. Stock b. Fam. Dr. Z.

Onkel Bernd fragt:
Wer leiht mir einen Pickel zum Heiraten?

FRAGE?
Warum tragen die jüngeren Herrn die Krachledernen aufgeschlagen und die älteren Herrn nicht aufgeschlagen?
Antwort erteilt **Frau Fetzer**

Für das schönste
„Treppen"-schneiden
empfiehlt sich
Friseursalon Hurleschnauzer.

Habe noch einige
Sylvester-Scherzartikel
auf Lager, ebenfalls bestens
ungestimmte Instrumente
Musik-Karle.

Liefere alles für das Bett!
Einwandfrei gereinigt
Bettfedere-Jakob.

Als Reisebegleiterin
wird junge, hübsche
Dame gesucht
Vermögen erwünscht.
(ungeschminkt!)
Lichtbild an **W. Weisbrod**

Wachhund für Zwillinge verloren gegangen! Abzugeben b. Dacklichen, schwarz-weiß gestreiften
Sepp u. Lena.

Empfehle mich im
Hennenstutzen
(langjährige Erfahrung)
H. Strom.

WITZE
neu eingetroffen!
Nur für Herren!
Zusendung diskret
in geschlossenem Umschlag.
An gut bekannte Damen gratis.
Rominger jr

Habe meine „alte Schlappa" verloren!
Wo ist sie?
Kehre zurück, alles vergeben!
Dein Hugo.

Öffentl. Rechnung

an Fam. Jauch-Würthner für Hund „Zanker":

1× **saure Kuttle**	3.00
1× **Bratkartoffeln m. Schmotz**	1.50
2× **bel. Schiffle m. Butter**	1.00
	5.50

Sofort zahlbar!

Tausch-Anzeige:
Biete 14 Hasen
Suche prima Auto
W. Weisbrod.

Wir hätten gern für alle Teilnehmer einen Wecken gestiftet – aber dös können wir - itt mache!
Uhlandbäck.

Am Sonntag, dem 9. Oktober 1949, morgens um halbacht fuhren wir dann über Donaueschingen und das Höllental in Richtung Freiburg. Unser Bus war bis auf den letzten Platz besetzt, und es herrschte wie üblicherweise bei solchen Fahrten eine tolle Stimmung. Um 10 Uhr wurde in Freiburg auf dem Münsterplatz angehalten, und jeder bekam eine Brezel vom Uhlandbeck und dazu eine oder zwei

Flaschen Bier bzw. Sprudel vom Christian Kaufmann überreicht. Der Christian, der ja immer zu einem Späßle aufgelegt war, hatte noch am Abend vor dem Ausflug mit der Ruth Bürk rumgealbert, weil sie ihm unterstellt hatte, er sei ein alter Geizkragen und würde nichts, nicht einmal einen Sprudel für den Ausflug spendieren.

Links Ruth Bürk, Christian Kaufmann, Maria und Engelbert Fetzer vor dem Bus.

Aber da war sie beim Christian an den Falschen geraten, die ganzen Getränke waren gespendet, denn bei so etwas ließ er sich nicht lumpen. Auch manche Familien wollten mit ihren verschiedenen Kuchenspenden zu einem gelungenen Ausflug beitragen und so war vieles im Übermaß vorhanden. Nach einer kurzen Münsterbesichtigung ging es mit dem Bus weiter, hoch zum Freiburger Hausberg, dem Schloßberg, auf den damals noch keine Seilbahn führte. Nach einer kleinen Wanderung rund um den Berg fuhren wir weiter über Ihringen am Kaiserstuhl in Richtung Breisach zum Kaffeetrinken. Inzwischen hatte sich das Wetter eingetrübt, und so ging es wieder zurück über Denzlingen ins Glottertal, dort hielten wir vor dem Wirtshaus „Hirschen". Im Gasthof wurden wir schon erwartet, die niedere Stube strahlte Gemütlichkeit aus und etliche Tische waren schön eingedeckt.

Nachdem wir unsere Plätze eingenommen und die Getränke eingeschenkt waren, kamen große Terrinen mit dampfender feiner Nudelsuppe auf den Tisch.

Rechts das Gasthaus Hirschen im Glottertal.

Eine Zeit lang hörte man jetzt nur noch das Klappern der Löffel im Teller, welches nur manchmal durch das geräuschvolle Schlürfen eines Tischgenossen unterbrochen wurde. Auch der anschließende Hauptgang, gemischter Braten, mit Gemüse, Kartoffeln und Spätzle, schmeckten ausgezeichnet. Dazu wurde auch immer wieder nachgereicht. Als den Erwachsenen dann auch noch ein Verrießerle, also ein Schnäpsle, zur besseren Verdauung eingeschenkt wurde, waren alle Ausflügler mehr als zufrieden, und manche oder mancher streichelte über sein volles Bäuchlein. Irgendetwas gab es dann auch noch zum Nachtisch, ich glaube, es war der

noch übrige Kuchen vom Tag, der da aufgetischt wurde. Anschließend kam dann die große Stunde unseres Musikers, des Ziehorglers Hans Müller, (Musikmüller), der alle Personen zum Schunkeln und Tanzen aufforderte.

Unser Ziehorgler (Akkordeonspieler) Hans Müller (Musikmüller).

Da walzte und wogte es über die freigeräumte Fläche, dass es eine wahre Pracht war. Es wurde gesungen, geschunkelt, und getanzt. Manche Zeitgenossin oder Zeitgenosse plumpsten, wegen der ungewohnten Anstrengungen bei einer Polka oder einem Walzer nach Luft japsend auf ihren Stuhl. Doch irgendwann ging auch dieser schöne Tag zu Ende und wir fuhren bei leichtem Nieselregen wieder zurück nach Schwenningen. Lange noch wurde in unserer Straße über den tollen Ausflug gesprochen. Irgendwann im nächsten Frühjahr führte dann der Oskar Bahnholzer, dessen Drogerie direkt gegenüber dem Württemberger Hof lag, im Nebenzimmer des Gasthauses seine vielen Dias vor, die er von unserem Ausflug aufgenommen hatte.

Rechts die Drogerie Bahnholzer.

Zu jener Zeit existierten immer noch viele Filme und Bilder von ihm, die er bei jedem Fest oder Ausflug von den Menschen der Uhlandstraße gemacht hatte. Auch viele unserer Jugendbilder hatte der Oskar geknipst.

Die erste Messe „Südwest stellt aus" über Pfingsten 1950

Die erste „Südwest stellt aus“ wurde damals direkt neben der Friedensschule aufgebaut. Diese, seinerzeit im Zeichen des Wiederaufbaus und der erstarkten Wirtschaft konzipierte Messe wurde von Stadtbaumeister Karl Borzer und Kulturamtsleiter Werner Gräber quasi im Hauruckverfahren aus dem Boden gestampft. Beide brachten bezüglich des Ausstellungswesens keinerlei Erfahrung mit, wie Werner Gräber später in seinen „Erinnerungen aus sieben Jahrzehnten“ schrieb. Die seinerzeit über Pfingsten im Jahr 1950 auf der Straße in Richtung Sauerwa-sen eröffnete Messe dauerte zwei Wochen. Sie war eine Verbrauchermesse und zu jener Zeit im südwestdeutschen Raum noch etwas Besonderes. Wir Kinder und Munni freuten uns daher sehr als Vati mit uns am Pfingstsamstag die Messe besuchte.

1953 wurde die Messe an das Gelände an der Dürrheimer Straße verlegt. Später bekam sie den neuen Namen „Südwest – Messe“.

Das Gewimmel der Menschen war für jene Zeit sehr groß, dazu war es in den Zelten heiß und stickig doch all das machte uns nichts aus. Mit großen Augen umlagerten wir die einzelnen Stände und bestaunten die dort ausgestellten Waren. Anschließend durften wir auf den dortigen Vergnügungspark und etliche Runden Kettenkarus-sell und Boxauto fahren. Vati kaufte einen neuen Kruuthobbel (Krauthobel) und Munni bekam ein am Tisch anschraubbares Gerät, mit dem man Kartoffeln schälen konnte. (Es war unpraktisch und wurde nie benützt.)

„Ufem Joohrmärt“ *(auf dem Jahrmarkt)*

Bei den Worten Kettenkarusell und Boxauto fallen mir noch die vielen schönen und glücklichen Stunden ein, die wir jedes Jahr im Frühling und Herbst „Ufem Joohrmärt“ verbrachten.

Anfangs war es nur ein Kettenkarusell, sowie eines, das im Kreis herum fuhr mit Feuerwehr- Polizeiautos und Motorrädern für die Kleinen. Später gab es auch noch Boxautos. Dazu die Schieß- und Losbuden; und nicht zu vergessen die Stände mit Zuckerwatte, gebrannten Mandeln und Türkischem Honig. Der Türkische Honig wurde damals vom Erwin Kirgiss mit den Sprüchen: „Wer einmal leckt, der weiß wies schmeckt, der leckt die ganze Bude weg“ oder kürzer: „Lekka, lekka, zuck, zuck, zuck“, angepriesen. Schon allein wegen der Sprüche und der großzügig verteilten Kostproben war sein Stand immer dicht umlagert. Genauso wie der „Vogeljakob“, der hatte ein kleines Pappblatt, verstärkt mit einem Metallstück im Mund und war mit seinem „Pfiefle“ über den ganzen Markt zu hören

Karl-Otto Kadau, mein neuer Lehrer

Als 1950 nach den großen Ferien im Herbst wieder ein neues Schuljahr anfing, stellte sich der Klasse auch ein neuer Lehrer vor, wir hatten natürlich insgeheim gehofft, unseren „Onkel Erich" weiter zu behalten. Der Neue hieß Karl-Otto Kadau. Er war groß, hatte ein wenig schütteres, glatt nach hinten gekämmtes, aschblondes Haar und hinkte leicht. Nach der allmorgendlichen Begrüßung las er uns ab und zu aus einem kleinen Buch einen Morgenspruch vor, über den wir dann manchmal diskutierten. Auf die musischen Fächer legte er überhaupt großen Wert. Hatten wir noch in der Klasse Bilger „Singen und Musikpflege" beim Lehrer Schneck gehabt, so wurden wir jetzt in Musik von unserem Lehrer Karl-Otto unterrichtet. Herr Kadau war selber ein begeisterter Sänger und spielte uns auch gekonnt manche Tonfolge auf seiner Blockflöte vor. So sind mir von den vielen Liedern aus der damaligen Zeit noch vier im Gedächtnis, die wir seinerzeit gelernt und die auch heute noch überall gesungen werden. Es waren im Grunde genommen eigentlich Volkslieder und sie hießen: „An der Saale hellem Strande", „Wahre Freundschaft soll nicht wanken", „Bunt sind schon die Wälder" und „Die Gedanken sind frei", diese und noch viele andere Melodien haben wir seinerzeit gelernt. Und zumindest, der erste Vers ist mir auch heute noch von einigen dieser Lieder geläufig. Als wir zwei Jahre später in der 8. Klasse die Volksschule verließen, waren viele von uns eifrige Sänger. Natürlich außer denen, die schon oder noch im „Stimmbruch" waren.

Meine Klasse mit dem Lehrer Karl-Otto Kadau im Frühling des Jahr 1950, zu der Zeit lag ich mit einem gebrochenen Bein im alten Schwenninger Krankenhaus.

Zum Schulabschluss führten wir als Höhepunkt auf der Bühne des Hotel Adler ein Märchen, eine Art Gesangspiel auf, das sich der „Der flötende Hirte“, nannte.

Das ehemalige Hotel Adler.

Von dem weiß ich nur noch, dass ich einen Bewacher spielen durfte. Das Stück war eine Art Kindermärchen, so erklärte es uns Herr Kadau. Daheim hatte ich mir ein Schild und einen Speer für den Auftritt gebastelt. Ich kann mich auch noch erinnern, dass wir statt Fahnen zur Kennzeichnung der verschiedenen Gruppen beschriftete Tafeln hatten, die oben an Stöcken befestigt waren und beim Szenenwechsel hochgehoben werden mussten. Diejenigen, die die Tafeln herumtrugen, wurden dann später von uns „Däfilebube“ genannt. In Staatsbürgerkunde und Geschichte streifte unser Lehrer gerne die alte deutsche und württembergische Geschichte, ließ aber die neuere Zeit und den Krieg ganz aus. Das Gesamtfach Deutsch bestand damals aus Lesen, Rechtschreiben, Aufsatz und Sprachlehre und wurde auch einzeln benotet. Herr Kadau liebte gute Aufsätze und freute sich mit uns, wenn wir fehlerfreie Diktate ablieferten. Da ich nie eine schöne Schrift hatte, konnte ich daher bei den Schönschreibern in der Klasse nicht mithalten, darin habe ich es nie zu mehr als einem Befriedigend gebracht. In Natur- und Erdkunde sowie Rechnen und Raumlehre insgesamt versuchte Herr Kadau uns entsprechend dem Lehrplan auf den neuesten Stand zu bringen. Auch auf das Fach Leibesübungen legte er besonderen Wert. Im Sommer, wenn es das Wetter einigermaßen zuließ, tummelten wir uns im Freibad.
Bei Schmuddelwetter und im Winter schwammen wir im großen Becken der Friedensschule unsere Runden, oder lernten den „Köpfer“ vom Einmeterbrett. Leider beherrsche ich den aber bis heute nicht richtig, denn bei mir wird es immer mehr oder weniger ein Bauchpflatscher.

Das Hallenbad in der Friedensschule.

Die Schule hieß früher Hans- Schemm- Schule und war ja im Krieg ein deutsches Lazarett. Irgendwann im Januar fragte unser Lehrer, wer alles Langlaufschier oder einen Rodelschlitten hätte, wir könnten uns ja an der „Mühlhausemer Halde“ zum Schi- oder Rodelfahren treffen. Nachdem ich im Januar zum Geburtstag von meiner Öhm Schier bekommen hatte, war ich voller Stolz bei den Schifahrern dabei. Es war ein sonniger, warmer Wintertag, und der tiefe Schnee war schon leicht sulzig, als uns unser Lehrer gegen zwei Uhr in Mühlhausen begrüßte.
Nachdem wir einige Zeit an der Halde gefahren waren, wollten wir an einem anderen Hang fahren. Die Spur war tief, ich fuhr im letzten Drittel, als plötzlich,

schräg von rechts, eine andere tiefe Spur unseren Weg kreuzte. Innerhalb von Sekunden zog es meinen linken Schi in die andere Spur, dann krachte es, und ich lag auf dem Boden. Herr Kadau, der als Letzter daherkam, sagte nur: „Kerl, was hascht denn gmacht" und löste meine Bindung. Dann tastete er vorsichtig mein ganzes linkes Bein ab und sagte: „Ich glaube, dein Unterschenkel ist gebrochen", rief dann zwei meiner Rodel fahrenden Schulfreunde mit den Worten her: „Stellt mal eure Schlitten so dahin, dass wir euern Kameraden drauflegen können." Ich wollte aufstehen und stieß einen Schrei aus, denn ich merkte sofort an meinen Schmerzen, dass ich nicht mehr alleine hochkam. Meine Kumpel und unser Lehrer legten mich dann auf die zusammen gebundenen Schlitten. Gemeinsam schafften sie mich, während einer lenkte und zwei hinten bremsten, die Holperpiste runter bis zur Straße. Gott sei Dank war es nicht sehr weit, doch ab und zu stieß ich einen Schmerzenslaut aus, während mir die Tränen runterliefen. Die Straße ging von Weigheim nach Mühlhausen. Herr Kadau hielt das erstbeste Auto an, welches in Richtung Schwenningen fuhr, es war groß genug und hatte vier Türen, so dass sie mich quer hinten reinlegen konnten, vorne auf den Beifahrersitz setzte sich unser Lehrer. Vor dem Schwenninger Krankenhaus in der Mauthestrasse stoppte der Wagen.

Rechts das alte Schwenninger Kranken-haus Ecke Mauthe- und Salinenstraße

Zwei Krankenpfleger brachten mich dann auf einer Trage in ein Behandlungszimmer. Sie zogen mir vorsichtig Hose, Stiefel und Strümpfe aus, doch es tat mir trotzdem furchtbar weh und wieder liefen bei mir die Tränen. Doch dann kam auch schon ein älterer Arzt mit einer Krankenschwester in den Raum und sah sich mein Bein an. Er sagte etwas zu der Schwester, worauf die mir eine Spritze gab.

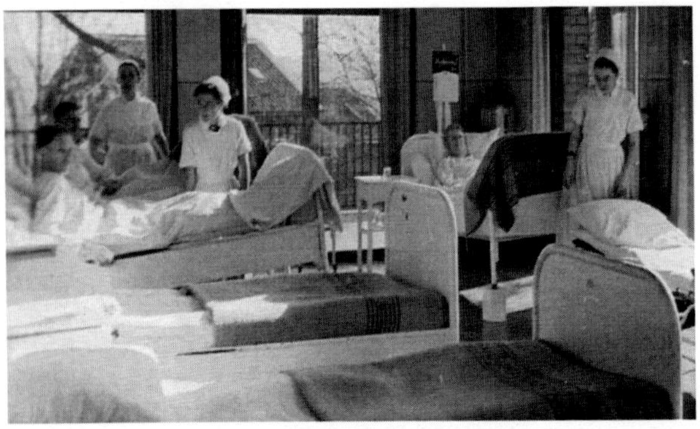

Ein Krankensaal um 1950

Irgendwann gegen Abend wachte ich dann in einem weißen Bett auf. Ich befand mich in einem großen Krankensaal mit 8 bis 10 Betten.

Unter meiner Bettdecke befand sich ein halbrunder Holzkäfig, darunter lag mein ganzes linkes Bein in einem Gips fast bis oben zur Leiste. Ich hatte aber doch nur den Unterschenkel gebrochen!

Rechtes Bild, links mein Schulfreund Ulli Liebler und rechts mein Bruder Rolf.

Kurz vor Besucherschluss, damals gab es das noch, kam Munni vorbei und nahm mich in den Arm, wobei ich mich jedoch ein wenig vor den anderen Patienten genierte. Sie hatte von dem Unfall durch meinen Schulkameraden Uli Liebler erfahren, der vom Lehrer Kadau beauftragt wurde, meine Schier heim in die Uhlandstraße zu bringen und dort von meinem Unfall zu berichten. Munni, Strohms, meine Brüder und einige meiner Schulkameraden besuchten mich ab und zu in den nächsten Wochen. Zwei oder drei Mal kam auch mein Lehrer Herr Kadau vorbei. Da ich bei Weitem der jüngste Patient in diesem großen Raum mit teilweise sehr alten Männern war, wurde ich bald für die meisten so eine Art Maskottchen. Sie verwöhnten mich, wo es nur ging, auf meinem Spind standen immer das restliche Obst und die übrigen Nachspeisen. Beinahe jeden Abend wurde im Saal gesungen, und da fast alle der Männer Kriegsveteranen waren, manche sogar noch aus dem ersten Weltkrieg, sangen sie oft Lieder, die ich noch nie gehört hatte.

Die Kapitulation des französischen Kaisers Napoleon in Sedan 1870.

Die meisten Texte klangen sehr schwermütig und handelten fast immer vom frühen Tod, wie das Lied vom Argonnerwald. Einige jedoch auch von alten Siegen, mit „Glanz und Glorie“. Besonders aufgefallen ist es mir, wenn sie das Lied „Fern bei Sedan“, sangen, aus dem gewonnenen Krieg gegen die Franzosen 1870 bis 71. Da hatte ich manchmal das Gefühl, dass einige danach schluchzten. Vielleicht habe ich mich aber auch getäuscht. Ich weiß heute nicht mehr, wie lange ich im Krankenhaus lag, aber ich glaube, seinerzeit waren es vier bis sechs Wochen.

Der neue Religionslehrer,

Wie beim Wechsel vom Lehrer Bilger zum Lehrer Kadau bekamen wir auch einen neuen Religionslehrer, den Stadtpfarrer Bernhard Lörcher. Er hatte schütteres, nach hinten gekämmtes graublondes Haar und eine Riesenschar Kinder, ich glaube, es waren 14 also mehr als eine Fußballmann schaft. Die Lörchers kamen erst 1947 nach Schwenningen, ab 1950 kam dann Pfarrer Bernhard Lörcher in unsere Klasse in die Gartenschule.

Das renovierte evangelische Pfarrhaus

Herr Löcher sah schlecht und trug daher eine starke Brille, zum Unterricht kam er regelmäßig zu spät. Ob er geschwollene Polypen oder Rachenmandeln hatte, weiß ich nicht, aber oft schniefte er sehr laut. In der „Rele“, so nannten wir den Religionsunterricht, nahm er häufig das Neue Testament vor und ließ uns dann daraus Sprüche und Psalmen pauken. Natürlich nur die protestantischen Schüler, mein Nebensitzer Werner Weyler war freireligiös, er hatte in dieser Stunde dann keinen Unterricht. Eines Tages stellten ein paar Mitschüler dem Pfarrer eine Falle. Sie spannten einen dünnen Bindfaden in den Türrahmen. Als er zum Unterricht kam und dagegentrat, erschrak er, sodass er stolperte und beinahe hingefallen wäre. Zuerst waren wir erschrocken, doch

dann mussten wir natürlich lachen. Da er den Faden nicht bemerkte, tat er den Vorgang als eigene Ungeschicklichkeit ab. Es war schon in der letzten Klasse, da haben ein paar Schüler Zigaretten gepafft und den Rauch mittels eines Strohhalmes in seinen Spind geblasen. Als er den Schrank öffnete, kam ihm eine richtige Qualmwolke entgegen, er rief: „Feuer“ und schlug schnell die Tür wieder zu. Nachdem er aber bemerkte, dass die ganze Klasse ruhig blieb und der Qualm seltsam nach Zigaretten roch, machte er noch einmal ganz vorsichtig die Schranktür auf und fand natürlich kein Feuer . Worauf die ganze Klasse kicherte. Er bekam einen knallroten, Kopf und klopfte erregt und wütenden mit beiden Händen auf das Pult, bis er sich dann langsam wieder beruhigte. Ich glaube, wenn er kein Pfarrer gewesen wäre, hätte er si-cher ordentlich geflucht, vielleicht aber auch nur gegrinst. Doch die Niederlage ließ er sich nicht anmerken. Spaß konnte er meiner Meinung nach sowieso nicht gut vertragen, und so durften wir in dieser, und in den nächsten Stunden lange Bibelverse auswendig lernen.

Der Konfirmationsanzug

Die Großens besaßen damals ein florierendes Schneiderei-Geschäft Ecke Scharnhorst-Karlstraße und waren Bekante meiner Eltern. Herr Groß war klein, ein wenig massig, wurde Tony genannt und war ein geselliger lebhafter Mensch. Seine Frau Anni war dagegen ganz das Gegenteil, streng, groß und Respekt einflößend.
Ein Sohn, Hans, er war in meinem Alter, gehörte auch noch zur Familie, da jedoch die Großens katholisch waren, ging er in eine andere Schule. Die Großens und meine Eltern kamen in jener Zeit öfter zusammen, sei es zu Geburtstagen oder sonstigen Festen. Irgendwann fragte mich der Tony, ob ich ihm nicht ab und zu helfen könnte, seine fertigen Waren, Anzüge, Kostüme, Mäntel und Hosen auszuliefern, also zu den Kunden zu bringen.

Mein Konfirmationsanzug

Viele Kunden würden ja auch ein ordentliches Trinkgeld geben, und einen schönen Anzug zu meiner Konfirmation würde er mir dann kostenlos anfertigen und natürlich auch den Stoff stellen, wie er noch lachend hinzufügte. So kam es dann, dass ich fast jeden Nachmittag nach der Schule mit meinem Fahrrad zum Laden von Großens fuhr, dort meine Waren zum Austragen in Empfang nahm und damit meine Runden drehte. Mit dem Trinkgeld war es eigentlich nicht so weit her, doch ab und zu kam, zu den manchmal 10 bis 20 Pfennigen Trägerlohn, auch mal ein Fünfziger und ein- oder zweimal sogar eine D-Mark dazu.

Unser Kino das „Capitol“,

Denn brauchen konnte ich das Geld natürlich auch, und zwar fürs Kino. Immer sonntags um 13.15 Uhr gab es im ***„Capitol“ dem Kino, in der Alleenstraße*** *eine Kindervorführung, und die kostete 50 Pfennig. Ich erinnere mich noch heute an manchen dieser Filme, darunter einen, der mir damals ganz besonders im Gedächtnis haften blieb,*

der Titel hieß: „Die Kinder von Mara Mara“ mit einer hellblonden, blauäugigen, braungebrannten Schönheit namens Helen, die wir seinerzeit alle anhimmelten. Die Handlung war etwa so: Über Weihnachten halfen fünf australische Kinder bei der Verfolgung und Verhaftung von Pferdedieben. Ich glaube, wir waren seinerzeit zwei- oder dreimal in der Vorführung. Meistens waren es jedoch Western mit den Hauptdarstellern „Tom Mix“ oder „Fuzzy“, die fast jede Woche liefen. Es waren anspruchslose Streifen, immer nach demselben Muster. Der Hauptdarsteller war Sheriff oder sonst irgendein raubeiniger Westernheld, der es oft mit einer ganzen Bande von Verbrechern aufnehmen musste. Fast immer hatte er dabei noch eine entführte Frau oder einen Bankier aus den Händen von den Banditen zu befreien. Manchmal ging es auch um gestohlene Rinderherden, um Postkutschen- oder Eisenbahn-Überfälle, um Goldsucher-Glück und um Kartenspieler-Pech. Überhaupt, wenn der wirklich urkomische „Fuzzy“ mitmischte, war der Film meistens sehr lustig.

Mein Freund Uli Ziegler

Genau in diese Zeit fiel auch mein damaliger Lesehunger. Westernromane wie „Billy Jenkins“, oder Landserromane aus dem letzten Krieg, verschlang ich geradezu. Derjenige, der das ermöglichte, war mein Freund Uli Ziegler, er war der Sohn des Verlegers Dr. Hans-Günther Ziegler die im unteren Eckhaus der Uhland- zur Erzbergerstraße lebten. Das Verlagshaus Kuhn befand sich damals in der Jakob-Kienzle-Straße 6. Dort wurden auch die Romane und unsere Tageszeitung „Die Neckarquelle“ gedruckt, Letztere gab es seinerzeit noch nicht täglich. Damals verband mich mit dem Uli eine tolle Freundschaft. Er kam aus einem begüterten Elternhaus! Bei ihnen hatte es selbst in der schlechten Zeit nach dem Krieg an nichts gefehlt, während seinerzeit viele Menschen hungerten. Auch unsere Munni versorgte uns damals entsprechend ihren begrenzten Möglichkeiten immer gut. Zudem musste sie uns ja auch noch alleine, also ohne unseren Vati, der ja in Gefangenschaft war, vor allen Nöten und Gefahren der Kriegs- und Nachkriegszeit beschützen. Dazu kleiden, ernähren, und, soweit es ihr möglich war, zu anständigen Menschen erziehen und das hat sie, wie ich glaube, ganz gut geschafft.

Der Geburtstags Kuchen

Der Uli Ziegler war mein Freund, der Jürgen Ziegler, sein jüngerer Bruder, der Freund meines Bruders Rolf und so kam es, dass mein Bruder Rolf und ich oft gemeinsam zu Geburtstagen bei Zieglers eingeladen wurden.

Von links Kinder der unteren Uhlandstraße Ingo Müller, ich, Jürgen Ziegler und mein Bruder Rolf.

Auch damals war wieder so ein Tag, wir waren zusammen eingeladen. Doch dann kam eine Geschichte, über die bei den Zieglers noch lange gelacht wurde. Mein Bruder aß schon immer gerne Süßes, doch diesmal übertraf er uns alle, denn er verputzte glatt 13 Stück Kuchen an dem Nachmittag.

Die Verlockung,

Eines Tages kam der Uli ganz aufgeregt daher, und erzählte mir von einer alten Flasche, die er hinter einem Regal im Keller gefunden hatte. Die vermisst sowieso keiner mehr, meinte er. Ob wir uns die Mal anschauen sollten, aber wir müssten achtgeben, dass uns niemand sieht. Das bezog sich fast immer auf seinen Vater, denn vor dem hatten wir alle einen Heiden-Respekt. Tage später, als er allein zu Hause war, holte er mich und wir besahen uns den Fund. Es war ein alter **„Deutscher Wermut" Jahrgang 1937** *aus der Zeit vor dem Krieg, und wir beschlossen, ihn zu versuchen. Vorausblickend hatte ich von daheim schon mal Gläser mitgenommen, den Korkenzieher hatte Uli besorgt. Als er mir einschenkte, duftete es würzig und intensiv. Jeder von uns nippte zuerst einmal, dann nahmen wir einen kleinen und anschließend einen kräftigen Schluck von dem Getränk, es schmeckte süßlich, ein wenig klebrig und hatte einen leicht bitteren Nachgeschmack. Als ich dann etliche Zeit später wieder aus Zieglers Haustür ins Freie trat, traf mich die frische Luft wie ein Blitz. Irgendwo in der Nachbarschaft wollte ich mich an einen Zaun anlehnen, doch der fiel um und ich mit ihm. Ich glaube, danach musste ich brechen! Wie ich nach Hause kam weiß ich nicht mehr, Munni war gottseidank nicht da, ich spülte mir noch den Mund aus und legte mich dann gleich ins Bett. Irgendwann nachts wachte ich mit einem brennenden Durstgefühl auf, meine Stirn war mit einem nassen Waschlappen bedeckt. Am nächsten Morgen fragte mich Munni ob ich krank wäre, oder was mir denn fehle, ich hätte komisch gerochen und die ganze Nacht wirres Zeug fantasiert. Den Uli sah ich damals zwei Tage nicht mehr!*

Der Anzug, Teil zwei

Doch zurück zur Schneiderei Groß und meinem Anzug. Ein- oder zweimal jede Woche musste ich mein im Werden begriffenes Konfirmationsgeschenk anprobieren. Ich war sehr stolz auf den Tony und sein Werk. Der Anzug sah toll aus, dunkel, ein Zweireiher entsprechend der damaligen Mode, mit sehr feinen roten Streifen.

Mein Konfirmations Anzug, dunkel mit feinen roten Streifen

Allerdings, wenn es einmal nicht richtig vorwärts ging, also irgendein Teil wieder abgetrennt werden musste, hatte ich immer ein klein wenig Angst, ob mein Festtagsgewand auch noch rechtzeitig zu meiner Konfirmation fertig werden würde. Er wurde fertig, und ich erhielt einen wunderschönen Anzug, mit dem ich so richtig „Staat" machen konnte, wie man damals sagte.

Der „Komfer" (Konfirmations-Unterricht)

Bei demselben Pfarrer Lörcher, der uns in der Schule in Religion unterrichtete, hatten wir inzwischen auch schon seit einiger Zeit Konfirmations-Unterricht. Bei meinen Mitteilnehmern handelte es sich um Schülerinnen und Schüler aus unserer Parallelklasse in der Gartenschule oder Mädchen und Buben aus der Ober- und Mittelschule. Wie schon vorher in der Gartenschule, kann ich mich noch gut entsinnen, dass wir unseren Pfarrer gerne foppten.

Das noch nicht restaurierte evangelische Pfarrhaus, hinten im Hof befand sich die umgebaute Pfarrscheuer. Die Straße führte damals noch zum Hotel Rössle.

So gab es uns bekannte ältere Burschen, die an Winterabenden so lange an die Fenster des Gemeindehauses in der ehemaligen umgebauten Pfarrscheuer klopften, bis der Pfarrer voller Wut herausgeschossen kam, natürlich war dann niemand mehr da. Das Ganze ging so weit, dass sie ihm irgendwann eine Rakete, einen sogenannten „Schweizer Kracher", auf dem Fensterbrett des Unterrichtsraumes anzündeten. Wir alle, natürlich auch unser Pfarrer, erschraken furchtbar. Keiner hatte mit so etwas gerechnet, aber das glaubte er uns nicht, denn er war der Meinung, wir wären die Anstifter gewesen, was ausnahmsweise nicht stimmte! Anschließend drohte er dreien von uns, dem Volker Braun, dem Volker Brotz und mir, uns nicht zu konfirmieren! Unsere Eltern wurden angeschrieben und zusammen mit uns zu einem Gespräch ins Pfarrhaus zitiert. Bei mir ging Munni mit, Vati hatte über die ganze Angelegenheit nur gegrinst. Nachdem wir drei jedoch immer wieder versicherten, nicht die Anstifter des Raketen-Abschusses gewesen zu sein, musste uns der Pfarrer wohl oder übel glauben und unseren Erziehungsberechtigten versprechen, uns zu konfirmieren. Die Angelegenheit wäre ja ohnehin ein schlechter Scherz gewesen, ein Pfarrer konnte ja nicht drei Jugendliche von der Konfirmation ausschließen, denen man nichts Nachteiliges beweisen konnte. Und was vielleicht noch erschwe-

rend hinzukam, jeder von uns Dreien hatte zu jener Zeit zufälligerweise auch noch einen Unfall gehabt und musste an Krücken laufen. Drei Invaliden nicht zu konfirmieren, das hätte ein schlechtes Licht auf ihn als Seelsorger und Pfarrer geworfen. Damals war ich schon gleich vor der ersten Unterrichtstunde aufgefallen, weil ich beim Betreten des Raumes auf Hochdeutsch fragte: „Bin ich hier richtig?" Was bei manchen meiner zukünftigen Urschwenninger Mitkonfirmanden Lachstürme auslöste, bis sie Herr Lörcher zur Ordnung rief. Ein Schwenninger hätte halt, wenn überhaupt, gefragt: „Bene doo reat"! Der „Komfer", so nannten wir unseren Unterricht, bestand zum Großteil im Auswendiglernen von Katechismustexten, Bibelversen oder geistlichen Liedern sowie dem Abfragen des Erlernten. Ab jetzt war auch der sonntägliche Kirchgang Pflicht. Nach der Kirche gab es zusätzlich für uns noch eine dreiviertel Stunde lang die sogenanntc „Christenlehre" bei einem der Kirchenältesten. Bei uns war es meistens der Müller Karl aus der Körnerstraße, er war ein freundlicher Mann, der sich alle Mühe gab, aus uns anständige und gute Christen zu machen. Der **Karl Müller rechts** *war ein Bruder des bekannten Malers Müller-Hansen und malte selber sehr schöne und natur-getreue Landschaftsbilder aus unserer Gegend.*

Marianne Haller, eine Mitkonfirmandin aus unserer Straße.

Irgendwann im Herbst erfuhren wir, dass unsere Gruppe am nächsten Samstag einen Konfirmanden-Ausflug nach Freiburg machen würde. Ich freute mich maßlos, besonders, da ich mich seinerzeit unsterblich in ein Mädchen aus unserer Gruppe verliebt hatte. Und so versuchte ich, im halbdunklen Innern des Freiburger Münsters immer in ihrer Nähe zu sein, denn im Bus oder sonst irgendwo war es kaum möglich, meistens befand sich irgendeine Freundin oder Freund in unserer Nähe, vor denen wir uns genierten! Aber ich weiß noch, nach vielen heimlichen Blicken hin und her tauschten wir einen leider viel zu kurzen Händedruck im Aufgang zum Turm, dabei steckte sie mir dann noch schnell ein Briefchen zu. Ich stürmte mit einer kurzen Erklärung, mir wäre schlecht an Pfarrer Lörcher vorbei schnell aus dem Münster ins Freie, um in einer stillen Ecke das Briefchen zu öffnen. Darin waren außer ein paar netten Zeilen noch zwei Fotos von ihrem Aufenthalt im Sommerurlaub in

Günzburg. Mir wurde heiß und kalt, ich hatte einen trockenen Mund und konnte kaum schlucken. Zu mir kam ich erst wieder, als mich ein Kamerad mit-fühlend nach meinem Befinden fragte, der Pfarrer hatte ihn geschickt. An diesem Tag gab es dann leider keine Gelegenheit mehr mit ihr zu reden.
Und später? Im Nachhinein denke ich, dass ich nie genug Mut für ein Gespräch besaß. Wenn ich sie sah, hatte ich, wie man so schön sagte „Schmetterlinge im Bauch". In ihrer Nähe klopfte mein Herz bis zum Hals, und das Blut stieg mir in den Kopf, sodass es mir fast schwindlig wurde, aber den Mut, mit ihr über meine Gefühle zu reden, den hatte ich nicht!

Der Umzug in die Hegelstraße. unserer neue Wohnung.

Inzwischen war noch etwas sehr Entscheidendes geschehen, ich, das heißt wir zogen Mitte Januar 1952 aus meiner geliebten Uhlandstraße weg. Unser Vati hatte, ebenfalls in Schwenningen in der Hegelstraße 90 bei einem Lehrer, Lehner im Erdgeschoss in dessen Haus eine neue Wohnung angemietet. Der ganze Umzug ging damals ohne mich vonstatten, denn ich lag ja zu jener Zeit mit meinem gebrochenen Unterschenkel im Krankenhaus. Ich war sehr traurig und vergoss ein paar heiße Tränen unter der Decke, als ich vom Wegzug aus der Uhlandstraße hörte. Genau am Tag unseres Umzugs, dem 26. Januar bekam gegenüber die Frau Maria Halder, die zweite Frau des Basilius Halder, aus dem Milchgeschäft, ihre Tochter Chlothilde.

Die Konfirmation Teil 2

Langsam nahte der große Tag, und ich hatte ein wenig Sorge, ob ich auch meinen Spruch, den Psalm 33: „Gottes Wort ist wahrhaftig, und was er zusagt, das hält er gewiss. Siehe, Gottes Auge achtet auf alle, die ihn fürchten, die auf seine Güte hoffen", ... vor der ganzen Kirchen-Gemeinde auswendig und ohne zu stocken aufsagen könne, oder ob ich stecken bleiben würde? Auf einmal ging alles sehr schnell, und der Tag meiner Konfirmation, der 23. März 1952 war da. Draußen vor dem Gotteshaus herrschte schönes Wetter. Wir drei Invaliden hatten schon vorher unsere Plätze in der Kirche eingenommen, während unsere Mitkonfirmanden in einem Umzug, allen voraus Stadtpfarrer Lörcher,

Meine Mitkonfirmanden auf dem Weg zur Kirche

anschließend die Knaben und dahinter die Mädchen, vom Pfarrhaus über die Kronenstraße zur Kirche liefen. Bis alle Personen auf ihren Plätzen saßen und noch eine kurze Weile danach herrschten noch Räuspern und Stühlerücken, doch dann. als die Glocken läuteten und die Orgel erklang, war es mucksmäuschenstill. Mir wurde richtig feierlich zumute. Als ich meine Eltern entdeckte, war ich sehr stolz. Nach dem Eingangschoral und der Predigt forderte uns unser Pfarrer auf, hier in aller Öffentlichkeit und vor der ganzen Kirchengemeinde als Zeugen unser Glaubensbekenntnis abzulegen. Nun, um es abzukürzen, ich habe es geschafft und meinen Spruch einwandfrei aufgesagt. Von unserer ganzen Gruppe kamen überhaupt nur fünf ins Stocken und irgendwie haben letztendlich alle ihren Vers bis zum Ende geschafft.

Oben unsere Konfirmanden-Gruppe zusammen mit Stadtpfarrer Lörcher.

Nach der Kirche und einer großen Gratulationscour durch Freunde und Verwandte gingen wir dann ins Gasthaus „Waldhorn“ am Marktplatz, eines der damals guten Lokale im Ort. Für uns war im Nebenzimmer festlich gedeckt. Vorne im Wirtshaus war auch noch die Konfirmationsfeier eines Mädchens aus unserer Gruppe. Ich war glücklich, alle meine Lieben waren da. Meine Eltern und Brüder, unsere Öhm, Strohms mit beiden Töchtern Trude und Alla, Frau Bürk mit Sohn Herbert, die Großens, Oma Helene und sogar Tante Herta. Nur mein Onkel Herrmann war wegen der Anwesenheit seiner Exgemahlin nicht gekommen.

Meine Konfirmationsfeier war im Gasthof Waldhorn am Marktplatz. *Ich war an jenem Tag so aufgeregt, dass ich nicht einmal mehr weiß, was es zum Essen gab. Ich kann mich nur entsinnen, dass Vati zu mir sagte: „Kerle, jetzt bisch doch konfirmiert, no kanschd au ämol ä Bier zum Esse trinke.“ Zum Kaffee gingen wir dann alle zusammen in unsere neue Wohnung in die Hegelstraße*

06 Berliner-Zigiener
Eine schöne Zeit geht zu Ende, die Lehre, Fußball, Fußball über alles, Herzogsägmühle- Freizeit, Gewerbeschule und Lehrer Werner Löffler, der Tanzkurs, Resümee.

Der 9. April 1952 bedeutete für mich und meine 40 Kameraden das Ende unserer Volksschulzeit. Jeder kannte jeden und einiges hatten wir miteinander erlebt, die letzten beiden Lehrer Erich Bilger und Karl-Otto Kadau hatten vieles bei uns und manches in uns bewegt. Nach der Abschlußfeier unserer Klasse ging ich zusammen mit etlichen Schulfreunden noch ins „Gasthaus Fortuna" um dort ein paar Bier zu trinken, dazu paffte jeder eine Zigarre.

Das Gasthaus Fortuna.

Wir waren ja jetzt Männer, und glaubten das gehöre zum Leben! Hans Weihing, einer meiner Mitschüler aus dem Gürgele 3, hat diese Sitte beibehalten, wenn man ihn mit seinem Bulldog, er war Bauer, durch den Ort fahren sah, hatte er immer eine Zigarre im Mundwinkel.

In diesen Tagen des April 1952 war unser aller, also auch meine Jugend endgültig vorbei und damit leider auch die schöne Zeit, die ich in der Uhlandstraße 18 in Schwenningen am Neckar erleben durfte.

Am 16. April 1952 trat ich dann bei der Firma **RJS Robert Speck & Co in der Arndstraße 23.** *in Schwenningen meine Lehre als Mechaniker an. „Lehrjahre sind keine Herrenjahre", so wurde mir von vielen Erwachsenen gesagt, also fragte ich mich: „Was kommt da auf mich zu, muss ich mich auf etwas Schlimmes gefasst machen"? Und genauso kam es dann auch. Die Ausbildung in unserer „Bude" (so nannte man die Firmen allgemein) war eine Schinderei, denn wir Lehrlinge wurden meistens für Arbeiten eingesetzt, welche die Gesellen nicht machen wollten. Heute werden die Azubis mit „Herr" angeredet und haben viele Rechte, wir hatten nur Pflichten und bekamen, wenn wir dem Anschein nach (also dem der Gesellen und Vorarbeiter) nicht spurten, einen Tritt in den Allerwertesten, auch Ohrfeigen waren keine Seltenheit.*

Unsere Fabrik, rechts im Anbau war mein Arbeitsplatz. Oben befand sich der Feingerätebau und die Montage, dort war mein Platz, zusammen mit vier weiteren Lehrlingen, *darunter auch dem Helmut Storck,*

einem Freund aus gemeinsamer Uhlandstraßenzeit. Die Firma war in einem zweistöckigen Hinterhaus- Gebäude untergebracht, unten war die Dreherei, Frä- Fräserei und Schleiferei, dort absolvierte mein Schulfreund „Uli Liebler" eine Mechaniker-Lehre. Jeden Morgen um halbneun mussten zwei Lehrlinge mit einem Zettel zu allen Arbeitern gehen und fragen, was sie – um 9 Uhr war Vesperpause – zum Vesper haben wollen.

Metzgerei Baumann-Fleig.

Entsprechend den jeweiligen Wünschen mussten wir für den Einen die Schwarzwurst beim Metzger Gaus und für den Anderen beim Metzger Baumann holen, einer wollte Salz- der andere Laugenwecken, mit oder ohne Essiggurke. Wehe, es wurde einmal ein Arbeiter vergessen, der vielleicht nicht am Platz war, dann konnte es schon mal einen Knuff oder eine Kopfnuss geben. Gearbeitet wurde montags bis freitags von 7 bis 12 Uhr und von 13. 30 Uhr bis 17 Uhr. Am Samstag von 7 bis 12 Uhr, ab 11 Uhr mussten wir Lehrbuben noch die Maschinen putzen, da konnte es dann oft halb eins werden. Angefangen hatte eigentlich alles ganz gut, denn am 22. Juni 1952 wurde der VFR Schwenningen vor 80000 Zuschauern im Stadion von Ludwigshafen am Rhein mit 5:2 gegen den SC Cronenberg deutscher Fußball-Amateurmeister.

Rechts Neumaier, Kübler, Müller.

Ich stand zusammen mit vielen anderen Zuschauern jubelnd am Straßenrand, denn der „Heinz Müller", ein Arbeiter aus unserer Firma gehörte zur VFR Siegermannschaft und fuhr beim Autocorso direkt an mir vorbei ich war stolz, als er mich erkannte.

Links der Schwenninger Richter stürmt auf das Cronenberger Tor.

In der Fußballsaison wurde an jedem Montag in der ganzen Fabrik ausschließlich über Fußball geredet, hatte der Lokalmatador „VFR" gewonnen herrschte bei den meisten Mitarbeitern gute Laune, hatte der VFR verloren, und womöglich sogar noch Schwenningens zweiter großer Fußballverein der „Sportclub", gewonnen, ließ man die schlechte Laune an uns „Stiften" aus. (Stifte so nannte man damals die Lehrbuben). Ich bekam oft das Gefühl manche der Gesellen und Vorarbeiter hatten es ganz besonders auf mich abgesehen So mußte ich über eine sehr lange Zeit die Arbeiten eines Hilfsarbeiters ausführen.

Zwischendurch gab es jedoch ein Ereignis das in ganz Deutschland und auch bei uns für viel Gesprächsstoff sorgte und zwar die „Fußball-Weltmeisterschaft" vom 16. Juni bis 4. Juli 1954 in der „Schweiz". Damals gewann der krasse Außenseiter „Deutschland" das Turnier nach einem 3:2 Sieg über den Favoriten „Ungarn" im Finale von „Bern". Das sogenannte

„Wunder von Bern"

besaß für viele Deutsche Symbolkraft als ein Zeichen des Aufbruchs. Für mich und meine Mitlehrlinge änderte sich jedoch nichts, als wir dann jedoch alle die Schul- sowie die Facharbeiterprüfung jeweils mit „gut" abschlossen, war die Enttäuschung einiger unserer Schinder groß, aber jetzt konnten sie uns ja nicht mehr schikanieren. Nach dreieinhalb Jahren am 16. Oktober 1955 hatte ich meine Lehre erfolgreich mit dem „Facharbeiterbrief" der Industrie- und Handelskammer abgeschlossen. Mit Menschen, die uns über eine so lange Zeit drangsaliert, meine Leidensgenossen und mich schlecht behandelt hatten, mit denen wollte ich nicht mehr länger zusammen arbeiten, darum kündigte ich zum 22. Dez. 1955 und fing schon am 09 Jan. 1956 bei der Firma „A. Steudler", Arctos-Uhren in der Museumstraße 6 in Pforzheim als Mechaniker an.

Die Gewerbeschule, und unser Lehrer Werner Löffler, Teil 1

Mein erster Tag in der Gewerbeschule war der 29. April 1952. Diesmal hatte ich mehr Glück, denn Herr „Werner Löffler" unser Lehrer war ein guter Pädagoge und außerdem ein, wie man sagte: „Hochanständiger Mensch", zu dem ich auch nach meiner Schulentlassung, Ende März 1955, noch einen guten Kontakt besaß. Er hatte uns, seinen Schülern in den drei Jahren, trotz des meist nur 7 stündigen wöchentlichen Schulunterrichts das allerbeste Rüstzeug für den späteren Beruf mitgegeben.

Links unser Lehrer Werner Löffler.

Wir waren seinerzeit eine gemischte Klasse, viele meiner Mitschüler kamen aus Wehingen, Wellendingen und Gosheim, alles Dörfer am Albrand, in denen damals viele Zulieferer Drehteile für die „Schwenninger Uhrenindustrie" anfertigten. Andere wiederum waren aus dem Raum Niedereschach und Flözlingen, bis runter nach Mariazell, manche auch aus Tuningen und den beiden Baldigen.

Bild rechts, links mein Mitschüler Siegfried Gebert, daneben der Werner Weyler, der schon in der Grundschule mein Nebensitzer war, im Palmenhaus der Wilhelma

Sie alle arbeiteten in Fabriken der metallverarbeitenden Industrie. Irgendwann im Frühjahr 1953 kündigte uns Herr Löffler einen Ausflug in die Stuttgarter-Wilhelma an, das war nach dem Einerlei des Lehrbetriebes eine schöne Überraschung. Frühmorgens an einem Mittwoch ging es los, wir fuhren mit der Firma „Omnibus-Götz". Von unserer Klasse waren seinerzeit nur wenige schon einmal in der Wilhelma gewesen wir übrigen waren alle sehr gespannt und neugierig. Nun um es kurz zu machen, es war ein schöner, erlebnisreicher Tag, wir haben viele Tiere und Pflanzen kennengelernt, von denen wir vorher noch nie etwas gehört oder gesehen hatten. Eingekehrt sind wir an jenem Tag im Restaurant „Hohenzollernblick" unterhalb der gleichnamigen Burg.

Mit dem CVJM zur Herzogsägmühle bei Schongau

Seinerzeit war ich auch in einer Jugendgruppe des „CVJM". In den großen Ferien des Jahres 1953 wurden wir vom Diakonischen Werk Bayern zu einer Jugendfreizeit bei der „Herzogsägmühle" in der Nähe von Schongau am Lech eingeladen und nahmen diese Einladung gerne an. Leiter unserer kleinen Gruppe war der evangelische Religionslehrer „Hans-Frieder Bächtle", der diese Freizeit für uns organisiert hatte. Die Tour war mit dem Fahrrad geplant. Gut, dass ich mir kurz davor von meinem Lehrlingsgeld ein „Bauer Dreigangrad" auf Abzahlung bei der Firma „Mamier" in der Neckarstraße gekauft hatte. Es war das gleiche Fabrikat welches der Straßenradweltmeister von 1952, „Heinz Müller" aus Tuningen auch fuhr und ich war sehr stolz darauf. Mit dem Rad war ich gut vorbereitet für diese Fahrt, denn die Tour war lang, sowieso für Ungeübte, deshalb musste sie auch in einzelne Etappen unterteilt werden.

Turm der Konstanzer Jugendherberge.

Natürlich auch, weil einige meiner Kameraden noch uralt Fahrräder ohne Gangschaltung hatten. Gestartet sind wir in aller Frühe am Sonntag, dem 26. Juli, weil schon unser erstes Ziel die Jugendherberge von Konstanz gut 80 km weit weg war. Der Tag war heiß und wir kamen auf der langen Strecke ganz schön ins Schwitzen. Die „Juhe", so nannte man zu jener Zeit die Jugendherbergen, war in einem Turm mit Blick auf den Bodensee untergebracht. Wir stellten unsere Fahrräder ab, und meldeten uns bei einem wortkargen Herbergsvater für die Übernachtung an.

Unsere Gruppe unterwegs.

Nachdem er uns die Schlüssel ausgehändigt hatte, zeigte er auf die „Hausordnung" an der Wand und sagte mürrisch: „Wer zu spät kommt muss draußen schlafen!" Wir waren alle pünktlich. Am nächsten Morgen nach einem kargen Frühstück schauten wir uns zuerst einmal die schöne Altstadt und das Münster von Konstanz an, bevor wir die Fähre nach Meersburg betraten. Dort angekommen ließen wir uns genügend Zeit um auch diese sehenswerte Stadt zu besichtigen, denn zu unserem nächsten Ziel der

„Juhe" von Friedrichshafen waren es nur noch ungefähr 25 km.
Tolles Alpenpanorama.
Da die Straße meistens am See entlang ging, hielten wir ein paar Mal kurz an, um den Blick auf die, an jenem Tag fast greifbar nahen, Schweizer-Alpen zu genießen.
Am frühen Nachmittag trudelten wir dann in Friedrichshafen ein. Die Stadt hatte sich seit meinem ersten Besuch 1947, auf der Hamsterfahrt mit Munni völlig verändert. Es herrschte ein geschäftiges Treiben auf den Straßen auch die meisten der damaligen Kriegsschäden waren beseitigt. Die schöne Juhe die wir hier vorfanden gefiel uns allen sehr.

Nachdem wir unsere Zimmer bezogen hatten, ich teilte seinerzeit eines mit dem „Helmut Maret" und einigen anderen, zumeist älteren Jugendlichen, machten wir uns zusammen auf den Weg. Wir wollten noch ein wenig die Stadt anschauen und unsere Getränke und das Vesper ergänzen.
Die schöne Jugendherberge von Friedrichshafen. *Wir waren jedoch bald zurück, denn am nächsten Morgen hatten wir eine schwierige Etappe vor uns und wollten dafür fit sein. Nach einem kurzen Frühstück bestiegen wir sehr zeitig am nächsten Morgen unsere Drahtesel und radelten los. Auch heute hatten wir, wie am ersten Tag über 80 km zu bewältigen und da es Richtung Allgäu ging, hieß das Bergauf, Bergab, Bergauf, Bergab und das immer wieder. Über Tettnang, Amtzell, ging es Richtung Wangen. In Friedrichshafen hatte sich ja jeder mit Verpflegung eingedeckt, dementsprechend schwer waren auch unsere Satteltaschen. Aber das blieb nicht lange so. Kurz nach Wangen, einem schönen Städtchen mit vielen historischen Gebäuden machten wir Halt, vorher hatten wir noch unsere Feldflaschen an einem Brunnen vor dem Frauentor mit frischem Wasser aufgefüllt.*

Die Herrenstraße mit dem Frauentor in Wangen.
Hier, in der Nähe eines großen langgestreckten Bauernhofes, legten wir eine Vesperpause ein. Der Geruch von frischem Heu lag über der ganzen Gegend, von einer eingezäunten Wiese drangen die Geräusche von Kühen zu uns herüber. Nach dem späten zweiten Frühstück ging es dann zügig weiter, denn wir hatten ja erst ein Drittel unserer Tagesetappe geschafft. Müde und ziemlich erledigt erreichten wir am frühen Abend unser heutiges Ziel, die gemütliche alte

Jugendherberge auf dem Drumlin von Kempten im Allgäu. *Unterwegs war einiges passiert, so hatten wir zwei platte Reifen zu flicken, das nächste Problem war eine Satteltasche, die in die Speichen eines Rades geraten war, welches ja erst wieder ausgerichtet werden musste, sodass wir also gar nicht erst dazu kamen, uns die schönen Städte unterwegs anzusehen. Unsere Hauptprobleme waren im Grunde, die sogenannten „alten Geppel“ (betagte Fahrräder) ohne Gangschaltung, mit denen die Kameraden in dieser bergigen Gegend nicht so gut vorwärts kamen, und daher auch gelegentlich ihre Räder schieben mussten. Trotzdem waren wir alle gut in Kempten angekommen. Nach einem sehr feinen Frühstück um 7.30 Uhr, und da wir an diesem Tag nur noch etwa 60 km fahren mussten, nahmen wir uns ein wenig Zeit, um die schöne Stadt Kempten mit ihrer Basilika, dem Rathaus, vielen barocken Häusern und den verwinkelten Gassen anzusehen. Anschließend ging es mit neuen Kräften weiter nach Schongau am Lech und von dort bis zur „Herzogsägmühle.“ bei Peiting Hier wurden wir herzlich vom Landesjugendwart „Karl Ramsayer“ aus Göppingen empfangen, der diese Jugendtreffen seitens der evangelischen Landeskirche Württembergs leitete.*

In Peiting nahm uns Landesjugendwart Karl Ramsayer der freundliche Herr mit der Baskenmütze auf seinem Sachs- Motorrädle in Empfang. *(Hier mit einer anderen Jugendgruppe).*

Anschließend wurden wir auf verschiedene, schon fertig aufgebaute Zelte verteilt. Helmut Maret und ich kamen zu einer Gruppe aus dem Esslinger und Göppinger Raum, damit wir auch noch Jugendliche aus anderen Gegenden unseres Ländles kennenlernen können, wie man uns sagte.

Links unsere Zeltgemeinschaft, wir waren zu Acht, der Junge links war Helmut Maret, dann kamen drei Jugendliche deren Namen ich heute nicht mehr weiß, dann ein dunkelhäutiger Junge, der sich „Bongo“ nannte, dann nochmals ein mir heute Unbekannter und als letzter unser Zeltältester. *Nachdem wir die Räder versorgt, und unsere Klamotten neben den restlichen beiden Feldbetten verstaut hatten, machten wir uns auf um die Gegend und das Lager zu erkunden. Ein Weilchen später gingen wir zurück zu unserem*

Zelt, um unsere restlichen Zeltnachbarn kennenzulernen, die bei unserer Ankunft noch nicht da waren. Die meisten Erinnerungen habe ich noch an „Bongo“ denn der war der Spaßvogel unserer kleinen Zeltgemeinschaft. Er kletterte auf alle Bäume ringsum, dann trommelte er auf seinen Brustkorb und rief wie der Film-Tarzan im Urwald. He ahua ahua ahua ahua ahua he.

Mit uns waren an dem Tag noch einige andere, uns unbekannte Jugendgruppen angekommen, sodass es ringsum ein Begrüßen und Schulterklopfen gab, wie auf einem ägyptischen Bazar.

Rechts der Speisesaal im Haus Obland

Viele kannten sich schon länger, auch unser Hans-Frieder Bächtle wurde gleich von einigen Älteren mit Beschlag belegt. Vor dem Abendessen, welches im Haus Obland eingenommen wurde, betete Karl Ramsayer mit uns. Es war ein erhebender Anblick, so viele Jugendliche im Gebet versammelt zu sehen. In den nächsten Tagen spielte sich dann das Lagerleben auch bei uns ein. Nach dem Frühstück wurde gewöhnlich eine Art kurze Bibelstunde mit Lesungen aus dem alten- oder neuen Testament abgehalten. Anschließend hatten wir den restlichen Tag zu unserer freien Verfügung. Da wir ja schon seit Kempten immer wieder das schöne Alpenpanorama im Hintergrund sahen, bekamen wir Lust, hier in der Gegend um Peiting eine Wanderung zu machen. Diese führte uns von Herzogsägmühle durch Peiting in Richtung der „Ammer“, die eine der landschaftlich schönsten deutschen Wildflüsse sein sollte, wie man uns erzählte.

Das ehemalige Bergwerk Peiting.

Als wir schon fast durch den Ort Peiting waren sahen wir linkerhand etliche große Werkhallen und einen Förderturm, der von einem „Kohlebergwerk“ stammte, in dem momentan über 850 Arbeiter beschäftigt waren, wie uns unser einheimischer Führer erzählte. Kurz bevor wir das Hofgut Ramsau erreicht hatten, bogen wir links in Richtung der Ammer ab, dabei überquerten wir die Geleise einer Schmalspurbahn. Hierzu erklärte der Wanderführer, dass diese Bahn den Abraum der Kohlezeche zu einem Gebiet an der Ammer fahre, wo der Schutt die Böschung hinunter in Richtung Fluß abgekippt würde. Nach einer kurzen Entfernung ging unser Weg durch dichten Wald abwärts, um dann später in eine Art Trampelpfad zu münden, gut, dass wir einen Ortskundigen Führer dabei hatten, der erzählte uns, dass diese Pfade früher meistens von Bergleuten benutzt wurden, die von der anderen Ammerseite kamen und da durch ihren Weg zur Arbeit abkürzten. Meistens mussten wir im Gänsemarsch hintereinander laufen, nur ab und zu verbreiterte sich der Weg dann konnten wir nebeneinander gehen. Zwischendurch blitzte immer mal wieder das silberne Band der Ammer durch die lichten Baumreihen, bis wir am Ufer des, an jenem

Tag gemächlich dahin fließenden Gewässers standen. Hier möchte ich nicht stehen, wenn dieser Fluß mal Hochwasser führt, dachte ich noch bei mir.

Das silberne Band der Ammer.

Der schmale Pfad führte uns dann einige Zeit am Hang entlang fort vom Fluß, der jedoch immer wieder durch die Bäume funkelte. Manchmal waren wir ganz nah am Ufer, nur um dann kurz darauf wieder etliche Meter weit weg vom Fluß zu laufen. Irgendwann führte uns unser Führer einen Weg hoch und über eine Wiese, bis wir zu einem großen „Klosterkomplex" mit einer Kirche kamen. Vor uns lag der Ort Rottenbuch, den wir dann durchquerten bis wir in der Dorfmitte eine Omnibushaltestelle fanden und dort mit einem Bus zurück nach Peiting fuhren.

Das Kloster von Rottenbuch.

Zum Abendessen waren wir wieder in unserem Lager bei der Herzogsägmühle. Heute Abend soll es ein Feuer oben am Lagerkreuz geben, wir wollen dort feiern, und wenn ein paar Gitarrenspieler unter uns sind, werden wir gemeinsam singen, erklärte uns Herr Bächtle nach dem Essen! Es wurde ein toller romantischer Abend und wir sangen alle aus voller Kehle. Da erklangen Lieder wie: „Wohlauf in Gottes schöne Welt", und „Wenn wir erklimmen", oder „Auf du junger Wandersmann", als

Unser Lagerkreuz

dann ganz zum Schluss noch „Die Gedanken sind frei" erklang, da überkam uns ein fast heiliger Schauder, und es wurde allen warm ums Herz. Aber das konnte auch an dem prasselnden Lagerfeuer liegen. Unser Tagesablauf hier begann morgens gegen 7.30 Uhr mit dem Wecken Anschließend standen wir gemeinsam am langen Trog um uns in dem ziemlich kalten Wasser zu waschen.

Ein Kamerad beim Waschen

Der Waschtrog wurde erst kurz vor unserer Ankunft vom Haus-Diakon „Heinz Veittinger installiert", der hier in der Herzogsägmühle Mädchen für alles war. Anschließend ging es zum Frühstücken ins Haus Obland, wo schon viel Deftiges, dazu Tee, Kaffee und Milch, auf den Tischen stand. Wir langten kräftig zu. Frau Güttler die Köchin meinte es immer ganz besonders gut mit uns.

Das Haus Obland, eines der ältesten Häuser der Herzogsägmühle.

So ähnlich ging es auch zu wenn uns die Glocke zum Mittagessen rief, dann strömten wir alle wieder schleunigst zum Essen ins Haus Obland, wo sich unter den vielen Speisen fast die Tische bogen.

Unsere Gruppe marschiert vom Zeltlager ins Haus Obland zum Essen fassen.

Der 2. August 1953, ein Sonntag war für eine Anzahl von uns ein ganz besonderes, Ereignis, denn wir fuhren mit einem Bus nach München zur „Deutschen Verkehrsausstellung". Es gab damals zwei Wahlmöglichkeiten, entweder eine Fahrt in die Alpen oder die Fahrt zur Verkehrsausstellung für die ich mich entschieden hatte. Ich saß, schräg hinter meinem Zeltnachbarn Bongo am Fenster, sodass wir schon im Bus viel Spaß hatten.. Denn Bongo ahmte immer wieder den Ruf von Tarzan und das Gekeife der Äffin Tschita (Cheeta) nach.

Ich saß im Bus rechts hinter dem Bongo

Peiting lag im Kerngebiet des sogenannten Pfaffenwinkels den der Landkreis Weilheim-Schongau bildete. Es war ein schöner warmer Tag, als wir von Peiting über Weilheim nach Starnberg am gleichnamigen See fuhren, um dann über München- Sendling am Messeplatz anzukommen. Schon allein die Fahrt war sehr interessant, weil ich davor noch nie in München war. Gegen neun Uhr wurden wir im Eingangsbereich der Verkehrsausstellung ausgeladen. Fauchend fuhr eine vollbesetzte Miniaturbahn an uns vorbei.

Der Eingang zur Verkehrsausstellung.

Es waren über 10 Ausstellungshallen, durch die wir anschließend kamen. In einer der Hallen wurden Ausflugsdampfer, Flugzeugmotoren und neuere Modellflugzeuge gezeigt, die immer wieder vorgeführt wurden. Eine andere war der Raketentechnik und der zukünftigen Raumfahrt gewidmet, mit all den Möglichkeiten, die man damals vielleicht schon im Voraus ahnte. Da gab es etliche Modelle von Planeten Umlaufbahnen, zwischendrin waren einige Raketen aufgebaut, dazu standen immer wieder Kleinflugzeuge und anderes Gerät in den Nischen.

Bildimpressionen meines Besuchs der Verkehrsausstellung 1953 in München.

In einer anderen Halle standen funktionierende Dampfmaschinen und Lokomobile, die wir alle bestaunten. In einer der nächsten war eine sehr große Modelleisenbahn aufgebaut. Ähnlich wie im Freigelände, wo wir die neuesten Lokomotiven und Wagen der DB ansehen konnten, sogar ein Nachbau der alten „Adler" Lokomotive war da. Nicht allzuweit entfernt davon gab es eine alte „JU 52" zu bestaunen, ebenso wie einen amerikanischen „Bell-Hubschrauber", wobei weit im Hintergrund immer Gondeln und Lifte von Bergbahnen hin und her schwebten. Es gab so viel zu sehen, dass wir an diesem einen Tag nur einen Teil der großen Ausstellung anschauen konnten. Müde aber sehr glücklich kamen wir nach diesem ereignisreichen Tag wieder in unserem Quartier bei Peiting an.

Rechts der Nachbau der Adler-Lokomotive.

Es waren schöne und erlebnisreiche Tage, die wir hier im evangelischen Zeltlager bei der Herzogsägmühle erleben durften und als dann Mitte kommender Woche der Abschied kam, waren wir alle ein wenig traurig. Unser Leiter Hans-Friedrich Bächtle, dem wir diese schöne Freizeit verdankten und der sich immer toll um uns gekümmert hatte brachte uns wieder gut und sicher nach Hause. Jahrzehnte später sagte er einmal: „Ich war damals heilfroh, als ich die ganze Bande wieder gesund in Schwenningen abgeliefert hatte"

Abschiedsblick vom Haus Obland der Herzogsägmühle in Richtung der Alpen.

Die Gewerbeschule, und unser Lehrer Werner Löffler 2. Teil

Unsere Klasse hatte mit Herrn Löffler einen guten Fang gemacht und das wussten und merkten wir auch. So gab es zum Beispiel Schüler die sich weiterbilden wollten, um später die mittlere Reife zu erlangen, oder sonst irgendeine weiterführende Schule zu besuchen. Die konnten am Samstag bei unserem Lehrer Löffler an einem Förderkurs „Mathematik" teilnehmen, er gab den Kurs zusammen mit einigen anderen Lehrern, welche die Schüler in allen weiteren Fächern unterrichteten. So wurden die jungen Menschen dadurch fit für eine bessere Zukunft gemacht. Wie schon 1953 hatte Herr Löffler auch für das Jahr 1954 nochmal einen Ausflug mit uns geplant. Diesmal war unser Ziel das „Aluminium-Walzwerk Wutöschingen". Schon in der Schule hatte uns unser Lehrer einiges von der wechselvollen Geschichte des Werkes erzählt. Die Firma war damals, wie so viele im Krieg, auch ein Zulieferer für die Rüstungsindustrie. Weil seinerzeit massenhaft Zwangsarbeiter und Kriegsgefangene eingesetzt wurden, konnte die Produktivität enorm gesteigert werden. Zu der Zeit waren über 1500 Personen im Werk beschäftigt.

Unsere Gewerbeschulklasse vor dem Werkstor des Aluminium-Walzwerks.

Wegen der Fliegerangriffe mussten als Behelfsmaßnahmen in einer nahen Muschelkalk-Felswand Stollen als Luftschutzbunker für die vielen Personen angelegt werden. Nach Kriegsende 1945 wurden dann die gesamten Produktionsanlagen durch die Franzosen beschlagnahmt. Danach wurde das Werk bis Mitte 1947 zum Großteil demontiert! Durch diese Ausführungen unseres Lehrers wussten wir zum Zeitpunkt des Ausflugs also schon so einiges über unser Ziel. Nachdem wir dort am späten Morgen durch einen Herrn Kornhummel von den technischen Betrieben des Aluminium-Walzwerkes begrüßt wurden, berichtete uns dieser zuerst vom Werdegang der Fertigung nach dem Krieg.

Alte Produktions-Anlagen.

Da seinerzeit überhaupt nur einzelne, neuere Maschinen in Frankreich Verwendung fanden, war man im Wutöschinger Werk schon im Verlauf des Jahres 1945 wieder in der Lage, selbst mit den alten Anlagen einfache Küchengeräte und Kochtöpfe herzustellen. Am 30. Oktober 1948 wurden die Zwangsmaßnahmen weitgehend aufgehoben, zu der Zeit waren bereits wieder ***558*** *Arbeiter im Aluminium-Walzwerk Wutöschingen beschäftigt. Die Abteilung Fertigbau war ja schon bereits 1946 gegründet worden. Nachdem 1949 das generelle Aluminiumverbot aufgehoben wurde, konnte die Firma 1950 unter dem Namen Aluminium*

Presswerk Wutöschingen GmbH (APW) in das Handelsregister eingetragen werden. Die Strangpressenerzeugnisse erreichten in den Folgejahren 50% des Aluminiumhalbzeugs. 1950 wurde neben der Kokillengießerei noch eine Sandgussanlage errichtet.

Aluminium-Gießerei.

Ab 1953 erfolgte dann die Großfertigung von Butzen, aus denen später im Fließpressverfahren Verpackungen z.B. für Lebensmittel, Kosmetika oder pharmazeutische Produkte hergestellt werden
Wie uns Herr Kornhummel weiter erklärte, wird auch derzeit kräftig in neuere Anlagen investiert, dadurch soll der Betrieb wieder auf Vorkriegsniveau hochgefahren werden. Dann erzählte er uns noch eine Geschichte aus dem Krieg und zwar:
„Um dem laufenden Überflug feindlicher Bomberverbände etwas entgegenzusetzen wurden große Flugzeugatrappen aus Aluminiumblech angefertigt und aufgestellt, dadurch wurden die alliierten Bomber mit Erfolg von einem Angriff auf das Wutöschinger Werk abgehalten". Nachdem uns Herr Kornhummel diese ganzen Fakten vom Aufbau und der Produktion des Wutöschinger Werkes anhand von Schautafeln und Bildern erläutert hatte, war es inzwischen Mittag geworden und wir wurden zum Essen in die Werkskantine eingeladen.
Anschließend erfolgte die Besichtigung der Fabrikationsanlagen, in den großen Werkhallen. Zuerst kamen wir in die Alu Gießerei, wo es äußerst hektisch zuging und stark nach verbranntem, heißem Metall stank. Danach sahen wir uns das Presswerk an, hier herrschte ein Höllenlärm, denn das Pressen und Formen des Aluminiums ging nicht lautlos vor sich, überall krachte zischte und hämmerte es. Auch bei der Butzenfertigung ging es geräuschvoll zu, dort wurden ja die Rohlinge gepresst, die dann beim Kunden weiterverarbeitet wurden.

Ein Aluminium-Walzwerk .

Da wir ja fast alle in Kleinbetrieben lernten, in denen höchstens einmal ein paar Stanzen arbeiteten, kam es uns in Wutöschingen sehr laut vor, und wenn wir miteinander reden wollten mussten wir brüllen.
Nach etwa eineinhalb Stunden war die interessante Werkbesichtigung beendet und unser Lehrer bedankte sich in unser aller Namen bei Herrn Kornhummel.
Anschließend bestiegen wir unseren Bus, der uns nach diesem ereignisreichen Tag zum nächsten Ziel ins Gasthaus Löwen nach Löffingen bringen sollte.
Gedankenverloren spielte ein Mitschüler im Bus auf seiner Mundharmonika
Im Löwen herrschte bald eine tolle Stimmung, jeder von uns hatte ein Bier vor

Kleine Bilder- Auswahl von der Abschluss Fete im Gasthof Löwen in Löffingen

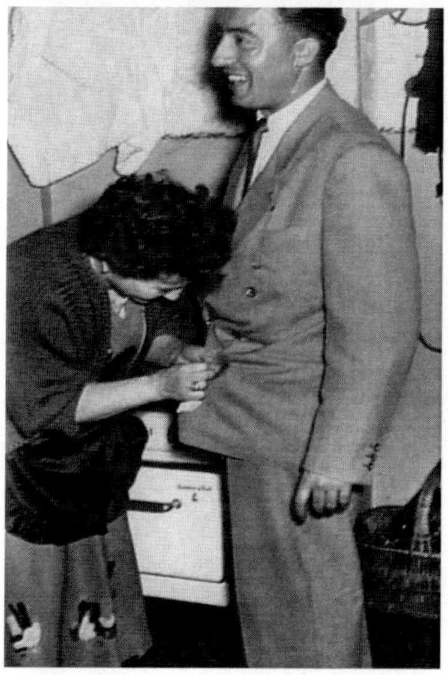
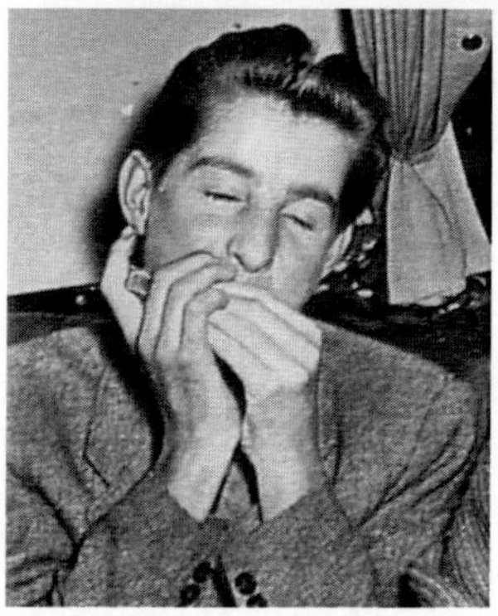

sich stehen und es wurde fleißig einander zugeprostet, natürlich machte auch unserer Lehrer mit. Einer meiner Mitschüler setzte sich ans Klavier und schon kurz darauf tanzten einige von uns mit der Wirtin.
Die Stimmung wurde immer ausgelassener, wir schunkelten stehend auf den Bänken! Und unser Lehrer mittendrin, die Wirtin musste ihm dann auch noch die Jacke reinigen, weil er beim Essen einen Spritzer Soße abbekommen hatte. Wir alle waren lustig, aber keiner hat damals übertrieben. Unsere nächste, leider dann auch letzte Zusammenkunft, war unsere Schulentlassfeier, im März 1955. Sie fand damals im Nebenzimmer vom Gasthaus Waldhorn in Schwenningen statt. Da unser Lehrer immer einige heitere Späße auf Lager hatte, ging es auch an diesem Abend sehr lustig zu. Wir spielten „Siebene friss", ein Spiel bei dem gewürfelt werden musste.

Links unsere Schulentlassfeier. *Wer die 7 erreicht hatte durfte von einer verpackten Tafel Schokolade essen. Aber mit Messer und Gabel die mit dicken Handschuhen gehalten werden mussten, und nur solange, bis der Nächste eine 7 gewürfelt hatte. Dieser Abend war trotz, oder gerade wegen der Gaudi-Einlage etwas Besonderes, denn jeder von uns war sich darüber im Klaren, dass auch mit dieser Feier wieder ein Stück unserer Jugend zu Ende ging. Einiges dieser heiteren Jugend hatten wir unserem Lehrer*

Werner Löffler zu verdanken, der uns mit seiner freundlichen Art und seinem profunden Wissen ein gutes Stück Weges begleitet hatte.

Unser Bus, auf dem Weg zu den Aluminium-Werken Wutöschingen, zwischendurch haben wir für eine Vesperpause angehalten

Die Lehrerinnen-Oberschule

Damals, als wir noch die Gewerbeschule besuchten, gab es ebenfalls in den Räumen der Friedensschule in einem streng abgetrennten Bereich. Die „Lehrerinnen-Oberschule“ in der junge Mädchen aus dem ganzen süddeutschen Raum mit abgeschlossener Schulprüfung die Reifeprüfung zum Studium der Volksschullehrerin ablegen konnten. Das Ganze war ein Internat mit Schlafräumen über unseren Klassenzimmern, und so hoffte seinerzeit der eine oder andere von uns, mit einer der Schülerinnen anbandeln zu können. Einige dieser jungen Damen sind dann auch wirklich in Schwenningen hängen geblieben und haben später hier geheiratet.

Der Tanzkurs

Irgendwann im Frühjahr 1955 erfuhr ich vom Uli, dass er sich zusammen mit seinen Schulfreunden Mark und Jochen, zu einem Tanzkurs in der Tanzschule Brändle anmelden wolle und ob ich auch mitmache? „Ja gerne“, sagte ich, „aber da gibt es noch ein Problem, ich muss zuerst eine Partnerin finden, mit der ich den Tanzkurs machen kann, und dann muss ich ja auch noch, wie üblich, ihre Eltern fragen“. „Ha ja“ sagte Uli, daran habe ich auch schon gedacht, aber ich glaube, ich habe schon eine Partnerin“. **Linde und Uli.** *Und dann*

erzählte er mir dass seine Partnerin Linde heißt und die Tochter eines Bekannten seines Vaters wäre. Das Mädchen welches ich damals fragte freute sich über meinen Antrag und sagte gleich „Ja", doch ihre Eltern sagten nein, sie wäre noch zu jung für einen Tanzkurs. Sie war sauer und ich traurig, weil sie mir gefiel. Später fand ich dann doch noch eine nette Partnerin. Als es losging waren wir 12 Paare und es machte von Anfang an viel Spaß. So gab es natürlich auch bei unserem Tanzkurs einige junge Männer und Frauen die sich mit dem Umsetzen von Musik und Takt in Gleiten und Schweben schwertaten.

Die Tanzstunden wurden immer von Herrn Brändle und seiner Tochter geleitet, die uns Walzer, Fox, Rumba, Samba Tango, und langsamen Walzer vortanzten, und dann die verschiedenen Schritte mit uns einstudierten.

Tanzlehrer Brändle und seine Tochter beim Vortanzen.

Nach den Tanzstunden die im Saal des Hotel Ochsen stattfanden, gingen manchmal einige von uns mit ihren Damen (So sagte man damals zu der Tanzpartnerin) noch anschließend in irgendein Kaffee oder zum Zambo in die Eisdiele um dort den Abend ausklingen zu lassen Oftmals waren jedoch wir Freunde alleine, natürlich erst nachdem wir unsere Damen unbeschadet zu Hause abgeliefert hatten. Und das, weil damals die meisten unserer Partnerinnen gleich nach der Tanzstunde zu Hause sein mussten.

Ilse Kaiser geb. Baumann.

Einmal machten wir einen Mondschein Spaziergang auf die Reute. Und damit es nicht zu anstrengend und steil für unsere Damen wurde – die meistens der jungen Frauen hatten damals hohe Schuhe an – gingen wir den leichteren Weg am Krematorium vorbei. Manch einer dem seine Partnerin gefiel, versuchte dann in der Dunkelheit ihr ein wenig näher zu kommen, sie in den Arm zu nehmen, oder vielleicht sogar ein bisschen zu knutschen. Da konnte man dann, je nachdem, da und dort Gelächter, Quietschen oder Schmatzen hören, aber auch den einen oder anderen Klaps. Darum wurde leider von den meisten beschlossen, keinen Abendspaziergang mehr zu machen.

Irmgard Alpi geb. Wiesinger

Zu der Zeit hatten nämlich die Eine oder der Andere längst bemerkt, dass ihr oder ihm ein anderer Partner besser gefallen hätte. Dadurch gab es unter manchen Paaren kleine Zwistigkeiten und Eifersüchteleien. Doch alles in allem, wir waren ein toller Kurs und als der Abschlussball kam, zu dem ja auch unsere Eltern eingeladen wurden, um unsere Tanzkünste zu begutachten da waren wir alle mächtig stolz. Als Kapelle hatten wir die, zu jener Zeit weit über Schwenningens Grenzen bekannte Kapelle „Hutter“ gewinnen können. Unser Tanzlehrer Brändle, der zu diesem Anlass eine kleine Ansprache hielt und sich über unsere Fortschritte und Anstrengungen bei den verschiedenen Tänzen (natürlich nur) lobend aussprach freute sich mit uns über unsere Erfolge. Er hatte schnell alle Lacher auf seiner Seite, als er von einigen kleinen Missgeschicken bei den Übungsabenden berichtete, selbstverständlich ohne einen Namen zu nennen. Auch mir ist noch so eine Situation im Gedächtnis, als bei einer Drehung der Tänzer die Hand seiner Dame verfehlte, diese dann auf dem glatten Boden ausrutschte und anschließend platt auf dem Boden lag.

Unser Tanzkurs beim Abschlussball im Saal des Hotel Ochsen.

Unser Abschlussball an diesem Abend war ein großer Erfolg, selbst Paare, die sich vorher unsicher gefühlt hatten, machten unseren Tanzlehrern alle Ehre und glänzten mit schönen Figuren und tollen Einlagen. Dabei strahlten Tochter und Vater Brändle, um die Wette.

Am Kuchenbuffet.

Auch alle Eltern waren begeistert, und nachdem sie von der Kapelle Hutter zu einer „Elternrunde“ aufgefordert wurden, um auch einmal eine, wie man damals sagte, „Kesse Sohle“ aufs Parket zu legen, da drehten viele gerne ein paar Runden. Ich konnte stolz sein, denn auch Vati und Munni waren gute Tänzer. Viele Elternpaare die sich kannten saßen nachher in Geselliger Runde beieinander. Ich glaube es wurde bei manchen sogar über einen Tanzkurs für Erwachsene spekuliert. Alles in allem war dieser Abend für die Brändles und uns ein voller Erfolg.

Eigentlich wollte niemand von uns, dass nach diesem erlebnisreichen Abend alles so sang und klanglos auseinander geht. Aus diesem Grund wollten wir uns auch alle noch einmal zu einer Abschiedsfeier treffen.

Die Polonaise

Diese wurde von unseren Tanzpartnerrinnen als ein sogenanntes Damenkränzchen im Cafe Fleig in Dauchingen organisiert. „Damenkränzchen" dieser Ausdruck wurde seinerzeit für eine Veranstaltung verwendet, bei der die Damen ihre Tanzstundenpartner zu einer Feier, also einem Kränzchen eingeladen hatten. An diesem Abend gab es dann auch kein Pardon für irgendwelche unwilligen Partnerinnen, oder Partner jeder gehörte dazu und jeder musste mitspielen.

Unsere Pfandspiele

Ich glaube, als erstes liefen wir zu einer Polonaise durch das ganze Lokal, Bei den anschließenden Pfandspielen mussten die Männer ihr Jackett aus- und es ihren Damen anziehen, dann die Hosen hochkrempeln, und dann bekamen die Damen von ihnen noch ein (möglichst sauberes) Taschentuch auf den Kopf gelegt. An den Händen haltend drehten sich dann alle schnell im Kreis herum. Für unsere Damen war das Kränzchen ein Erfolg auf ganzer Linie. Als dann aber der Schluss dieses tollen Abends näherkam, da war die ganze Gruppe traurig. Eine schöne Zeit ging zu Ende, eine Zeit, in der eine, sich vorher fremde Gruppe, richtig gut zusammengewachsen war.

Bei meinen Recherchen über unseren Tanzkurs wurde ich tatkräftig von Ingeborg Wölm geb. Krauss, Hanna Schlenker geb. Piscalla und besonders von Ilse Kaiser geb. Baumann unterstützt, die mir ihre Bilder vom Tanzkurs und Damenkränzle sandte und sehr vieles über unsere damalig Zeit erzählte.

Selbst den verschollenen Namen unseres Tanzkurses haben die Damen wieder herausgefunden, wir nannten uns seinerzeit „Tanzexpress"

Als ich im Frühjahr 2011 anfing, die Unmenge von Fotos zu sichten, die sich in der langen Zeit von 74 Jahren angesammelt hatten, da war es wie ein Eintauchen in die eigene Geschichte. Beim Sichten der Kinder- und Jugendbilder fielen mir augenblicklich so viele Erzählungen, Geschichten und Begebenheiten zu den einzelnen Fotos ein, dass ich mich gleich daran machte, diese Begebenheiten aufzuschreiben.

Vor einem Monat, ich war gerade am Ende meiner Arbeit, hatte ich Dr. Ralf Trautwein von der Südwestpresse „Die Neckarquelle" das Manuskript vom „Berliner-Zigiener" zur Beurteilung gesandt, worauf er ein sehr schönes Vorwort für mein Buch geschrieben hat. Das war dann für mich wie ein Ritterschlag.

Jetzt, am Ende, möchte ich mich noch bei all denjenigen bedanken, die den kleinen Berliner begleitet haben. Anfangs das Kind und später den Jugendlichen, der alle Höhen und Tiefen der damaligen Zeit ausgekostet hat und der dank seiner Familie und den besonderen Menschen die er kennenlernte eine so schöne Kindheit in der Uhlandstraße in Schwenningen am Neckar verbringen durfte.

Mein ganz besonderer Dank geht an,

Herrn Reinhold Klein, aus Ortenberg, denn ohne seine guten Ratschläge und ohne seine große Hilfe und Geduld wäre dieses Buch nie geschrieben worden. Frau Monika Wörner aus Fessenbach, die mir beim Start geholfen hat. Frau Sigrid Mueller geb. Kubach im fernen Australien, die mir ihr ganzes Foto-Album geschickt hat und noch so viel aus ihrer Kindheit wusste, die leider schon verstorbene Frau Irmgard Bernauer geb. Strohm (Alla) in Berlin die mir Mut zum Schreiben gemacht hat, desgleichen an ihre Tochter Frau Vera Bernauer-Jacob, ebenfalls Berlin, die mir die Fotoalben ihrer Mutter zur Verfügung gestellt hat. Frau Anne Fetzer, die noch so viele alte Geschichten wusste und die mir alle Bilder von sich und den Bürks gesandt hat. Herrn Walter Bürk der mir einiges über die Bürks erzählen konnte. Frau Maria Halder, Jg.1917, die noch allerhand aus der Uhlandstraße wusste und mir einige Fotos von Festen in der Uhlandstraße geschickt hat. Frau Gertrud Halder, Dauchingen, die mir Bilder ihrer Familie ausgeliehen hat, meine Schulkameraden Werner Weyler, Manfred Bauer, Heinz Happle und Uli Liebler Esslingen für die Gespräche, meinen Schulfreund Hans Haberbosch, für die Bilder und Informationen über unsere Klasse, den Helmut Maret, für die vielen Dialoge und die tollen Fotos von der Herzogsägmühle. Herrn Erhard Haller früher aus der oberen Uhlandstraße. Herrn Helmut Gölz früher aus der Muslen für die interessanten Gespräche. Herrn Helmut Rau Karlsruhe, früher obere Uhlandstraße für gute Dialoge anlässlich eines Geschäftsessens, meinen Schwenninger Freund Hans Bleher für die alten Erinnerungen und seine Bilder. Frau Ellen Schran geb. Kessler, sowie Frau Christina Weber beide aus Schwenningen für ihre Bilder. Frau Gerda Schlitz geb. Müller aus Frankfurt für die Bilder ihrer Brüder aus der Uhlandstraße. Frau Lauinger von der ev. Kirchengemeinde Schwenningen für die Daten. Herrn Andreas Kurz, Herrn Willi Fichtner, Herrn Kurt Gruber aus Peiting für die Bilder und Informationen über die Herzogsägmühle, meinen, leider vor kurzem verstorbenen, Freund Jürgen Schlenker, sowie Herrn Manfred Henschel beide aus Schwenningen von denen ich immer gute Ratschläge und Bilder bekommen habe, Herrn Willi Beller, Herrn Oliver Kienzler und den verstorbenen Herrn Peter Erber aus Schwenningen für ihre Nachforschungen. Die Familie Tränkle von den Hinterhölzer Höfen, und den verstorbenen Herrn Helmut Neininger aus Tannheim, für die spannenden Informationen und die Bilder. Frau Nicola Siegloch vom Stadtarchiv Isny, für den Bericht und die Bilder. Herrn Dr. Franz Böck, vom Stadtarchiv Kempten für die Auskunft und die Bilder, meine Kassler Familie ins besonders die Tanten Brigitte Schmitt-Falckenberg, Ellen Eicke und Karin Schöps, von der ich schöne Bilder bekommen habe, meinen Sohn Frank für die guten Ratschläge und die Bildbearbeitung. Frau Margret Peschke, geb. Halder Teningen für den lieben Brief mit ihren Angaben und den Bildern. Frau Ruth Kadau aus Dauchingen für die Zeilen und Bilder über ihren Schwiegervater. Frau Ingeborg Kottmann, Leiterin des Schwenninger Uhrenindustriemuseums, die immer ein offenes Ohr für mich hatte, Herrn Udo Keller von den Aluminium-Werken-Wutöschingen für seine Bemühungen, Herrn Thomas Huber aus Offenburg für seine Hilfe beim Layout, meinen Schwenninger Gewerbeschullehrer Stud. Dir. Werner Löffler für die vielen langen und guten Gespräche, sowie die Mühe, welche er mit dem Versand seiner Bilder an mich hatte, Herrn Baumann vom Stadtarchiv Villingen-Schwenningen, Frau Ingeborg Wölm, und ihre Freundin Frau Ilse Kayser die mir mit Gesprächen und Bildern viel geholfen hat, die Rätsel um unseren Tanzkurs zu lösen, meinen Freund Herrn Willi Kuderer der oft den mühsamen Weg ins Archiv des Schwenninger Heimatvereins für mich machen musste, dazu noch einen besonderen Dank an die Vereinsführung, für die, von mir aus dem Heimatblättle ab gescannten Bilder. Frau Hertha Haas für den Brief mit ihren Bildern, vor allem an die Südwestpresse die „Neckarquelle" aus deren großem Archiv ich einige Bilder für mein Buch benutzen durfte und die mein Buch großzügig beworben haben. Das Gymnasium am Deutenberg für die Bücher und Auskünfte, ebenso an das Rektorat der Gartenschule für das Benutzen ihrer Bilder, ganz zum Schluss an meine Lebenspartnerin Irmi Dufner, die viel Geduld für mich und mein Hobby aufbrachte und die mir vieles aus dem Weg geräumt hat, was mich sonst beim Schreiben gehindert hätte.